大家给大家写

心与物游

沈从文 著

北京联合出版公司

Beijing United Publishing Co., Ltd.

图书在版编目（CIP）数据

心与物游/沈从文著. —北京：北京联合出版公司，2014.6
ISBN 978-7-5502-3021-7

Ⅰ. ①心… Ⅱ. ①沈… Ⅲ. ①散文集－中国－现代
Ⅳ. ①I266

中国版本图书馆CIP数据核字(2014)第099793号

心与物游

出版统筹：新华先锋
责任编辑：史　媛
封面设计：先锋设计
版式设计：英　子

北京联合出版公司出版
（北京市西城区德外大街83号楼9层　100088）
北京山华苑印刷有限责任公司　新华书店经销
字数207千字　710毫米×1000毫米　1/16　15印张
2014年7月第1版　2014年7月第1次印刷
ISBN 978-7-5502-3021-7
定价：39.80元

目 录

心与物游

上编　湘水依稀

月下

"求你将我放在你心上如印记,带在你臂上如戳记。"我念诵着《雅歌》来希望你,我的好人。

你的眼睛还没掉转来望我,只起了一个势,我早惊乱得同一只听到弹弓弦子响中的小雀了。我是这样怕与你灵魂接触,因为你太美丽了的缘故。

但这只小雀它愿意常常在弓弦响声下惊惊惶惶乱窜,从惊乱中它已找到更多的舒适快活了。

在青玉色的中天里,那些闪闪烁烁的星群,有你的眼睛存在:因你的眼睛也正是这样闪烁不定,且不要风吹。

在山谷中的溪涧里,那些清莹透明的山泉,也有你的眼睛存在:你眼睛我记着比这水还清莹透明,流动不止。

我侥幸又见到你一度微笑了,是在那晚风为散放的盆莲旁边。这笑里有清香,我一点都不奇怪,本来你笑时是有种比清香还能沁人心脾的东西!

我见到你笑了,还找不出你的泪来。当我从一面篱笆前过身,见到那些嫩紫色牵牛花上负着的露珠,便想:倘若是她有什么不快事缠上了心,泪珠不是正同这露珠一样美丽,在凉月下会起虹彩吗?

我是那么想着,最后便把那朵牵牛花上的露珠用舌子舔干了。

"怎么这人哪,不将我泪珠穿起?"你必不会这样来怪我,我实在没有这种本领。我头发白得太多了,纵使我能,也找不到穿它的东西!

病渴的人,每日里身上疼痛,心中悲哀,你当真愿意不愿给渴了的人一点甘露喝?

这如像做好事的善人一样:可怜路人的渴涸,济以茶汤,恩惠将附在这路人心上,做好事的人将蒙福至于永远。

我日里要做工，没有空闲。在夜里得了休息时，便沿着山涧去找你。我不怕虎狼，也不怕伸着两把钳子来吓我的蝎子，只想在月下见你一面。

碰到许多打起小小火把夜游的萤火，问它们，"朋友朋友，你曾见过一个人吗？"

"你找寻的那个人是个什么样子呢？"

我指那些闪闪烁烁的群星，"哪，这是眼睛。"

我指那些飘忽的白云，"哪，这是衣裳。"

我要它们静心去听那些涧泉和音，"哪，她声音同这一样。"

我末了把刚从花园内摘来那朵粉红玫瑰在它们眼前晃了一下，"哪，这是脸。"

这些小东西，虽不知道什么叫做骄傲，还老老实实听我的话，但当我问它们听明白没有，只把头摇了摇就想跑。

"怎么，究竟见没见到呢？"——我赶着追问。

"我这灯笼照我自己全身还不够！先生，放我吧。不然，我会又要绊倒在那些不忠厚的蜘蛛设就的圈套里……虽然它们也不能奈何我，但我不愿意同它麻烦。先生，你还是问别个吧，再扯着我会赶不上它们了。"——它跑去了。

我行步迟钝，不能同它们一起遍山遍野去找你——但凡是山上有月色流注到的地方我都到了，不见你的踪迹。

回过头去，听那边山下有歌声飘扬过来，这歌声出于日光只能在垣外徘徊的狱中。我跑去为他们祝福：你那些强健无知的公绵羊啊！

神给了你强健却吝了知识：

每日和平守分地咀嚼主人给你们的窝窝头，疾病与忧愁永不凭附于身；你们是有福了——阿门！

你那些懦弱无知的母绵羊啊！

神给了你温柔却吝了知识：

每日和平守分地咀嚼主人给你们的窝窝头，失望与忧愁永不凭附于身；你们也是有福了——阿门！

世界之霉一时侵不到你们身上，

你们和平守分的生息在圈牢里：

能证明你主人底恩惠——

同时证明了你主人底富有；

你们都是有福了——阿门！

当我起身时，有两行眼泪挂在脸上。为别人流还是为自己流呢？我自己还要问他人。但这时除了中天那轮凉月外，没有能做证明的人。

我要在你眼波中去洗我的手，摩到你的眼睛，太冷了。

倘若你的眼睛真是这样冷，在你鉴照下，有个人的心会结成冰。

这也是我游香山时找得的一篇文章，找得的地方是半山亭。似乎是什么人遗落忘记的稿子。文章虽不及古文高雅，但半夜里能一个人跑上半山亭来望月，本身已就是个妙人了。

当我刚发见这稿子念过前几段时，心想不知是谁个女人来消受他这郁闷的热情，未免起了点妒羡心。到末了使我了然，因最后一行写的是"待人承领的爱"这六个字令我失望，故把它圈掉了。为保存原文起见，乃在这里声明一句。

若有某个人能切实证明这招贴文章是寄她的，只要把地点告知，我也愿把原稿寄她，左右留在我身边也是无用东西。至于我，不经过别人许可，就在这里把别人文章发表了，不合理的地方，特在此致一声歉，不过想来既然是招贴类文章，擅自发表出来，也不算十分无道德心吧。

一九二五年九月一日作

遥夜

一

我似乎不能上这高而危的石桥,不知是哪一个长辈曾像用嘴巴贴着我耳朵这样说过:"爬得高,跌得重!"究竟这句话出自什么地方,我实不知道。

石桥美丽极了。我不曾看过大理石,但这时我一望便知道除了大理石以外再没有什么石头可以造成这样一座又高大、又庄严、又美丽的桥了!这桥搭在一条深而窄的溪涧上,桥两头都有许多石磴子;上去的那一边石磴是平斜好走的,下去的那边却陡峻笔直。我不知不觉就上到桥顶了。我很小心地扶着那用黑色明角质做成的空花栏杆向下望,啊,可把我吓死了!三十丈,也许还不止。下面溪水大概是涸了,看着有无数用为筑桥剩下的大而笨的白色石块,懒懒散散睡了一溪沟。石罅里,小而活泼的细流在那里跳舞一般的走着唱着。

我又仰了头去望空中,天是蓝的,蓝得怕人!真怪事!为甚这样蓝色天空会跳出许许多多同小电灯一样的五色小星星来?它们满天跑着,我眼睛被它光芒闪花了。

这是什么世界呢?这地方莫非就是通常人们说的天宫一类的处所吧?我想要找一个在此居住的人问问,可是尽眼力向各方望去,除了些葱绿参天的树木,柳木根下一些嫩白色水仙花在小剑般淡绿色叶中露出圆脸外,连一个小生物——小到麻雀一类东西也不见!……或是过于寒冷了吧!不错,这地方是有清冷冷的微风,我在战栗。

但是这风是我很愿意接近的,我心里所有的委屈当第一次感受到风时便通给吹掉了!我这时绝不会想到二十年来许多不快的事情。

我似乎很满足,但并不像往日正当肚中感到空虚时忽然得到一片满涂果子酱的烤面包那么满足,也不是像在月前一个无钱早晨不能到图书馆去取暖时,忽然从小背心第三口袋里寻出一枚两角钱币那么快意,我简直并不是身心的快适,因为这是我灵魂遨游于虹的国,而且灵魂也为这调和的伟大世界溶解了!

——我忘了买我重游的预约了,这是如何令人怅惘而伤心的事!

二

当我站在靠墙一株洋槐背后,偷偷的展开了心的网幕接受那银筝般歌声时,我忘了这是梦里。

她是如何的可爱!我虽不曾认识她的面孔便知道了。她是又标致、又温柔、又美丽的一个女人,人间的美,女性的美,她都一人占有了。她必是穿着淡紫色的旗袍,她的头发必是漆黑有光……我从她那拂过我耳朵的微笑声,攒进我心里清歌声,可以断定我是猜想的一点不错。

她的歌是生着一对银白薄纱般翅膀的:不止能跑到此时同她在一块用一块或两三块洋钱买她歌声的那俗恶男子心中去,并且也跑进那个在洋槐背后胆小腼腆的孩子心里去了!……也许还能跑到这时天上小月儿照着的一切人们心里,借着这清冷有秋意夹上些稻香的微风。

歌声停了。这显然是一种身体上的故障,并非曲的终止。我依然靠着洋槐,用耳与心极力搜索从白花窗幕内漏出的那种继歌声以后而起的窸窣。

"哏……!"这是一种多么悦耳的咳嗽!可怜啊!这明是小喉咙倦于紧张后一种娇惰表示。想着承受这娇惰表示以后那一瞬的那个俗恶厌物,心中真似乎有许多小小花针在刺。但我并不即因此而跑开,骄傲心终战不过妒忌心呢。

"再唱个吧!小鸟儿。"像老鸟叫的男子声撞入我耳朵。这声音正是又粗暴又残忍惯于用命令式使对方服从他的金钱的玩客口中说的。我的天!这是对于一个女子,而且是这样可爱可怜的女子应说的吗?她那银筝般歌声就值不得用一点温柔语气来恳求吗?一块两三块洋钱把她自由尊贵践踏了,该死的东西!可恶的男子!

她似乎又在唱了!这时歌声比先前的好像生涩了一点,而且在每个字里,

每一句里,以及尾音,都带了哭音;这哭音很易发见。继续的歌声中,杂着那男子满意高兴奏拍的掌声;歌如下:

可怜的小鸟儿啊!

你不必再歌了吧!

你歌咏的梦已不会再实现了。

一切都死了!

一切都同时间死去了!

使你伤心的月姐姐披了大氅,不会为你歌声而甩去了,同你目语的星星已嫁人了,玫瑰花已憔悴了——为了失恋,水仙花已枯萎了——为了失恋。

可怜的鸟儿啊!

你不必——请你不必再歌了吧!

我心中的温暖,

为你歌取尽了!

可怜的鸟儿啊!

为月,为星,为玫瑰,为水仙,为我,为一切,为爱而莫再歌了吧!

我实在无勇气继续的听下去了。我心中刚才随歌声得来一点春风般暖气,已被她以后歌声追讨去了!我知道果真再听下去,定要强取我一汪眼泪去答复她的歌意。

我立刻背了那用白花窗幔幕着的窗口走去,渺渺茫茫见不到一丝光明。心中的悲哀,依然挤了两颗热泪到眼睛前来……被角的湿冷使我惊醒,歌声还在心的深处长颤。

一九二四年圣诞节后一日北京作

一天

　　有时我常觉得自己为人行事,有许多地方太不长进了。每当什么佳节或自己生辰快要来临时,总像小孩子遇到过年一般,不免有许多期待,等得日子一到,又毫无意思的让它过去了,过去之后,则又对这已逝去的一切追恋,怅惘。这回候了许久的中秋,终于被我在山上候来了。我预备这天用沙果葡萄代替粮食。我预备夹三瓶啤酒到半山亭,把啤酒朝肚子里一灌,再把酒瓶子掷到石墙上去,好使亭边正在高兴狂吟的蝈蝈儿大惊一下。这些事,到时又不高兴去做了。我预备到那无人居住的森玉笏去大哭一阵,我预备买一点礼物去送给六间房那可怜乡下女人,虽然我还记到她那可怜样子,心中悲哀怫郁无处可泄,然而我只在昏昏蒙蒙的黄色灯光下,把头埋到两个手掌上,消磨了上半夜。听到别院中箫鼓竞奏,繁音越过墙来,继之以掌声,笑语嘈杂,痴痴的想起些往事,记出些过去与中秋相关连的人来,觉得都不过一个当时受用而事一过去即难追寻的幻梦罢了!四年前这夜,洪江船上,把脑袋钻进一个三十斤的大西瓜中演笑话的小孩,怎么就变成满头白发的感伤憔悴人了?过去的若果是梦,则后土坡之坟墓,其中纵确曾葬了一人,所葬的也不是那个当年活跃豪爽的滿舅妈了。……中秋过了,我第二个所期待之双十节又到了。

　　听大家说,今年北京城真有太平景象。执政府门前的灯,不但比去年冷落的总统府门前热闹了许多,就是往年无论哪一次庆祝盛会,也不能比此次的阔绰。今年据说不比往时穷,有许多待执政解决的国际账,账上找出很多盈余来,热闹自是当然的事。街上呢,谅来庆贺那么多回的商人,挂旗子加电灯总不必再劳动警察厅的传令人了!且这也可以说是一些绸缎铺、洋货店、粮食店一个赚钱的好机会,哪个又愿轻易放过?各铺子除了电灯红绿其色外,门前瓦斯灯总由一盏增加到二或三盏。小点的铺子呢,那日账上支出项下,必还有一笔："庆祝双十节付话匣子租金洋一元二角。"

街上喊老爷喊太太讨钱的穷女人，靠求乞为生的穷朋友，今夜必也要叨了点革命纪念日的光。平时让你卑躬屈求置之不理的老爷太太们，会因佳节而慷慨了许多，在第三声请求哀矜以前，即摸个把铜子掷到地上了。……我若能进城去，到马路旁不怕汽车恐吓的路段上去闲蹓，把西单牌楼蹓完时，再搭电车到东单，两处都有灯可看。亮亮煌煌的灯光下，必还可见到许多生长得好看的年青女人们，花花绿绿，出进于稻香村丰祥益一类铺号中。虽说天气已到了深秋，我这单菲菲的羽纱衫子，到大街上飘飘乎风中，即不怕人笑，但为风一吹，自己也会不大受用，也许立时就咳起嗽来，鼻子不通，见寒作热。然而我所以不进城者，倒另是一个原因。倘若进城，我是先有一种很周到的计划的。我想大白天里，有太阳能帮助我肩背暖和，在太阳下走动，也许穿单衫倒比较适宜一点，热时不致于出汗，走路也轻便得多。一到夜里，铺子上电灯发光时，我就专朝到人多的地方撞去，用力气去挤别人，也尽别人用气力来挤我，相互挤挨，这样会生出多量的热来，寒气侵袭，就无恐惧之必需了。西单东单实在都到了无可挤时，我再搭乘二等电车到前门，跑向大栅栏一带去发汗，大栅栏不到深夜是万不会无人可挤的。并且二等电车中，就是一个顶好避寒的地方。譬如我在西单一家馒头铺听话匣子，死蠢蠢站了半个钟头之后，业已受了点微寒，打了几个冷战，待一上电车，那寒气马上会跑去无余。

要说是留恋山上吧，山上又无可足恋。看到山上的一切，都如同大厨房的大师傅一样，腻人而已。也不是无钱，我荷包还剩两块钱。就算把那张懋业银行的票子做来往车费，也还有一张一元交通票够我城中花费：坐电车，买宾来香的可可糖，吃一天春的鲍鱼鸡丝面，随便抓三两堆两个子儿一堆的新落花生，塞到衣袋里去，慢慢的尽我到马路上一颗一颗去剥，也做得到。

说来似乎可笑！我一面觉得北京城的今夜灯光实在亮得可以，有去玩玩，吃可可糖，吃鲍鱼面，剥落花生的需要，但另一方面不去的原因，却只是怠懒。

"好，不用进城了，我就是这么到这里厮混一天吧。"墙壁上，映着从房门上头那小窗口射进来的一片红灯光。朝外面这个窗口，已经成灰白色了。我醒来第一个思想，既自己不否认这思想是无聊，所以我重新将薄棉被蒙起我的头，一直到外面敲打集会钟时才起身。这时已到了八点钟。我纵想再勉强睡下去，做渺茫空虚半梦迷的遐想，也是不可能的事了。

太阳已从窗口爬到我床上了。在那一片狭狭的光带中，见到有无数本身有光的小微尘很活泼的在游行着。

大楼屋顶上那个检瓦的小泥水匠，每日上上下下的那架木梯，还很寂寞地搁到我窗前不远的墙上，本身晒着太阳，全身灰色，表明它的老成。昨天前天，那黑小身个儿的泥水匠，还时时刻刻在屋顶角上发现，听到他的甜蜜哨子时，我一抬头就看到他。因为提取灰泥，不能时上时下，到下面一个小工拌合灰泥完成时，他就站近檐口边来，一只脚踹到接近白铁溜水筒的旁边，一只脚还时常移动。大楼离地约三四丈高，一不小心，从上面掉到地上，就得跌坏，岂是当真闹着玩儿？他竟能从容不迫，在上面若无其事似的，且有余裕用嘴巴来打哨子，嘘出反二簧的起板来，使我佩服他远胜过我所尊重的文人还甚。这时只有梯子在太阳下取暖，却不见他一头吹哨子一头用绳子放到地下，拉取那挂在绳钩上的水泥袋子了！大概他也叨了点国庆日的光，取得一天休息到别处玩去了。

这时会场的巴掌，时起时落。且于极庄严的国歌后，有许多欢呼继起。这小身个儿泥水匠，也许正在会场外窗子旁边看别人热闹吧！也许于情不自禁时，亦搭到别人热闹着，拍了两下巴掌吧！若是窗子边沿间找不到这位朋友，我想他必定在陶工厂那窑室前了。我有许多次晚饭后散步从陶工厂过身时，都见到他跨坐在一个石碌碡上磨东西，磨冶的大致是些荡刀之类铁器。他大概还是一个学徒，所以除一般工作外，随时随地总还有些零碎活应做。但这人，随时仍找得出打哨子的余裕来，听他哨子，就知道工作的繁琐枯燥，还不能给这朋友多少烦恼。……幸福同这人一块儿，所以不必问他此时是在会场窗子边露出牙齿打哈哈，或是仍然跨据着那个石碌碡上磨铁器。今天午饭时，照例小工有一顿白馒头，幸福的人，总会比往常分外高兴了！

这是我到院来第二次见到的热闹事。

　　这次是露天会场。凡是办事人,各在左襟上挂一朵红纸花,纸花下面,挂一个小别针将红绫子写有职分的条子。人人长袍马褂,面有春色,初初看来,恰似办喜事娶新娘子的傧相一般。场上有不少的男男女女,打扮的干净整齐。女的身上特别香,男的衣衫和通常多不同,但是大家要看的还只是跳舞,赛跑,丢皮球玩,学绕圈子等等。

　　我不曾见过什么大热闹的运动会,如像远东运动会,或小点如华北运动会,不知那是怎样一些热闹场面,怎样一种情况。但我想,这会场同那些会场,大概也不差许多:大家看哪个赛跑脚步踹得快点,大家比赛看谁有力气丢铅球远点,大家看谁能像机械般坚定整齐团体操时受支配点,大家学猫儿戏看谁跳加官跳得好一点……比赛之中,旁人拍巴掌来增加疲倦欲死的运动员以新的力气,以后发奖。

　　拍巴掌对于表演者,确是一种精神鼓励,只要听见噼噼拍拍,表演者无有不给大家更卖力气的。至于拍手的人,则除了自己觉得好玩好笑时,不由自己的表现出看傀儡的游戏或紧张心情,更无其他意味了。

　　我的两个手掌,似乎也狠狠接触了几阵,也不过是觉得好玩好笑罢了。我见到五十码决赛时,六个赛跑的姑娘家,听枪声一响,鸭子就食似的把十二个小脚板翻来翻去,一直向终点流过去。对于她们的跑,我看用“流”字来形容是再好没有了。她们正如同一堆碎散的潮头,鱼肚白的上衣散乱飘动如浪花,下面衬着深蓝。不过是一堆来得不猛的慢潮,见不到汹汹然气势。看,怎不叫人好笑呢?六个人竟一崭齐排一字的“流”!虽然我同大家一样,都相信这不是哪一个本可上前却故意延挨下来候她的干姐姐,但我却能肯定,那两个胖点的,为怕羞下蛮劲赶着的。你看,一共六个人,两个瘦而伶精的,两个不肥不瘦的,两个胖敦敦的,身个儿原一样,流过那头去时一共有五十码远,竟一崭齐到地,像她们身上绊了一根索子,又如同上了夹板,看起来怎不好笑呢?

　　于是我就拍手,别人当然拍。他们拍够了我一个人还在拍。本来这太有意思了。若是无论什么一种竞争,都能这样同时进行所希望到达的地方。谁也不感到落伍的难堪,看来竞争两字的意义,就不见得像一般人所谓的危险吧。

第二次我又拍掌,那是因另一群中一个女运动员,不幸为自己过多的脂肪所累,在急于追赶前面的干妹妹时,竟摔倒在地打了一个滚。但她爬起身,略略拍拍灰土,前面五个已快到终点了,她却仍用操体操时那种好看姿势,两臂曲肱,在胁下前后摆动,脚板很匀调的翻转,一直走到终点。我佩服她那种毅力,佩服她那种从容不迫的神态。在别人不顾命的奋进中,她既落了伍,不因失望而中途退场,已很难了!她竟能在继续进行中记得到衣服脏了不好看,记得到平时体育教员教给那跑步走时正确姿势,于是我又拍手了。

——假若要老老实实去谈恋爱,便应找这种人做伴侣。能有这种不屈不挠求达目的的决心,又能在别人胜利后从从容容不馁其向前的锐气,才真算是可以共同生活的爱侣!……——若她是我的女人,若我有这样一个女人来为我将生活改善鞭策我向前猛进,我何尝不可在这世界上做一番事业?我们相互厮守着穷困,来消磨这行将毁灭无余的青春。我们各人用力去做工作事,用我们的手为伴侣揩抹眼泪。……若不愿在这些虫豸们喧嚣的世界中同人掠夺食物时,我们就一同逃到革命恩惠宪法恩惠所未及的苗乡中去,做个村塾师厮守一生。我虽无能力使你像那种颈脖上挂珠串的有福太太的享用,但我相互得了另一个的心,也很可以安慰了……我怎么还要生这些妄想?这样想下去,我会当在大庭广众中,又要自伤自怨起来。看这个女人不过十七八岁,一个略无花样朴朴实实的头,证明她是孤儿寡女一般命运。本色壮健的皮肤,脸上不擦胭脂也有点微红。这是一个平常女子,在相貌上除了忠厚外没有什么出色处。身段虽不很活泼娇媚,但有种成熟的少女风味,像三月间清晨田野中的空气,新鲜甜净。从命运上说来,或者也是个苦命女子。然而别人再不遇,将来总还能寻一个年龄相仿足以养活她的丈夫,为甚要来同我这样穷无聊赖的上年纪的人来相爱呢?自己饿死不为奇,难道还要再邀一个女人来伴到挨饿吗?

关于女人的事,我不敢再想了。

接着一队肉红衣褂的幼稚生打圈子的,又是一件令人发笑的事情。大家看那些装扮得像新娘子似的女先生们,提裙理鬓的做提灯竞走,鸭子就食似的样子，还偏三倒四的将灯笼避到风吹，到后锦标却为会长老先生所得，惹得蒙幼园的一群小东小西也活跃起来。众人使劲鼓掌。我手不动，我脸还剩有适才为幽怨情怀而自伤的余寒，只从有庆祝"百年长寿""生意兴隆"意思的掌声中留心隔座谈话。

"……喔！令尊大人也到长沙了！去年我见到他老人家仙健异常，八十多的人——会上了八十吧？"

"是，他哪八十二了。五月子诞日。托福近来还好，每天听说总要走到八角亭去玩玩，酒也离不得：他那脾气是这样。""那怎么不到这来为他老人家做个九秩大庆呢？""明年子我这样想，好是蛮好的，不过……"

这是两个长沙伢俐很客气的"寒暄"，若甚亲热。平时一听到应酬话就头痛的我，此时却感激它为我松弛一下感情了。"今天——"听到这不甚陌生的声音，我把头掉转去，一个圆圆儿的笑脸出现在我眼前了。这是熟人，同桌吃过饭的熟人，但我因为不会去请教人贵姓台甫，所以至今还不知如何称呼。这人则常喊我为沈先生，有时候又把先生两字削掉，在我姓上加"密司特"三字。他的笑脸，与其说对我特别表示亲善，不如说是生成的。笑时不能令人喜也不会给人以大不怿，因此这个脸在我看来，还算是一个好脸。

"阁下又很可做一篇记录了。"

"噢，凉棚差一点儿吹去，柱子倒下来，可不把我们一起打死了！"我故意把话扯过一边去，谬误处使他听来简直非打一个哈哈不可。

他把我膀子轻的拍了一下，做个胜利符号，微笑中融和了点自己聪明而他人愚蠢的满足兴头，就跑过别一个坐位后去找快活去了。

当我眼睛停在一个青背心小丑似的来宾身上时，耳朵同时就接收了许多有趣味的谈话。隔坐一个很肯定的说："跑趟子纵让你跑得再快，也终不能跑出这个世界！"附和这话，并由此证明赛跑是无味的竟有五人以上之多。他们对一些小孩子争绕圈儿跑步走玩意事，竟提出那么大、那么高深一个问题来，真是哲学家的口吻了。这位先生必未曾想到：人生终局是死亡，若能想到这死亡是必然事实，则每天必不再吃大米饭泡好味道的冬菜肉片汤了。

我的怪脾味,凡是到什么公共热场中,我所留意的不是大众注意的种种,却只注意那些别人不注意的看客。我喜欢看别人演剧式的应酬,很顽固的争论,以至于各不相下相打相骂。这些解除我无聊抑郁,比之花五角钱入电影场还更有效力。见别人因应付环境,对意见不相同的对手,特别装一副脸嘴谈笑,对方也装着注意,了解,同情,亲密,热心……以图达到诓骗目的。我以为在人生的剧场演剧的人,比台上背剧本的玩意事,不单是彻底许多,也艺术化许多了!

这时,第三个位子上,来宾席一中年胖子先生说道:"我打许多电话,莫看见接,我想莫非电话坏了吧?以后又听到你柜上说,才知是早出来了。"

"是是,早就出门了。先本想早点来,看看运动会展览会,谁知道一出门就碰到一位同学,才知今天学校须把应考的课业理清,自十点到十二点,幸而完了,忙动身来了——"

两个的话,都有点长沙湘潭混合语气。若非长沙伢俐,说来也不会如此亲切吧。说话的态度,能帮助人的互相亲近,真是至确之事。

大家对于学生们用一根竹篙子撑高跳的本领称赞异常。有两人很有把握似的,说如此本领,跳院门的高墙已绰绰有余;可是另外两人不知趣的又说还差得远,院墙比那竹篙至少高三尺。幸好大家也不过于认真,不然,就会非得把学生喊来,要他扛一根竹竿试在院门前跳一下不可了。

说跳得过的就是那两位主客,客又说前次华东运动会时,所见跳高的选手也不过如斯。客的话从气派上看来虽保守了点长沙人夸大风味,然这似乎也无害于宾主间友情。这些话若是拿来为体育教员说,还许能令喊口令的声气加壮。"老刘,老刘,你客来了吧?"不知是谁个在后排问了一句。

胖子姓刘是一定了。我见到笑了一忽儿,用手略指指客人,一面回过头去说是哪哪这不是吗?所谓客者,听到那边问询胖子,才记起把帽子从头上抓下来,同时将头略扭,预备介绍时间贵姓台甫。

老光的头发向后梳去,有阵微风过时,我那一排椅子坐的人,大概都能嗅到一点玫瑰油淡淡香气。

实际上今天受恩惠的，是几个卖柿子的乡下人。他们比我们来的还早，八点钟以前就从门头村一带担柿子来做生意了。几个用筐子装柿的，比用青布包单提来的还多卖了点香蕉糖之类。卖落花生的，则分干湿两种。到晚上，他们的货物，多变成双铜元躲进身边的麻布口袋里去了，他们希望每年能遇到院中多有那么几次会，似乎比普通看热闹的人也来的更恳切一点。货物卖完，就收拾担回去了。

当落日沉到山后，日脚残影很快的从大操坪爬过卧佛寺山头了，天上已蒸出了些淡淡桃红色云彩。我随到散乱的队伍挤进大门时，见到一个幼稚生为柿皮滑滚地上，烂起脸牵着保姆的手挤到我的前面去了。我脚下的花生壳，踹来也软软的。

一九二五年十月十日作

流光

上前天，从鱼处见到三表兄由湘寄来的信，说是第二个儿子已有了四个月，会从他妈怀抱中做出那天真神秘可爱的笑样子了。我惘然想起了过去的事。

那是三年前的秋末。我正因为对一个女人的热恋得到轻蔑的报复，决心到北国来变更我不堪的生活，由芷江到了常德。三表兄正从一处学校辞了事不久，住在常德一个旅馆中。他留着我说待明春同行。本来失了家的我，无目的的流浪，没有什么不可，自然就答应了。我们同在一个旅馆同住一间房，并且还同在一铺床上睡觉。

穷困也正同如今一样。不过衣衫比这时似乎阔绰一点。我还记着我身上穿的那件蓝绸棉袍，初几次因无罩衫，竟不大好意思到街上去。脚下那英国式尖头皮鞋，也还是新从上海买的。小孩子的天真，也要多一点，我们还时常斗

16

嘴哭脸呢。

也许还有别种缘故吧，那时的心情，比如今要快乐高兴得多了。并不很小的一个常德城，大街小巷，几乎被我俩走遍。尤其感生兴味不觉厌倦的，便是熊伯妈家中与 F 女校了。熊家大概是在高山巷一带，这时印象稍稍模糊了。她家有极好吃的腌莴苣，四季豆，醋辣子，大蒜；每次我们到时，都会满盘满碗从大覆水坛内取出给我们尝。F 女校却是去看望三表嫂——那时的密司易——而常常走动。

我们同密司易是同行。但在我未到常德以前却没有认识过。我们是怎么认识的，这时想不起了！大概是死去不久的漪舅母为介绍过一次。……唔！是了！漪舅妈在未去汉口以前，原是住到 F 校中！而我们同三表兄到 F 校中去会过她。当第一次见面时，谁曾想到这就是半年后的三表嫂呢！两人也许发现了一种特别足以注意的处所！我们在回去路上，似乎就没到她。

她那时是在 F 女校充级任教员。

我们是这样一天一天的熟下去了。两个月以后，我们差不多是每天要到 F 女校一次。我们旅馆去女校，有三里远近。间或因有一点别的事情——如有客，或下雨，但那都很少，——不能在下午到 F 校同上课那样按时看望她时，她每每会打发校役送来一封信。信中大致说有事相商，或请代办一点什么。事情当然是有。不过，总不是那末紧急应当即时就办的。不待说，他们是在那里创造永远的爱了。

不知为甚，我那时竟那样愚笨，单把兴味放在一架小小风琴上面去了，完全没有发现自己已成了别人配角。

三表哥是一个富于美术思想的人。他会用彩色绫缎或通草粘出各样乱真的花卉，又会绘画，又会弄有键乐器。性格呢，是一个又细腻又懦怯，极富于女性，掺合黏液神经二质而成的人。虽说几年来常到外面跑，做一点清苦教书事业，把先时在凤凰充当我小学校教师时那种活泼优美的容貌，用衰颓沉郁颜色代去了一半，然清癯的丰姿，温和的性格，在一般女性看来，依然还是很能使人愉快满意的！

在当时的谈话中,我还记着有许多次不知怎么便谈到了恋爱上去。其实这也很自然!这时想来,便又不能不令人疑到两方的机锋上,都隐着一个小小针。我们谈到婚姻问题时,她每每这样说:

"运用书本上得来一点理智——虽然浅薄——便可以吸引异性虚荣心,企慕心,为永远或零碎的卖身,成了现代婚姻的,其实同用金钱成交的又相差几许?我以为感情的结合,两方各在赠与,不在获得。……"

她结论是"我不爱……其实独身还好些"。这话用我的经验归纳起来,其意正是:过去所见的男性,没有我满意的,故不愿结婚。

一个有资格为人做主妇,为小孩子做母亲,却寻不到适意对手的女人,大都是这么说法。这正是一点她们应有的牢骚。她当然也不例外。

凡是两方都在那里用高热力创造爱情时,谁也会承认,这是非常容易达到"中和"途径的!于是,不久,他们便都以为可以共同生活下去,好好过这未来的春天了。虽然他俩也会在稍稍冷静时,察觉到对方的不足与缺陷,不过那时的热情狂潮,已自动的流过去弥缝了。所以他们就昂然毅然……自然别人没法阻间也不须阻间。

这消息传出后,就有许多同学姐姐妹妹,不断的写信来劝她再思三思。这是一些不懂人情、不明事理人的蠢话罢了!哪能听的许多?

在他们还没有结婚之前,我被不可抵抗的命运之流又冲到别处去了,虽然也曾得到他们结婚照片,也曾得过他夫妇几次平常的通讯。

不久,又听到三表兄已成为一个孩子的父亲了。不久,又听到小孩子满七天时得惊风症殇掉了!……在第一次我叫三表嫂、三表兄觑着我做出会心的微笑,而她却很高兴的亲自跑进厨房为我蒸清汤鲫鱼时,那时他们仍在常德住着,我到她寓中候轮。这又是去年夏天的事了!

在这三四年当中,她生命上自必有许多值得追怀,值得流泪,值得歌咏的经过;可是,我,还依然是我!几年前所眷恋的女人,早安分的为别人做二夫人养小孩子了!到最近便连梦也难于梦见。人呢,一天一天的老去了!长年还丧魂失魄似的东荡西荡,也许生活的结束才是归宿。……

微微的凉风吵拂了衣裙,淡淡的黄月洒满了一身。

星样的远远的灯成行排对,灯样的小小的星无声长坠。

——《月下》

在长期的苦恼中沉溺,我感到疲倦,乏力,气尽,希望救援,置诸温暖。在一种空虚的想望中,我用我的梦,铸成了偶像一尊。我自己,所有的,是小姐们一般人所不必要的东西,内在的,近于潜伏的,忧郁的热情。这热情,在种种习俗下,真无价值!任何一个女人,从任何一个男子身上都可找到的脸孔上装饰着的热情,人来向我处找寻,我却没有。我知道,一个小小的殷勤,能胜过更伟大但是潜默着的真爱。在另一方面,纵是爱,把基础建筑到物质一方,也总比到空虚不可捉找的精神那面更其切于实用。这也可说是女人们的聪明处。不过,傻子样的女人呢,我希望还是有。

我所需要于人,是不加修饰的热情,是比普通一般人更贴紧一点的友谊,要温柔,要体谅。我愿意我的友人脸相佳美,但愿意她灵魂更美,远远超过她的外表。我所追求的,我是深知。但在别人,所能给我的,是不是即我找寻的东西?我将于发现后,再检察我自己。这时,让它茫然的,发痴样,让朋友引我进到新的矿地,用了各样努力,去搜索,在短短期间中,证明我的期望。暂忘却我是一个但适宜于白日做梦的独行人,且携了希望,到事实中去印证。于我适宜的事,是没有比这更其适宜了,因此我到了一个地方。

呵,在这样月色里,我们一同进入一个夸大的梦境。黄黄的月,将坪里洒遍,却温暖了各人的心。草间的火萤,执了小小的可怜的火炬,寻觅着朋友。这行为,使我对它产生无限的同情。

小的友人!在这里,我们同是寻路者,我将燃起我心灵上的火把,同你样沉默着来行路!

月亮初圆,星子颇少。拂了衣裙的凉风,且复推到远地,芦苇叶子,瑟瑟在响。金铃子像拿了一面小锣在打,一个太高兴了天真活泼的小孩子!

四人整齐的贴到地上移动的影子，白的鞋，纵声的笑，精致的微像有刺的在一种互存客气中的谈话，为给我他日做梦方便起见，我一一的连同月色带给我的温柔感触，都保留到心上了。真像一个夸大的梦！我颇自疑。在另一时，一件极其平常的事，就会将我这幻影撞碎，而我，却又来从一些破碎不完整的残片中，找寻我失去的心。我将在一种莫可奈何中极其柔弱的让回忆的感情来宰割，且预先就见到我有一天会不可自拔的陷进到这梦的破灭的哀愁里。虽然，这时我却是对人颇朦胧，说是不需要爱，那是自欺的事，但我真实的对于人，还未能察觉到的内心就是生了沸腾，来固执这爱！在如此清莹的月光下，白玉雕像样的 Láomei 前，我竟找不到我是蒙了幸福的处所来。我只觉得寂寞。尤其是这印象太美。我知道，我此后将于一串的未来日子里，再为月光介绍给我这真实的影子，在对过去的追寻里，我会苦恼得成一个长期囚于荒岛的囚人。

我想，我是永远在大地上独行的一个人，没有家庭，缺少朋友，过去如此，未来还是如此，且，自己是这样：把我理想中的神，拿来安置在一个或者竟不同道的女人身上，而我在现实中，又即时发现了事实与理想的不协调。我自己看人，且总如同在一个扩大镜里，虽然是有时是更其清白，但谬误却随时随地显著暴露了。一根毛发，在我看来，会发见许多鳞片。其实这东西，在普通触觉下，无论如何不会刺手；而我对一根毛发样的事的打击，有时竟感到颇深的疼痛。……我有所恐惧，我心忽颤抖，终于我走开了。我怕我会在一种误会下沉坠，我慢慢的把自己留在月光下孤独立着了。

我想起我可哀的命运，凡事我竟如此固执，不能抓住眼前的一切，享受刹那的幸福，美的欣赏却总偏到那种恍惚的梦里去。

"眼前，岂不是颇足快乐么？"谢谢朋友的忠告，正因为是眼前，我反而更其凄凉了。这样月色，这样情景，同样的珍重收藏在心里，倘若是不能遗忘，未必不可作他日温暖我们既已成灰之心。但从此事看来，人生的渺茫无端，就足使我们一同在这明月下痛哭了！

他日，我们的关系，不论变成怎样，想着时，都使我害怕。变，是一定的。不消说,我是希望它变成如我所期待的那一种,我们当真会成一个朋友。这也是我每一次同女人在一种泛泛的情形中接触时,就发生的一个希望。我竟不能使我更勇猛点,英雄点,做一个平常男子的事业,尽量的,把心灵迷醉到目下的欢乐中。我只深深的忧愁着:尽力扩张的结果,在他日,我会把我苦恼的分量加重,到逾过我所能担负的限度以外。我就又立时怜悯我自己起来。在一种欢乐空气中,我却不能做一点我应做的事,永远是向另一个虚空里追求,且竟先时感到了还未拢身的苦楚!

在朋友面前,我已证明我是一个与英雄相反的人了,我竟想逃。

在真实的谈话中,我们可以找出各人人格的质点来。在长期沉默里,我们可以使灵魂接近。但我都不愿去做。我欲从别人方面得到一个新的启示,把方向更其看得清楚,但我就怀了不安,简直不想把朋友看得透彻一点。力量于我,可说是全放到收集此时从视觉下可以吸入的印象上面去了。别人的话,我不听;我的话,却全不是我所应当说的夹七杂八的话。"月亮真美!"

"月亮虽美,Láomei,你还更美!"像朋友,短兵直入的夸赞,我却有我的拘束,想不到应如此说。

我的生涩,我的外形的冷静,我的言语,甚至于我的走路的步法,都不是合宜于这种空气下享受美与爱的,我且多了一层自知,我,熨贴别人是全无方法,即受 Láomei 们来安慰,也竟不会!

朋友们,所有的爱,坚固得同一座新筑成的城堡样,且是女墙上插了绣花旗子,鲜艳夺目。我呢,在默默中走着自己的道路而已。

到了一个地方,大家便坐了下来。行到可歇憩处便应休息,正同友情一个样子。

"我应该怎么办?"想起来,当真应当做一点应做的事,为他日证明我在此一度月圆时,我的青春,曾在这世界上月光下开了一朵小小的花过。从官能上,我应用一种欣赏上帝为人造就这一部大杰作样去尽意欣赏。这只是一生的刹那,稍纵,月儿会将西沉,人也会将老去!

Láomei, zuohen!(妹子,真美呀!)一个春天,全在你的身上。一切光荣,一切幸福，以及字典上一堆为赞美而预备的字句，都全是为你们年青 Láomei 而预备。

颇远的地方，有市声随了微风扬到耳边。月亮把人的影子安置到地上。大坪里碎琉璃片，在月下都反射着星样的薄光。一切一切，在月光的抚弄下，都极其安静，入了睡眠。月边，稀薄的白云，如同淡白之微雾，又如同扬着的轻纱。

……单为这样一个良夜圆月，人即使陌生再陌生，对这上天的恩惠，也合当拥抱，亲吻，致其感谢！

一个足以自愕的贪欲，一个小小的自私，在动人的月光下，便同野草般在心中滋长起来了。我想到人类的灵魂用处来。我想到将在这不可复得之一刹那，在各人心头，留下一道较深的印子。在两人的嘴边，留下一个永远的温柔的回味。时间在我们脚下轻轻滑过，没有声息，初不停止，到明日，我们即已无从在各人脸上找出既已消失的青春了！用颇大的力量，把握到现实，真无疑虑之必须！

把要求提高，在官能上，我可以做一点粗暴点的类乎掠夺样的事情来，表示我全身为力所驱迫的热情，于自己，私心的扩张，也是并不怎样不恰当。且，那样结果，未必比我这么沉默下来情形还更坏。照这样做，我也才能更像男子一点。一个男子，能用力量来爱人，比在一种女性的羞腼下盼望一个富于男性的女子来怜悯，那是好多了。

但我并不照到我的心去做。头上月亮，同一面镜子，我从映到地下的影子上起了一个颓唐的自馁的感慨，"不必在未来，眼前的我，已是老了，不中用了，再不配接受一个人的友情了。倘若是，我真有那种力量，竟照我自私的心去办，到他时，将更给我痛苦，这将成我一个罪孽，我曾沉溺到忏悔的深渊里，无从自救。"于是，身虽是还留在别人身边，心却偷偷悄悄的逃了下来，跑到幽僻到她要找也无从找的一处去 Láomei, zuohen！一个春天，全在你的身上。一切光荣，一切幸福，以及字典上一堆为赞美而预备的字句，都全是为你们而有。一切艺术由你们来建设。恩惠由你们颁布给人。剩下来的忧愁苦恼，却为我们这类男子所有了！

> 在蓝色之广大空间里：月儿半升了银色之面孔，
> 超绝之"美满"在空中摆动，星光在毛发上闪烁——如神话里之表现。
>
> ——《微雨·她》

我如同哑子，无力去狂笑，痛哭，宁静的在梦样的花园里匀留，且斜睨无声长坠之流星。想起《微雨·幽怨》的前段：流星在天心走过，反射出我心中一切之幽怨。不是失望的凝结，抑攻击之窘迫，和征战之败北！……心中有哀戚幽怨，他人的英雄，乃更形成我的无用。我乃留心沙上重新印下之足迹，让它莫在记忆中为时光拭尽。"我全是沉闷，静寂，排列在空间之隙。"

朋友离我而他去，淡白的衣裙，消失到深蓝暗影里。我不能说生命是美丽抑哀戚。在淡黄色月亮下归来，我的心涂上了月的光明。倘他日独行旷野时，将用这永存的光明照我行路。

一九二六年八月二十一日深夜作

市集

廉纤的毛毛细雨，在天气还没有大变以前欲雪未能的时节，还是霏霏微微落将不来。一个小小乡场，位置在又高又大陡斜的山脚下，前面濒着猨猨儿的河，被如烟如雾雨丝织成的帘幕，一起把它蒙罩着了。

照例的三八市集，还是照例的有好多好多乡下人，小田主，买鸡到城里去卖的小贩子，花幞头大耳环丰姿隽逸的苗姑娘，以及一些穿灰色号褂子口上说是来察场讨人烦腻的副爷们，与穿高筒子老牛皮靴的团总，各从附近的乡村来做买卖。他们的草鞋底半路上带了无数黄泥浆到集上来，又从场上大坪坝内带了不少的灰色浊泥归去。去去来来，人也数不清多少。

集上的骚动，吵吵闹闹，凡是到过南方（湖湘以西）乡下的人，是都会知道的。

倘若你是由远远的另一处地方听着，那种喧嚣的起伏，你会疑心到是滩水流动的声音了！

这种洪壮的潮声，还只是一般做生意人在讨论价钱时很和平的每个论调而起。就中虽也有遇到卖牛的场上几个人像唱戏黑花脸出台时那么大喊大嚷找经纪人，也有因秤上不公允而起口角——你骂我一句娘，我又骂你一句娘，你又骂我一句娘……然而究竟还是因为人太多，一两桩事，实在是万万不能做到的！

卖猪的场上，他们把小猪崽的耳朵提起来给买主看时，那种尖锐的嘶喊声，使人听来不愉快至于牙齿根也发酸。

卖羊的场上，许多美丽驯服的小羊儿咩咩地喊着。一些不大守规矩的大羊，无聊似的，两个把前蹄举起来，作势用前额相碰。大概相碰是可以驱逐无聊的，所以第一次匆的碰后，却又作势立起来为第二次预备。牛场却单独占据在场左边一个大坪坝，因为牛的生意在这里占了全部交易四分之一以上。那里四面搭起无数小茅棚（棚内卖酒卖面），为一些成交后的田主们喝茶喝酒的地方。那里有大锅大锅煮得"稀糊之烂"的牛脏类下酒物，有大锅大锅香喷喷的肥狗肉，有从总兵营一带担来卖的高粱烧酒，也还有城里馆子特意来卖面的。假若你是城里人来这里卖面，他们因为想吃香酱油的缘故，都会来你馆子，那么，你生意便比其他铺子要更热闹了。

到城里时，我们所见到的东西，不过小摊子上每样有一点罢了！这里可就大不相同。单单是卖鸡蛋的地方，一排一排地摆列着，满箩满筐的装着，你数过去，总是几十担。辣子呢，都是一屋一屋搁着。此外干了的黄色草烟，用为染坊染布的五倍子和栎木皮，还未榨出油来的桐茶子，米场白濛白濛了的米，屠桌上大只大只失了脑袋刮得净白的肥猪，大腿大腿红腻腻还在跳动的牛肉……都多得怕人。

不大宽的河下,满泊着载人载物的灰色黄色小艇,一排排挤挤挨挨的相互靠着也难于数清。

集中是没有什么统系制度。虽然在先前开场时,总也有几个地方上的乡约伯伯,团总,守汛的把总老爷,口头立了一个规约,卖物的照着生意大小缴纳千分之几——或至万分之几,但也有百分之几——的场捐,或经纪佣钱,棚捐,不过,假若你这生意并不大,又不须经纪人,则不须受场上的拘束,可以自由贸易了。

到这天,做经纪的真不容易!脚底下笼着他那双厚底高筒的老牛皮靴子(米场的),为这个爬斗;为那个倒箩筐。(牛羊场的)一面为这个那个拉拢生意,身上让卖主拉一把,又让买主拉一把;一面又要顾全到别的地方因争持时闹出岔子的调排,委实不是好玩的事啊!大概他们声音都略略嚷得有点嘶哑,虽然时时为别人扯到馆子里去润喉。不过,他今天的收入,也就很可以酬他的劳苦了。

……

……

因为阴雨,又因为做生意的人各都是在别一个村子里住家,有些还得在散场后走到二三十里路的别个乡村去;有些专靠漂场生意讨吃的还待赶到明天那个场上的生意,所以散场很早。

不到晚炊起时,场上大坪坝似乎又觉得宽大空阔起来了!……再过些时候,除了屠桌下几只大狗在啃嚼残余因分配不平均在那里不顾命的奋斗外,便只有由河下送来的几声清脆篙声了。

归去的人们,也间或有骑着家中打筛的雌马,马项颈下挂着一串小铜铃丁丁当当跑着的,但这是少数;大多数还是赖着两只脚在泥浆里翻来翻去。他们总笑嘻嘻的担着箩筐或背一个大竹背笼,满装上青菜,萝卜,牛肺,牛肝,牛肉,盐,豆腐,猪肠子一类东西。手上提的小竹筒不消说是酒与油。有的拿草绳套着小猪小羊的颈项牵起忙跑;有的肩膊上挂了一个毛蓝布绣有白四季花或"福"字"万"字的褡裢,赶着他新买的牛(褡裢内当然已空);有的却是口袋满装着钱心中满装着欢喜，——这之间各样人都有。

我们还有机会可以见到许多令人妒羡，赞美，惊奇，又美丽，又娟媚，又天真的青年老奶（苗小姐）和阿女牙（苗妇人）。

一九二五年三月二十日于窄而霉小斋作

附【志摩的欣赏】

这是多美丽多生动的一幅乡村画。作者的笔真像是梦里的一只小艇，在波纹瀮瀮的梦河里荡着，处处有着落，却又处处不留痕迹。这般作品不是写成的，是"想成"的。给这类的作者，批评是多余的，因为他自己的想象就是最不放松的不出声的批评者。奖励也是多余的，因为春草的发青，云雀的放歌，都是用不着人们的奖励的。

街

有个小小的城镇，有一条寂寞的长街。

那里住下许多人家，却没有一个成年的男子。因为那里出了一个土匪，所有男子便都被人带到一个很远很远的地方去，永远不再回来了。他们是五个十个用绳子编成一连，背后一个人用白木梃子敲打他们的腿，赶到别处去作军队上搬运军火的伕子的。他们为了"国家"应当忘了"妻子"。

大清早，各个人家从梦里醒转来了。各个人家开了门，各个人家的门里，皆飞出一群鸡，跑出一些小猪，随后男女小孩子出来站在门限上撒尿，或蹲到门前撒尿，随后便是一个妇人，提了小小的木桶，到街市尽头去提水。有狗的人家，狗皆跟着主人身前身后摇着尾巴，也时时刻刻照规矩在人家墙基上抬起一只腿撒尿，又赶忙追到主人前面去。这长街早上并不寂寞。

当白日照到这长街时，这一条街静静的像在午睡，什么地方柳树桐树上有新蝉单纯而又倦人的声音，许多小小的屋里，湿而发霉的土地上，头发干枯脸儿瘦弱的孩子们,皆蹲在土地上或伏在母亲身边睡着了。作母亲的全按照一个地方的风气,当街坐下,织男子们束腰用的板带过日子。用小小的木制手机,固定在房角一柱上,伸出憔悴的手来,敏捷地把手中犬骨线板压着手机的一端,退着粗粗的棉线,一面用一个棕叶刷子为孩子们拂着蚊蚋。带子成了,便用剪子修理那些边沿,等候每五天来一次的行贩,照行贩所定的价钱,把已成的带子收去。

许多人家门对着门,白日里,日头的影子正正的照到街心不动时,街上半天还无一个人过身。每一个低低的屋檐下人家里的妇人,各低下头来赶着自己的工作,做倦了,抬起头来,用疲倦忧愁的眼睛,张望到对街的一个铺子,或见到一条悬挂到屋檐下的带样,换了新的一条,便仿佛奇异的神气,轻轻的叹着气,用犬骨板击打自己的下颌,因为她一定想起一些事情,记忆到由另一个大城里来的收货人的买卖了。

她一定还想到另外一些事情。

有时这些妇人把工作停顿下来,遥遥的谈着一切。最小的孩子饿哭了,就拉开衣的前襟,抓出枯瘪的乳头,塞到那些小小的口里去。她们谈着手边的工作,谈着带子的价钱和棉纱的价钱,谈到麦子和盐,谈到鸡的发瘟,猪的发瘟。

街上也常常有穿了红绸子大裤过身的女人,脸上抹胭脂擦粉,小小的髻子,光光的头发,都说明这是一个新娘子。到这时,小孩子便大声喊着看新娘子,大家完全把工作放下,站到门前望着,望到看不见这新娘子的背影时才重重的换了一次呼吸,回到自己的工作凳子上去。

街上有时有一只狗追一只鸡,便可以看见到一个妇人持了一长长的竹子打狗的事情,使所有的孩子们都觉得好笑。长街在日里也仍然不寂寞。

街上有时什么人来信了;许多妇人皆争着跑出去,看看是什么人从什么地方寄来的。她们将听那些识字的人,念信内说到的一切。小孩子们同狗,也常常凑热闹,追随到那个人的家里去,那个人家便不同了。但信中有时却说到一个人死了的这类事,于是主人便哭了。于是一切不相干的人,围聚在门前,过一会,又即刻走散了。这妇人,伏在堂屋里哭泣,另外一些妇人便代为照料孩子,买豆腐,买酒,买纸钱,于是不久大家都知道那家男人已死掉了。

街上到黄昏时节,常常有妇人手中拿了小小的笆篓,放了一些米,一个蛋,低低地喊出了一个人的名字,慢慢的从街这端走到另一端去。这是为不让小孩子夜哭发热,使他在家中安静的一种方法,这方法,同时也就娱乐到一切坐到门边的小孩子。长街上这时节也不寂寞的。

黄昏里,街上各处飞着小小的蝙蝠。望到天上的云,同归巢还家的老鸹,背了小孩子们到门前站定了的女人们,一面摇动背上的孩子,一面总轻轻的唱着忧郁凄凉的歌,娱悦到心上的寂寞。

"爸爸晚上回来了,回来了,因为老鸹一到晚上也回来了!"

远处山上全紫了,土城擂鼓起更了,低低的屋里,有小小油灯的光,为画出屋中的一切轮廓,听到筷子的声音,听到碗盏磕碰的声音……但忽然间小孩子又哇的哭了。

爸爸没有回来。有些爸爸早已不在这世界上了,但并没有信来。有些临死时还忘不了家中的一切,便托人带了信回来。得到信息哭了一整夜的妇人,到晚上便把纸钱放在门前焚烧。红红的火光照到街上下人家的屋檐,照到各个人家的大门。见到这火光的孩子们,也照例十分欢喜。长街这时节也并不寂寞的。

阴雨天的夜里,天上漆黑,街头无一个街灯,狼在土城外山嘴上嗥着,用鼻子贴近地面,如一个人的哭泣,地面仿佛浮动在这奇怪的声音里。什么人家的孩子在梦里醒来,吓哭了,母亲便说:"莫哭,狼来了,谁哭谁就被狼吃掉。"

卧在土城上高处木棚里老而残废的人,打着梆子。这里的人不须明白一个夜里有多少更次,且不必明白半夜里醒来是什么时候。那梆子声音,只是告给长街上人家,狼已爬进土城到长街,要他们小心一点门户。

一到阴雨的夜里,这长街更不寂寞,因为狼的争斗,使全街热闹了许多。冬天若夜里落了雪,则早早的起身的人,开了门,便可看到狼的脚迹,同糍粑一样印在雪里。

一九三一年五月十日作

小船上的信

船在慢慢的上滩，我背船坐在被盖里，用自来水笔来给你写封长信。这样坐下写信并不吃力，你放心。这时已经三点钟，还可以走两个钟头。应停泊在什么地方，照俗谚说"行船莫算，打架莫看"，我不过问。大约可再走廿里，应歇下时，船就泊到小村边去，可保平安无事。船泊定后我必可上岸去画张画。你不知见到了我常德长堤那张画不？那张窄的长的。这里小河两岸全是如此美丽动人，我画得出它的轮廓，但声音、颜色、光，可永远无本领画出了。你实在应来这小河里看看，你看过一次，所得的也许比我还多，就因为你梦里也不会想到的光景，一到这船上，便无不朗然入目了。这种时节两边岸上还是绿树青山，水则透明如无物，小船用两个人拉着，便在这种清水里向上滑行，水底全是各色各样的石子。舵手抿起个嘴唇微笑，我问他："姓什么？""姓刘。""在这条河里划了几年船？""我今年五十三，十六岁就划船。"来，三三，请你为我算算这个数目。这人厉害得很，四百里的河道，涨水干涸河道的变迁，他无不明明白白。他知道这河里有多少滩、多少潭。看那样子，若许我来形容形容，他还可以说知道这河中有多少石头！是的，凡是较大的，知名的石头，他无一不知！水手一共是三个，除了舵手在后面管舵管篷管纤索的伸缩，前面舱板有两个人。其中一个是小孩子，一个是大人。两个人的职务是船在滩上时，就撑急水篙，左边右边下篙，把钢钻打得水中石头作出好听的声音。到长潭时则荡桨，躬起个腰推扳长桨，把水弄得哗哗的，声音也很幽静温柔。到急水滩时，则两人背了纤索，把船拉去，水急了些，吃力时就伏在石滩上，手足并用的爬行上去。船是只新船，油得黄黄的，干净得可以作为教堂的神龛。我卧的地方较低一些，可听得出水在船底流过的细碎声音。前舱用板隔断，故我可以不被风吹。我坐的是后面,凡为船后的天、地、水,我全可以看到。我就这样一面看水一面想你。我快乐,就想应当同你快乐,我闷,就想要你在我必可以不闷。我同船老板吃饭,我盼望你也在一角吃饭。我至少还得在船上过七个日子,还不把下行的计算在内。你说,这七个日子我怎么办?天气又不很好,并无太阳,天是灰灰的,一切较远的边岸小山同树木,皆裹在一层轻雾里,我又不能照相,也不宜画画。看看船走动时的情形,我还可以在上面写文章,感谢天,我的文章既然提到的是水上的事,在船上实在太方便了。倘若写文章得选择一个地方,我如今所在的地方是太好了一点的。不过我离得你那么远,文章如何写得下去。"我不能写文章,就写信。"我这么打算,我一定做到。我每天可以写四张,若写完四张事情还不说完,我再写。这只手既然离开了你,也只有那么来折磨它了。

我来再说点船上事情吧。船现在正在上滩,有白浪在船旁奔驰,我不怕,船上除了寂寞,别的是无可怕的。我只怕寂寞。但这也正可训练一下我自己。我知道对我这人不宜太好,到你身边,我有时真会使你皱眉。我疏忽了你,使我疏忽的原因便只是你待我太好,纵容了我。但你一生气,我即刻就不同了。现在则用一件人事把两人分开,用别离来训练我,我明白你如何在支配我管领我!为了只想同你说话,我便钻进被盖中去,闭着眼睛。你瞧,这小船多好!你听,水声多幽雅!你听,船那么轧轧响着,它在说话!它说:"两个人尽管说笑,不必担心那掌舵人。他的职务在看水,他忙着。"船真轧轧的响着。可是我如今同谁去说?我不高兴!

梦里来赶我吧,我的船是黄的,船主名字叫做"童松柏",桃源县人。尽管从梦里赶来,沿了我所画的小堤一直向西走,沿河的船虽万万千千,我的船你自然会认识的。这里地方狗并不咬人,不必在梦里为狗吓醒!

你们为我预备的铺盖,下面太薄了点,上面太硬了点,故我很不暖和,在旅馆已嫌不够,到了船上可更糟了。盖的那床被大而不暖,不知为什么独选着它陪我旅行。我在常德买了一斤腊肝、半斤腊肉,在船上吃饭很合适……莫说吃的吧,因为摇船歌又在我耳边响着了,多美丽的声音!

我们的船在煮饭了,烟味儿不讨人嫌。我们吃的饭是粗米饭,很香很好吃。可惜我们忘了带点豆腐乳,忘了带点北京酱菜。想不到的是路上那么方便,早知道那么方便,我们还可带许多北京宝贝来上面,当"真宝贝"去送人!

你这时节应当在桌边做事的。

山水美得很,我想你一同来坐在舱里,从窗口望那点紫色的小山。我想让一个木筏使你惊讶,因为那木筏上面还种菜!我想要你来使我的手暖和一些……

十三日下午五时

今天只写两张

十六日上午九点

现在已九点钟,小船还不开动,大雪遮盖了一切,连接了天地。我刚吃过饭。我有点着急,但也明白空着急毫无益处。晚上又睡不好。同你离开后就简直不能得到一个夜晚的安睡。但并不妨事,精神可很好。七点左右我就起来看自己的书,校正了些错字,且反复检察了一会。《月下小景》不坏,用字顶得体,发展也好,铺叙也好。尤其是对话。人那么聪明!二十多岁写的。这文章的写成,同《龙朱》一样,全因为有你!写《龙朱》时因为要爱一个人,却无机会来爱,那作品中的女人便是我理想中的爱人。写《月下小景》时,你却在我身边了。前一篇男子聪明点,后一篇女子聪明点。我有了你,我相信这一生还会写得出许多更好的文章!有了爱,有了幸福,分给别人些爱与幸福,便自然而然会写得出好文章的。对于这些文章我不觉得骄傲,因为等于全是你的。没有你,也就没有这些文章了。而且是习作,时间还多呐。

我今天想做点事,写两篇短论文,好在辰州时付邮。故只预备为你写两张信。我的小船已开动了,看情形,到家中至少还得七天。我发现所带的信纸太少了,在路上就会完事,到家后不知用什么来写信。我忘了告你把信寄存到辰州邮局的办法了,若早记着这一种办法,则我船到辰州时,可看到你几封信,从家中回辰时,又可接到你一大批信了。多有你些信,我在路上也一定好过些。

我真希望你梦里来找寻我,沿河找那黄色小船!在一万只船中找那一只。好像路太远了点,梦也不来。我半夜总为怕人的梦惊醒,心神不安,不知吃什么就好些。我已买了一顶绒帽,同我两人在前门大街看到的一样,花去了四角钱。还不能得一双棉鞋,就因为桃源地方各处便买不出棉鞋。我也许到辰州便坐轿子回去,因为轿子到底快一些。坐轿人可苦一点,然而只要早到早回,苦点也不在乎了。天气太冷,空气也仿佛就要结冰的样子。乡村有鸡叫,鸡声也似乎寒冷得很。来得不凑巧,想不到南方的冷比北方还坏些。

又有了橹歌。简直是诗!在这些歌声中我的心皆发抖,它好像在为我唱的,为爱而唱的。事实上是为了劳动而自得其乐唱的。下水船摇橹不费事!

船坐久了心也转安静,但我还是受不了的。每一桨下去,我皆希望它去得远一点,每一篙撑去,我皆希望它走得快一点。但一切无办法。水太急了,天气又太冷。

今天小船还得上一个大滩,也许我就得上岸走路。这滩上照例有若干大船破碎不完的搁在浅水中,照例每天有船坏事。你可放心,这全是大船出的乱子,小船分量轻,面积小,还无资格搁在那地方!并且上水从河边走,更无所谓危险。这信到你手边时,过三四天我一定又坐着这样小船在下滩了。那滩名"青浪滩",问九九,九九知道。滩长廿五里,不到十分钟可以下完。原信旁注:"共四十里廿分钟直下,好险!"至于上去,可就麻烦了,有时一整天。大船上去得一整天,小船则两三个钟头够了。天气好些,我当照个相,送给你领略一下,将来上行时有个分寸。四丫头一定不怕这种滩水,因为她的大相在旅行中还是笑咪咪的。

我小船已上一小滩了,水吼得吓人,浪打船边舱板很重。我不怕,我不怕。

有了你在我心上,我不拘做什么皆不吓怕了。你还料不到你给了我多少力气和多少勇气。同时你这个人也还不很知道我如何爱你的。想到这里我有点小小不平。

　　我今天恐不能为你作画了,我手冻得发麻,画画得出舱外风中去,更容易把手冻僵,故今天不拿铅笔。山同水越到上面也越好,同时也似乎因为太奇太好,更不能画它了。你若见到了这里的山,你就会觉得劳山那些地方建筑房子太可笑了。也亏山东人好意思,把那些地方也当成好风景,而且作为修仙学道的地方。真亏他们。你明年若可以离开北京了,我们两人无论如何上来一趟,到辰州家中住一阵,看看这里不称为风景的山水,好到什么样子。我还希望你有机会同我到凤凰住住,你看那些有声有色的苗人如何过日子!

　　三三,我的小船快走到妙不可言的地方了,名字叫"鸭窠围",全河是大石头,水却平平的,深不可测。石头上全是细草,绿得如翠玉,上面盖了雪。船正在这左右是石头的河中行走。"小阜平冈",我想起这四个字。这里的小阜平冈多着……

二哥

一月十六上午十点

第三张

十六日十一点

　　我不是说今天只预备写两页信吗?这不成的。两岸雀鸟叫得动人得很,我学它们叫,文章也写不下去了。现在我已学会了一种曲子,我只想在你面前来装成一只小鸟,请你听我叫一会子。南边与北方不同的地方也就在此,南方冬天也有莺、画眉、百舌。水边大石上,只要天气好,每早就有这些快乐的鸟,踞在上面晒太阳,很自得的啭着喉咙。人来了,船来了,它便飞入岸边竹林里去。

过一会，又在竹林里叫起来了。从河中还常常可以看到岸上有黄山羊跑着，向林木深处窜去。这些东西同上海法国公园养的小獐一个样子，同样的色泽，同样的美而静，不过黄羊胖一点点罢了。

你还记得在劳山时看人死亡报庙时情形没有？一定还好好记得。我为那些印象总弄得心软软的。那真使人动心，那些吹唢呐的，打旗帜的，戴孝的，看热闹的，以至于那个小庙，使人皆不容易忘掉。但你若到我们这里来，则无事不使你发生这种动人的印象。小地方的光、色、习惯、观念，人的好处同坏处，凡接触到它时，无一不使你十分感动。便是那点愚蠢、狡滑，也仿佛使你城市中人非原谅他们不可。不是有人常常问到我们如何就会写小说吗？倘若许我真真实实的来答复，我真想说："你到湘西去旅行一年就好了。"但这句话除了你恐怕无人相信得过。

你这人好像是天生就要我写信似的。见及你，在你面前时，我不知为什么就总得逗你面壁使你走开，非得写信赔礼赔罪不可。同你一离开，那就更非时时刻刻写信不可了。倘若我们就是那么分开了三年两年，我们的信一定可以有一箱子了。我总好像要同你说话，又永远说不完事。在你身边时，我明白口并不完全是说话的东西，故还有时默默的。但一离开，这只手除了为你写信，别的事便无论如何也做不好了。可是你呢？我还不曾得到你一个把心上挖出来的信。我猜想你寄到家中的信，也一定因为怕家中人见到，话说得不真。若当真为了这样小心，我见到那些信也看得出你信上不说、另外要说的话。三三，想起我们那么好，我真得轻轻的叹息，我幸福得很，有了你，我什么都不缺少了。

二哥

十六午前十一点廿分

过梢子铺长潭

十六下午二点零五分

船已上了第一个大滩,你见了那滩会不敢睁眼睛。我在急流中画了三幅画,照了三个相。光线不好,恐怕照不出什么。至于画的画,不过得其仿佛罢了。现在船已到长潭中了,地方名"梢子铺"。泊了许多不敢下行的大船,吊脚楼整齐得希有少见,全同飞阁一样,去水全在三十丈以上,但夏天发水时,这些吊脚楼一定就可以泊船了。你见到这些地方时,你真缺少赞美的言语。还有木筏,上面种青菜的东西,多美!

一到下午我就有点寂寞,做什么事皆不得法,我做了阵文章,没有意思,又不再继续了。我只是欢喜为你写信,我真是这样一个没出息的人……

我前面有木筏下来了,八个人扳桡,还有个小孩子。上面一些还有四个筏,皆慢慢的在下行,每个筏上四围皆有人扳桡。你想明白桡是什么,问问九妹,她说的必比我形容的还清楚。这些木筏古怪得有趣,上面有菜,有猪羊,还有特别弄来在筏上供老板取乐的。你若不见过,你不能想象它们如何好看、好玩!

我们的船既上了滩,在潭中把风篷扯满,现在正走得飞快,不要划它。水手们皆蹲在火边去了,我却推开了前舱门看景致,一面看一面伏在箱上为你写信。现在船虽在潭中走,四面却全是高山,同湖泊一样。这小船一直上去皆那么样,远山包了近山,水在山弯里找出路,一个陌生人见到,也许还以为在湖里玩的。可以说像湖里,水却不是玩的。山的倾斜度过大,面积过窄,水流太速,虽是在潭中,你见了也会头晕的。

……

我的船又在上小滩了,滩不大,浪也不会到船上来,我还依然能够为你写信……路上并无收信处，我已积存了七封信，到辰州时一定共有十封信发出。我预备一大堆放在一个封套中当快信发出。

我的小船不是在小滩上吗？差一点出了事了。船掉头向下溜去，倒并无什么危险，只是多费水手些力罢了。便因为这样，前后的水手就互相骂了六七十句野话。船上骂野话不作兴生气，这很有意思。并且他们那么天真烂熳的骂，也无什么猥亵处，真是古怪的事。

这船上主要的水手有三块四毛钱一趟的薪水，每月可划船两趟。另一学习水手八十吊钱一年，也可以说一块钱一个月，事还做得很好。掌舵的从别处租船来划，每年出钱两百吊，或百二十吊，约合卅块钱到二十四块钱。每次他可得十五元运费，带米一两石又可赚两元，每次他大约除开销外剩五元，每月可余十来块钱。但这人每天得吃三百钱烟，因此驾船几十年，讨个老婆无办法，买条值洋三十元的小船也无办法。想想他们那种生活，真近于一种奇迹！

我这信写了将近一点钟了，我想歇歇，又不愿歇歇。我的小船正靠近一只柴船，我看到一个人穿青羽绫马褂在后梢砍柴，我看准了他是个船主。我且想象得出他如何过日子，因为这人一看（从船的形体也可看出）是麻阳人，麻阳人的家庭组织生活观念，我说起来似乎比他们自己还熟悉一点。麻阳人不讨嫌，勇敢直爽耐劳皆像个人，也配说是个人。这河里划船的麻阳人顶多，弄大船，装油几千篓，尤其非他们不可。可是船多货少，因此这些船全泊在大码头上放空，每年不过一回把生意，谁想要有那么一只船，随时皆可以买到的。许多船主前几年弄船发了财的，近几年皆赔了本。想支持下去，自己就得兼带做点生意，但一切生意皆有机会赔本，近些日子连做鸦片烟生意的也无利可图，因此多数水面上人生活皆很悲惨，并无多少兴致。这种现象只有一天比一天坏，故地方经济真很使人担心。若照这样下去，这些人过一阵便会得到一个更悲惨的境遇的。我还记得十年前这河里的情形，比现在似乎是热闹不少的。

今天也许因为冷些，河中上行的船好像就只我的小船，一只小到不过三丈的船，在那么一条河中走动，船也真有点寂寞之感！我们先计划四天到辰州，失败了，又计划五天到辰州，又失败了。现在看情形也许六天，或七八天方可到辰州了……我想起真难受。

　　　　　　　二哥

　　　十六下午三点廿五

夜泊鸭窠围

十六日下午六点五十分

　　我小船停了，停到鸭窠围。中时候写信提到的"小阜平冈"应当名为"洞庭溪"。鸭窠围是个深潭，两山翠色逼人，恰如我写到翠翠的家乡。吊脚楼尤其使人惊讶，高矗两岸，真是奇迹。两山深翠，惟吊脚楼屋瓦为白色，河中长潭则湾泊木筏廿来个，颜色浅黄。地方有小羊叫，有妇女锐声喊"二老"、"小牛子"，且听到远处有鞭炮声与小锣声。到这样地方，使人太感动了。四丫头若见到一次，一生也忘不了。你若见到一次，你饭也不想吃了。

　　我这时已吃过了晚饭，点了两支蜡烛给你写报告。我吃了太多的鱼肉。还不停泊时，我们买鱼，九角钱买了一尾重六斤十两的鱼，还是顶小的！样子同飞艇一样，煮了四分之一，我又吃四分之一的四分之一，已吃得饱饱的了。我生平还不曾吃过那么新鲜那么嫩的鱼，我并且第一次把鱼吃个饱。味道比鲥鱼还美，比豆腐还嫩，古怪的东西！我似乎吃得太多了点，还不知道怎么办。

　　可惜天气太冷了，船停泊时我总无法上岸去看看。我欢喜那些在半天上的楼房。这里木料不值钱，水涨落时距离又太大，故楼房无不离岸卅丈以上，从河边望去，使人神往之至。我还听到了唱小曲声音，我估计得出，那些声音同灯光所在处，不是木筏上的头在取乐，就是有副爷们船主在喝酒。妇人手上必定还戴得有镀金戒子。多动人的画图！提到这些时我是很忧郁的，因为我认识他们的哀乐，看他们也依然在那里把每个日子打发下去，我不知道怎样总有点忧郁。正同读一篇描写西伯利亚方面农人的作品一样，看到那些文章，使人引起无言的哀戚。我如今不止看到这些人生活的表面，还用过去一分经验接触这种人的灵魂。真是可哀的事！我想我写到这些人生活的作品，还应当更多一些！我这次旅行，所得的很不少。从这次旅行上，我一定还可以写出很多动人的文章！

三三，木筏上火光真不可不看。这里河面已不很宽，加之两面山岸很高（比劳山高得远），夜又静了，说话皆可听到。羊还在叫。我不知怎么的，心这时特别柔和。我悲伤得很。远处狗又在叫了，且有人说，"再来，过了年再来！"一定是在送客，一定是那些吊脚楼人家送水手下河。

风大得很，我手脚皆冷透了，我的心却很暖和。但我不明白为什么原因，心里总柔软得很。我要傍近你，方不至于难过。我仿佛还是十多年前的我，孤孤单单，一身以外别无长物，搭坐一只装载军服的船只上行，对于自己前途毫无把握，我希望的只是一个四元一月的录事职务，但别人不让我有这种机会。我想看点书，身边无一本书。想上岸，又无一个钱。到了岸必须上岸去玩玩时，就只好穿了别人的军服，空手上岸去，看看街上一切，欣赏一下那些小街上的片糖，以及一个铜元一大堆的花生。灯光下坐着扯得眉毛极细的妇人。回船时，就糊糊涂涂在岸边烂泥里乱走，且沿了别人的船边"阳桥"渡过自己船上去，两脚全是泥，刚一落舱还不及脱鞋，就被船主大喊："伙计副爷们，脱鞋呀。"到了船上后，无事可做，夜又太长，水手们爱玩牌的，皆蹲坐在舱板上小油灯下玩牌，便也镶拢去看他们。这就是我，这就是我！三三，一个人一生最美丽的日子，十五岁到廿岁，便恰好全是在那么情形中过去了，你想想看，是怎么活下来的！万想不到的是，今天我又居然到这条河里，这样小船上，来回想温习一切的过去！更想不到的是，我今天却在这样小船上，想着远远的一个温和美丽的脸儿，且这个黑脸的人儿，在另一处又如何悬念着我！我的命运真太可玩味了。

我问过了划船的，若顺风，明天我们可以到辰州了。我希望顺风。船若到得早，我就当晚在辰州把应做的事做完，后天就可以再坐船上行。我还得到辰州问问，是不是云六已下了辰。若他在辰州，我上行也方便多了。

现在已八点半了，各处还可听到人说话，这河中好像热闹得很。我还听到远远的有鼓声，也许是人还愿。风很猛，船中也冰冷的。但一个人心中倘若有个爱人，心中暖得很，全身就冻得结冰也不碍事的！这风吹得厉害，明天恐要大雪。羊还在叫，我觉得希奇，好好的一听，原来对河也有一只羊叫着，它们是相互应和叫着的。我还听到唱曲子的声音，一个年纪极轻的女子喉咙，使我感动得很。我极力想去听明白那个曲子，却始终听不明白。我懂许多曲子。想起这些人的哀乐，我有点忧郁。因这曲子我还记起了我独自到锦州，住在一个旅馆中的情形。在那旅馆中我听到一个女人唱大鼓书，给赶骡车的客人过夜，唱了半夜。我一个人便躺在一个大炕上听窗外唱曲子的声音，同别人笑语声。这也是二哥！那时节你大概在暨南读书，每天早上还得起床来做晨操！命运真使人惘然。爱我，因为只有你使我能够快乐！

二哥

我想睡了。希望你也睡得好。

十六下午八点五十

鸭窠围的梦

十七日上午六点十分

五点半我又醒了，为恶梦吓醒的。醒来听听各处，世界那么静。回味梦中一切，又想到许多别的问题。山鸡叫了，真所谓百感交集。我已经不想再睡了。你这时说不定也快醒了！你若照你个人独居的习惯，这时应当已经起了床的。

我先是梦到在书房看一本新来的杂志，上面有些希奇古怪的文章，后来我们订婚请客了，在一个花园中请了十个人，媒人却姓曾。一个同小五哥年龄相仿佛的中学生，但又同我是老同学。酒席摆在一个人家的花园里，且在大梅花树下面。来客整整坐了十位，只其中曾姓小孩子不来，我便去找寻他，到处找不着，再赶回来时客全跑了，只剩下些粗人，桌上也只放下两样吃的菜。我问这是怎么回事,方知道他们等客不来,各人皆生气散了。我就赶快到处去找你,却找不到。再过一阵,我又似乎到了我们现在的家中房里,门皆关着,院子外有狮子一直咆哮,我真着急。想出去不成,想别的方法通知一下你们也不成。这狮子可是我们家养的东西,不久张大姐(她年纪似乎只十四岁)拿生肉来喂狮子了,狮子把肉吃过就地翻斤斗给我们看。我同你就坐在正屋门限上看它玩一切把戏,还看得到好好的太阳影子!再过一阵我们出门野餐去了,到了个湖中央堤上,黄泥作成的堤,两人坐下看水,那狮子则在水中游泳。过不久这狮子理着项下长须,它变成了同于右任差不多的一个胡子了……

醒来只听到许多鸡叫,我方明白我还是在小船上。我希望梦到你,但同时还希望梦中的你比本来的你更温柔些。可是我成天上滩,在深山长潭里过日子,梦得你也不同了。也许是鲤鱼精来作梦,假充你到我面前吧。

这时真静,我为了这静,好像读一首怕人的诗。这真是诗。不同处就是任何好诗所引起的情绪,还不能那么动人罢了。这时心里透明的,想一切皆深入无间。我在温习你的一切。我真带点儿惊讶,当我默读到生活某一章时,我不止惊讶。我称量我的幸运,且计算它,但这无法使我弄清楚一点点。你占去了我的感情全部。为了这点幸福的自觉,我叹息了。

倘若你这时见到我,你就会明白我如何温柔!一切过去的种种,它的结局皆在把我推到你身边心上,你的一切过去也皆在把我拉近你身边心上。这真是命运。而且从二哥说来,这是如何幸运!我还要说的话不想让烛光听到,我将吹熄了这支蜡烛,在暗中向空虚去说。

二哥

鸭窠围清晨

这时已七点四十分了，天还不很亮。两山过高，故天亮较迟。船上人已起身，在烧水扫雪，且一面骂野话玩着。对于天气，含着无可奈何的诅咒。木筏正准备下行，许多从吊脚楼上妇人处寄宿的人，皆正在下河，且互相传着一种亲切的话语。许多筏上水手则各在移动木料。且听到有人锐声装女人无意思的天真烂漫的唱着，同时便有斧斤声和锤子敲木头的声音。我的小船也上了篷，着手离岸了。

昨晚天气虽很冷，我倒好。我明白冷的原因了。我把船舱通风处皆杜塞了一下，同时却穿了那件旧皮袍睡觉。半夜里手脚皆暖和得很，睡下时与起床时也很舒服方便。我小船的篷业已拉起，在潭里移动了。只听到人隔河岸"牛保，牛保，到哪囊去了？"河这边等了许久，方仿佛从吊脚楼上一个妇人被里逃出，爬在窗边答着："宋宋，宋宋，你喊哪样？早咧。""早你的娘！""就算早我的娘！"最后一句话不过是我想象的，因为他已沉默了，一定又即刻回到床上去了。我还估想他上床后就会拧了一下那妇人，两人便笑着并头睡下了的。这分生活真使我感动得很。听到他们的说话，我便觉得我已经写出的太简单了。我正想回北京时用这些人作题材，写十个短篇，或我告给你，让你来写。写得好，一定是种很大的成功。这时我们的船正在上行，沿了河边走去，许多大船同木筏，昨晚停泊在上游一点的，也皆各在下行。我坐在舱中，就只听到水面人语声，以及橹桨搅水声，与橹桨本身被推动时咿咿哑哑声。这真是圣境。我出去看了一会儿，看到这船筏浮在水面，船上还扬着红红的火焰同白烟，两岸则高矗而上，如对立巨魔，颜色墨绿。不知什么地方有老鸦叫着出窠，不知什么地方有鸡叫着，且听得着岸旁有小水鸡吱吱吱吱的叫，不知它们是种什么意思，却可以猜想它们每早必这样叫一大阵。这点印象实实在在值得受份折磨得到它。

我正计算了一阵日子。我算作八号动身，应在下月七号到地见你。今天我已走了十天，至多还加个五天我必可到家。若照船上人说来，他们包我下行从浦市到桃源作三天（这一段路上行我们至少需八天），从桃源到常德一天，从常德到长沙一天，从长沙到汉口一天，汉口停一天，再从汉口到北平两天，加上从我家回到浦市两天，则路上共需十一天。共加拢来算算，则我可在家中住四天。恐怕得多住一天，则汉口我不耽搁，时间还是一样的……今天十七，我快则二十天后可以见你，慢也不过二十三天，我希望至迟莫过十号，我们可以在北京见面。我希望这次回到家中，可以把你一切好处让家中人知道，我还希望为你带些有趣味的东西，同家中人对你的好意给你。我一到家一定就有人问："为什么不带张妹来？"我却说："带来了，带来了。"我带来的是一个相片，我送他们相片看。事实上则我当真也把你带来了，因为你在我的心上！不过我不会把这件事告给人，我不让他们从这个事情上得到一个发笑的机会。一个人过分吝啬本不是件美德，我可不能不吝啬了。

今天风好像不很大，船会赶不到辰州。然而至多明天我总可到辰州的。我一到地就有两件事可做，第一是打电话回去，告大哥我已到了辰州，第二是打电报给你希望你把钱寄来。我这次下行，算算有九十块钱已够了，但我希望手边却有一百廿块钱，因为也许得买点东西回北京来送人。这里许多东西皆是北京人的宝贝，正如同北京许多东西是这里宝贝一样。我动身时一定有人送我小东小西，我真盼望所有东西全是可以使你欢喜的，或转送四丫头，使四丫头惊奇的。

这时已八点四十，天还黯黯的。也许这小表被我拨快了一些，也许并不是小表的罪过。从这次上行的经验看来，不拘带什么皆不会放坏，故下行时也许还可以为你带些古怪食物！九九是多年不吃冻菌了的，我预备为她带些冻菌。你欢喜酸的，我预备请大嫂为你炒一罐胡葱酸。四丫头倾心苗女人，我可以为她买一块苗妇人手做的冻豆腐。时间若许我从容些，我还能同三哥到乡下去赶次场，说不定我尚可为四丫头带点狗肉来。我想带的可太多了，一个火车厢恐怕也装不下。正因为这样子，或者我一样不带。

我忘了问张大姐要些什么了。请先告她，我若到苗乡去，当为她带个苗人用的顶针或针筒来。我那里针筒皆镂花，似乎还不坏。我还听同乡说本城酱油已出名，且成为近日来运销出口的一种著名东西，下可以到长沙，上可以到川东黔省，真想不到。我无论如何总为你们带点酱油来的。

九点四十五分，我小船停泊在一个滩乱石间，大家从从容容吃过了早饭。又吃鱼。吃了饭后船上人还在烤烤火，我就画了一个对河的小景。对河有人家处色泽极其美丽，名为"打油溪"。还有长长的墙垣，一定就是油坊。住在这种地方不作诗却来打油，古怪透了。画刚打好稿子，船就开了。今天小船还应上两个大滩，"九溪"同"横石"，这滩还不很难上，可是天气怪冷，水手真苦。说不定还得落水去拉船。近辰州时又还有个长十里的急流，无风时也很费事。今天风不好，不能把船送走，故看情形还赶不到辰州。我希望明天上半天可到，用半天日子做一切事，后天就可上行。我还希望到了辰州可以从电话中谈几句话，告他一切，也让他们放心些，不然收到了你的信后，却不见我到家，岂不希奇。

今天更冷，应当落大雪了，可是雪总落不下来。南方天气我疏远得太久了，如今看来同看一本新书一样，处处不像习惯所能忍受的样子，我若到这些地方长住下去，性格一定沉郁得很了。但一到春天，这里可太好了。就是这种天气，山中竹雀画眉依然叫得很好，一到春天，是可想而知的。

潭中夜渔

我只吃一碗饭，鱼又吃了不少。这时已七点四十，你们也应当吃过饭了。我们的短期分离，我应多受点折磨，方能补偿两人在一处过日子时，我对你疏忽的过失，也方能把两人同车时我看报的神气使你忘掉。我还正在各种过去事情上,找寻你的弱点与劣点,以为这样一来,也许我就可以少担负一份分离的痛苦。但出人意料的是我越找寻你坏处,就越觉得你对我的好处……

夜晚了,船已停泊,不必担心相片着水,我这时又把你同四丫头的相从箱中取出来了。我只想你们从相片上跳下来,我当真那么傻想……我应当多带些你们的相片来了。我还忘了带九九同你元和大姐的相片,若全带到箱子里,则我也许可以把些时间,同这些相片来讨论点事情,或说几个故事,或又模拟你们口吻,说点笑话……现在十天了我还无发笑机会。三三,四丫头近来吃饭被踢没有?应当为我每次踢她一脚。还有九妹,我希望她肯多问你些不认识的生字,不必说英文,便是中文她需要指点的方面也就很多。还有巴金,我从没为他写信,却希望你把我的路上一切,撮要告给他,并请他写点文章,为刊物登载。还有杨先生,指杨振声先生。你也得告他我在路上的情形。我为了成日成夜给你这个三三写信,别的信皆不曾动手,也无动手机会,你为我各处说一声就得了。

现在已九点了,这地方太静,静得有些怕人。晚上风又大了些,也猛了些,希望它明天还能够如此吹一天,则到辰州必很早。我想最好我再过五天可到家……我一切信上皆不敢提及妈的病,我只担心她已很沉重,又担心她正已复元,却因我这短期回家、即刻分离增加她老人家的病痛。我心虚得很。三三,这十多天想来我已有很多信件了,我希望其中并无云六报告什么不吉消息。我还希望你们能把我各处来信看看,应复的你且为我一一复去。我这一走必忙坏了你……

三三,这河面静中有个好听的声音,是弄鱼人用一个大梆子、一堆火,搁在船头上,河中下了拦江钓,因此满河里去擂梆子,让梆声同火光把鱼惊起,慌乱的四窜便触了网。这梆声且轻重不同,故听来动人得很。这种弄鱼方法,你从书上是看不到的。还有用火照鱼,用鸡笼捕鱼,用草毒鱼种种方法,单看书,皆毫无叙述。

我小船泊的地方是潭里,因此静得很,但却有种声音恐怕将使我睡不着。船底下有浪拍打,叮叮的响。时间已九点四十分,我的确得睡了……

弄鱼的梆声响得古怪，在这样安静地方，却听到这种古怪声音，四丫头若听到，一定又惊又喜。这可以说是一首美丽的诗，也可以说一种使人发迷着魔的符咒。因为在这种声音中，水里有多少鱼皆触了网，且同时一定也还有人因此联想到土匪来时种种空气的。三三，凡是在这条河里的一切，无一不是这样把恐怖、新奇同美丽揉和而成的调子！想领略这种美丽，也应得出一分代价。我出的代价似乎太多了点……我不放下这支笔，实在是我一点自私处。我想再同你说一会儿。在这样一叶扁舟中，来为三三写信，也是不可多得的！我想写个整晚，梦是无凭据的东西，反而不如就这样好！

……

二哥

十七日下午十时一刻

滩上挣扎

我不说除了掉笔以外还掉了一支……吗？我知道你算得出那是一支牙骨筷子的。我真不快乐，因为这东西总不能单独一支到北平的。我很抱歉。可是，你放心，我早就疑心这筷子即或有机会掉到河中去，它若有小小知觉，就一定不愿意独自落水。事不出我所料，在舱底下我又发现它了。

今天我小船上的滩可特别多，河中幸好有风，但每到一个滩上，总仍然很费事。我伏卧在前舱口看他们下篙，听他们骂野话。现在已十二点四十分，从八点开始只走了卅多里，还欠七十里，这七十里中还有两个大滩、一个长滩，看情形又不会到地的。这条河水坐船真折磨人，最好用它来作性急人犯罪以后的处罚。我希望这五点钟内可以到白溶下面泊船，那么明天上午就可到辰州了。这时船又在上一个滩，船身全是侧的，浪头大有从前舱进自后舱出的神气，水流太急，船到了上面又复溜下。你若到了这些地方，你只好把眼睛紧紧闭着。这还不算大滩,大滩更吓人!海水又大又深,但并不吓人,仿佛很温和。这里河水可同一股火样子,太热情了一点,好像只想把人攫走,且好像完全凭自己意见做去。但古怪,却是这些弄船人。他们逃避急流同漩水的方法可太妙了,不管什么情形他们总有办法避去危险。到不得已时得往浪里钻,今天已钻三回,可是又必有方法从浪里找出路。他们逃避水的方法,比你当年避我似乎还高明。他们明白水,且得靠水为生,却不让水把他们攫去。他们比我们平常人更懂得水的可怕处,却从不疏忽对于水的注意。你实在还应当跟水手学两年,你到之江避暑,也就一定有更多情书可看了。

......

我离开北京时,还计划到,每天用半个日子写信,用半个日子写文章。谁知到了这小船上,却只想为你写信,别的事全不能做。从这里看来我就明白没有你,一切文章是不会产生的。先前不同你在一块儿时,因为想起你,文章也可以写得很缠绵,很动人。到了你过青岛后,却因为有了你,文章也更好了。但一离开你,可不成了。倘若要我一个人去生活,作什么皆无趣味,无意思。我简直已不像个能够独立生活下去的人。你已变成我的一部分,属于血肉、精神一部分。我人并不聪明,一切事情得经过一度长长的思索,写文章如此,爱人也如此,理解人的好处也如此。

你不是要我写信告爸爸吗?我在常德写了个信,还不完事,又因为给你写信把那信搁下不写了。我预备到辰州写,辰州忙不过来,我预备到本乡写。我还希望在本乡为他找得出点礼物送他。不管是什么小玩意儿,只要可能,还应当送大姐点。大姐对我们好处我明白,二姐的好处被你一说也明白了。我希望在家中还可以为她们两人写个信去。

三三,又上了个滩。不幸得很……差点儿淹坏了一个小孩子,经验太少,力量不够,下篙不稳,结果一下子为篙子弹到水中去了。幸好一个年长水手把他从水中拉起,船也侧着进了不少的水。小孩子被人从水中拉起来后,抱着桅子荷荷的哭,看到他那样子真有使人说不出的同情。这小孩就是我上次提到一毛钱一天的候补水手。

这时已两点四十五分,我的小船在一个滩上挣扎,一连上了五次皆被急流冲下,船头全是水,只好过河从另一方拉上去。船过河时,从白浪里钻过,篷上也沾了浪。但不要为我着急,船到这时业已安全过了河。最危险时是我用号时,纸上也全是水,皮袍也全弄糟了。这时船已泊在滩下等待力量的恢复,再向白浪里弄去。

这滩太费事了,现在我小船还不能上去。另外一只大船上了将近一点钟,还在急流中努力,毫无办法。风篷、纤手、篙子,全无用处。拉船的在石滩上皆伏爬着,手足并用的一寸一寸向前。但仍无办法。滩水太急,我的小船还不知如何方能上去。这时水手正在烤火说笑话,轮到他们出力时,他们不会吝惜气力的。

三三,看到吊脚楼时,我觉得你不同我在一块儿上行很可惜,但一到上滩,我却以为你幸好不同来,因为你若看到这种滩水,如何发吼,如何奔驰,你恐怕在小船上真受不了。我现在方明白住在湘西上游的人,出门回家家中人敬神的理由。从那么一大堆滩里上行,所依赖的固然是船夫,船夫的一切,可真靠天了。

我写到这里时,滩声正在我耳边吼着,耳朵也发木。时间已到三点,这船还只有两个钟头可走,照这样延长下去,明天也许必须晚上方可到地。若真得晚上到辰州,我的事情又误了一天,你说,这怎么成。

小船已上滩了,平安无事,费时间约廿五分。上了滩问问那落水小水手,方知道这滩名"骂娘滩"(说野话的滩),难怪船上去得那么费事。再过廿分钟我的小船又得上个名为"白溶"的滩,全是白浪,吉人天相,一定没有什么难处。今天的小船全是上滩,上了白溶也许天就夜了,则明天还得上九溪同横石。横石滩任何船只皆得进点儿水,劣得真有个样子。我小船有四妹的相片,也许不至于进水。说到四妹的相片,本来我想让它凡事见识见识,故总把它放在外边……可是刚才差点儿它也落水了,故现在已把它收到箱子里了。

小船这时虽上了最困难的一段,还有长长的急流得拉上去。眼看到那个能干水手一个人爬在河边石滩上一步一步的走,心里很觉得悲哀。这人在船上弄船时，便时时刻刻骂野话，动了风，用不着他做事时，就摹仿麻阳人唱橹歌，风大了些，又摹仿麻阳人打呵贺，大声的说：

"要来就快来，莫在后面捱，呵贺——

风快发，风快发，吹得满江起白花，呵贺——"

他一切得摹仿，就因为桃源人弄小船的连唱歌喊口号也不会！这人也有不高兴时节，且可以说时时刻刻皆不高兴，除了骂野话以外，就唱：

"过了一天又一天，心中好似滚油煎。"

心中煎熬些什么不得而知，但工作折磨到他，实在是很可怜的。这人曾当过兵，今年还在沅州方面打过四回仗今年指1933年。沅州即芷江。不久逃回来的。据他自己说，则为人也有些胡来乱为。赌博输了不少的钱，还很爱同女人胡闹，花三块钱到一块钱，胡闹一次。他说："姑娘可不是人，你有钱，她同你好，过了一夜钱不完，她仍然同你好，可是钱完了，她不认识你了。"他大约还胡闹过许多次数的。他还当过两年兵，明白一切作兵士的规矩。身体结实如二小的哥哥，性情则天真朴质。每次看到他，总很高兴的笑着。即或在骂野话，问他为什么得骂野话，就说："船上人作兴这样子！"便是那小水手从水中爬起以后，一面哭一面也依然在骂野话的。看到他们我总感动得要命。我们在大城里住，遇到的人即或有学问，有知识，有礼貌，有地位，不知怎么的，总好像这人缺少了点成为一个人的东西。真正缺少了些什么又说不出。但看看这些人，就明白城里人实实在在缺少了点人的味儿了。我现在正想起应当如何来写个较长的作品，对于他们的做人可敬可爱处，也许让人多知道些，对于他们悲惨处，也许在另一时多有些人来注意。但这里一般的生活皆差不多是这样子，便反而使我们哑口了。

你不是很想读些动人作品吗？其实中国目前有什么作品值得一读？作家从上海培养，实在是一种毫无希望的努力。你不怕山险水险，将来总得来内地看看，你所看到的也许比一生所读过的书还好。同时你想写小说，从任何书本去学习，也许还不如你从旅行生活中那么看一次，所得的益处还多得多！

我总那么想，一条河对于人太有用处了。人笨，在创作上是毫无希望可言的。海虽俨然很大,给人的幻想也宽,但那种无变化的庞大,对于一个作家灵魂的陶冶无多益处可言。黄河则沿河都市人口不相称,地宽人少,也不能教训我们什么。长江还好,但到了下游,对于人的兴感也仿佛无什么特殊处。我赞美我这故乡的河,正因为它同都市相隔绝,一切极朴野,一切不普遍化,生活形式、生活态度皆有点原人意味,对于一个作者的教训太好了。我倘若还有什么成就,我常想,教给我思索人生,教给我体念人生,教给我智慧同品德,不是某一个人,却实实在在是这一条河。

我希望到了明年,我们还可以得到一种机会,一同坐一次船,证实我这句话。

……

我这时耳朵热着,也许你们在说我什么的。我看看时间,正下午四点五十分。你一个人在家中已够苦的了,你还得当家,还得照料其他两个人,又还得款待一个客人,又还得为我做事。你可以玩时应得玩玩。我知道你不放心……我还知道你不愿意我上岸时太不好看,还知道你愿意我到家时显得年轻点,我的刮脸刀总摆在箱子里最当眼处。一万个放心……若成天只想着我,让两个小妮子得到许多取笑你的机会,这可不成的。

我今天已经写了一整天了,我还想写下去。这样一大堆信寄到你身边时,你怎么办。你事忙,看信的时间恐怕也不多,我明天的信也许得先写点提要……

这次坐船时间太久,也是信多的原因。我到了家中时,也就是你收到这一大批信件时。你收到这信后,似乎还可发出三两个快信,写明"寄常德杰云旅馆曾芹轩代收存转沈从文亲启"。我到了常德无论如何必到那旅馆看看。

我这时有点发愁,就是到了家中,家中不许我住得太短。我也愿意多住些日子,但事情在身上,我总不好意思把一月期限超过三天以上。一面是那么非走不可,一面又非留不可,就轮到我为难时节了。我倒想不出个什么办法,使家中人催促我早走些。也许同大哥故意吵一架,你说好不好?地方人事杂,也不宜久住!

小船又上滩了,时间已五点廿分。这滩不很长,但也得湿湿衣服被盖。我只用你保护到我的心,身体在任何危险情形中,原本是不足惧的。你真使我在许多方面勇敢多了。

二哥

横石和九溪

十八日上午九时

我七点前就醒了,可是却在船上不起身。我不写信,担心这堆信你看不完。起来时船已开动,我洗过了脸,吃过了饭,就仍然作了一会儿痴事……今天我小船无论如何也应当到一个大码头了。我有点慌张,只那么一点点。我晚上也许就可以同三弟从电话中谈话的。我一定想法同他们谈话。我还得拍发给你的电报,且希望这电报送到家中时,你不至于吃惊,同时也不至于为难。你接到那电报时若在十九,我的船必在从辰州到泸溪路上,晚上可歇泸溪。这地方不很使我高兴,因为好些次数从这地方过身皆得不到好印象。风景不好,街道不好,水也不好。但廿日到的浦市,可是个大地方,数十年前极有名,在市镇对河的一个大庙,比北京碧云寺还好看。地方山峰同人家皆雅致得很。那地方出肥人,出大猪,出纸,出鞭炮。造船厂规模很像个样子。大油坊长年有油可打,打油人皆摇曳长歌,河岸晒油篓时必百千个排列成一片。河中且长年有大木筏停泊,有大而明黄的船只停泊,这些大船船尾皆高到两丈左右,渡船从下面过身时,仰头看去恰如一间大屋。那上面一定还用金漆写得有一个“福”字或“顺”字!地方又出鱼,鱼行也大得很。但这个码头却据说在数十年前更兴旺,十几年前我到那里时已衰落了的。衰落的原因为得是河边长了沙滩,不便停船,水道改了方向,商业也随之而萧条了。正因为那点“旧家子”的神气,大屋、大庙、大船、大地方,商业却已不相称,故看起来

50

尤其动人。我还驻扎在那个庙里半个月到廿天，属于守备队第一团。那庙里墙上的诗好像也很多，花也多得很，还有个"大藏"即转轮藏，设于浦峰寺内，样子如塔，高至五丈，在一个大殿堂里，上面用木砌成，全是菩萨。合几个人力量转动它时，就听到一种吓人的声音，如龙吟太空。这东西中国的庙里似乎不多，非敕建大庙好像还不作兴有它的。

我船又在上一个大滩了，名为"横石"。船下行时便必需进点水，上行时若果是只大船，也极费事，但小船倒还方便，不到廿分钟就可以完事的。这时船已到了大浪里，我抱着你同四丫头的相片，若果浪把我卷去，我也得有个伴！

三三，这滩上就正有只大船碎在急浪里，我小船挨着它过去，我还看得明明白白那只船中的一切。我的船已过了危险处，你只瞧我的字就明白了。船在浪里时是两面乱摆的。如今又在上第二段滩水，拉船人得在水中弄船，支持一船的又只是手指大一根竹缆，你真不能想象这件事。可是你放心，这滩又拉上了……

我想印个选集了，因为我看了一下自己的文章，说句公平话，我实在是比某些时下所谓作家高一筹的。我的工作行将超越一切而上。我的作品会比这些人的作品更传得久、播得远。我没有方法拒绝。我不骄傲，可是我的选集的印行，却可以使些读者对于我作品取精摘尤得到一个印象。你已为我抄了好些篇文章，我预备选的仅照我记忆到的，有下面几篇：

《柏子》、《丈夫》、《夫妇》、《会明》（全是以乡村平凡人物为主格的，写他们最人性的一面的作品）。

《龙朱》、《月下小景》（全是以异族青年恋爱为主格，写他们生活中的一片，全篇贯串以透明的智慧，交织了诗情与画意的作品）。

《都市一妇人》、《虎雏》（以一个性格强的人物为主格，有毒的放光的人格描写）。

《黑夜》（写革命者的一片段生活）。

《爱欲》（写故事，用天方夜谭风格写成的作品）。

应当还有不少文章还可用的，但我却想至多只许选十五篇。也许我新写些,请你来选一次。我还打量作个《我为何创作》,写我如何看别人生活以及自己如何生活,如何看别人作品以及自己又如何写作品的经过。你若觉得这计划还好,就请你为我抄写《爱欲》那篇故事。这故事抄时仍然用那种绿格纸,同《柏子》差不多的。这书我估计应当有购者,同时有十万读者。

船去辰州已只有三十里路,山势也大不同了,水已较和平,山已成为一堆一堆黛色浅绿色相间的东西。两岸人家渐多,竹子也较多,且时时刻刻可以听到河边有人做船补船、敲打木头的声音。山头无雪,虽无太阳,十分寒冷,天气却明明朗朗。我还常常听到两岸小孩子哭声,同牛叫声。小船行将上个大滩,已泊近一个木筏,筏上人很多。上了这个滩后,就只差一个长长的急水,于是就到辰州了。这时已将近十二点,有鸡叫!这时正是你们吃饭的时候,我还记得到,吃饭时必有送信的来,你们一定等着我的信。可是这一面呢,积存的信可太多了。到辰州为止,似乎已有了卅张以上的信。这是一包,不是一封。你接到这一大包信时,必定不明白先从什么看起。你应得全部裁开,把它秩序弄顺,再订成个小册子来看。你不怕麻烦,就得那么做。有些专利的痴话,我以为也不妨让四妹同九妹看看,若绝对不许她们见到,就用另一纸条粘好,不宜裁剪……

船又在上一个大滩了,名为"九溪"。等等我再告你一切。

……

好厉害的水!吉人天佑,上了一半。船头全是水,白浪在船边如奔马,似乎只想攫你们的相片去,你瞧我字斜到什么样子。但我还是一手拿着你的相片,一手写字。好了,第一段已平安无事了。

小船上滩不足道,大船可太动人了。现在就有四只大船正预备上滩,所有水手皆上了岸,船后掌梢的派头如将军,拦头的赤着个膊子,船到水中不动了,一下子就跃到水中去了。我小船又在急水中了,还有些时候方可到第二段缓水处。大船有些一整天只上这样一个滩,有些到滩上弄碎了,就收拾船板到石滩上搭棚子住下。三三,这斗争,这和水的争斗,在这条河里,至少是有廿万人的!三三,我小船第二段危险又过了,等等还有第三段得上。这个滩共有九段麻烦处,故上去还需些时间。我船里已上了浪,但不妨的,这不是要远人担心的……

我昨晚上睡不着时,曾经想到了许多好像很聪明的话……今天被浪一打,现在要写却忘掉了。这时浪真大,水太急了点,船倒上得很好。今天天明朗一点,但毫无风,不能挂帆。船又上了一个滩,到一段较平和的急流中了。还有三五段。小船因拦头的不得力,已加了个临时纤手,一个老头子,白须满腮,牙齿已脱,却如古罗马人那么健壮。先时蹲到滩头大青石上,同船主讲价钱,一个要一千,一个出九百,相差的只是一分多钱,并且这钱全归我出,那船主仍然不允许多出这一百钱。但船开行后,这老头子却赶上前去自动加入拉纤了。这时船已到了第四段。

小船已完全上滩了,老头子又到船边来取钱,简直是个托尔斯泰!眉毛那么浓,脸那么长,鼻子那么大,胡子那么长,一切皆同画上的托尔斯太相同。这人秀气一些,因为生长在水边,也许比那一个同时还干净些。他如今又蹲在一个石头上了。看他那数钱神气,人那么老了,还那么出力气,为一百钱大声的嚷了许久,我有个疑问在心:

"这人为什么而活下去?他想不想过为什么活下去这件事?"

不止这人不想起,我这十天来所见到的人,似乎皆并不想起这种事情的。城市中读书人也似乎不大想到过。可是,一个人不想到这一点,还能好好生存下去,很希奇的。三三,一切生存皆为了生存,必有所爱方可生存下去。多数人爱点钱,爱吃点好东西,皆可以从从容容活下去的。这种多数人真是为生而生的。但少数人呢,却看得远一点,为民族为人类而生。这种少数人常常为一个民族的代表,生命放光,为得是他会凝聚精力使生命放光!我们皆应当莫自弃,也应当得把自己凝聚起来!

三三,我相信你比我还好些,可是你也应得有这种自信,来思索这生存得如何去好好发展!

我小船已到了一个安静的长潭中了。我看到了用鸬鹚咬鱼的渔船了,这渔船是下河少见的。这种船同这种黑色怪鸟,皆是我小时节极欢喜的东西,见了它们同见老友一样。我为它们照了个相，希望这相还可看出个大略。我的相片已照了四张，到辰州我还想把最初出门时，军队驻扎的地方照来，时间恐不大方便。我的小船正在一个长潭中滑走，天气极明朗，水静得很，且起了些风，船走得很好。只是我手却冻坏了，如果这样子再过五天，一定更不成事了的。在北方手不肿冻，到南方来却冻手，这是件可笑的事情。

我的小船已到了一个小小水村边，有母鸡生蛋的声音，有人隔河喊人的声音，两山不大而翠色迎人，有许多待修理的小船皆斜卧在岸上。有人正在一只船边敲敲打打，我知道他们是在用麻头同桐油石灰嵌进船缝里去的。一个木筏上面还有小船，正在平潭中溜着，有趣得很！我快到柏子停船的岸边了，那里小船多得很，我一定还可以看到上千的真正柏子！

我烤烤手再写。这信快可以付邮了，我希望多写些，我知道你要许多，要许多。你只看看我的信，就知道我们离开后，我的心如何还在你的身边！

手一烤就好多了。这边山头已染上了浅绿色，透露了点春天的消息，说不出它的秀。我小船只差上一个长滩，就可以用桨划到辰州了。这时已有点风，船走得更快一些。到了辰州，你的相片可以上岸玩玩，四丫头的大相却只好在箱子里了。我愿意在辰州碰到几个必须见面的人，上去时就方便些。辰州到我县里只二百八十里，或二百六或二百廿里，若坐轿三天可到，我改坐轿子。一到家，我希望就有你的信，信中有我们所照的相片！

船已在上我所说最后一个滩了，我想再休息一会儿，上了这长滩，我再告你一切。我一离开你，就只想给你写信，也许你当时还应当苛刻一点，残忍一点，尽挤我写几年信，你觉得更有意思！

……

二哥

一月十八十二时卅分

历史是一条河

十八日下午二时卅分

我小船已把主要滩水全上完了，这时已到了一个如同一面镜子的潭里。山水秀丽如西湖，日头已出，两岸小山皆浅绿色。到辰州只差十里，故今天到地必很早。我照了个相，为一群拉纤人照的。现在太阳正照到我的小船舱中，光景明媚，正同你有些相似处。我因为在外边站久了一点，手已发了木，故写字也不成了。我一定得戴那双手套的，可是这同写信恰好是鱼同熊掌，不能同时得到。我不要熊掌，还是做近于吃鱼的写信吧。这信再过三四点钟就可发出，我高兴得很。记得从前为你寄快信时，那时心情真有说不出的紧处，可怜的事，这已成为过去了。现在我不怕你从我这种信中挑眼儿了，我需要你从这些无头无绪的信上，找出些我不必说的话……

我已快到地了，假若这时节是我们两个人，一同上岸去，一同进街且一同去找人，那多有趣味！我一到地见到了有点亲戚关系的人，他们第一句话，必问及你！我真想凡是有人问到你，就答复他们"在口袋里"！

三三，我因为天气太好了一点，故站在船后舱看了许久水，我心中忽然好像澈悟了一些，同时又好像从这条河中得到了许多智慧。三三，的的确确，得到了许多智慧，不是知识。我轻轻的叹息了好些次。山头夕阳极感动我，水底各色圆石也极感动我，我心中似乎毫无什么渣滓，透明烛照，对河水，对夕阳，对拉船人同船，皆那么爱着，十分温暖的爱着！我们平时不是读历史吗？一本历史书除了告我们些另一时代最笨的人相斫相杀以外有些什么？但真的历史却是一条河。从那日夜长流千古不变的水里，石头和砂子，腐了的草木，破烂的船板，使我触着平时我们所疏忽了若干年代若干人类的哀乐！我看到小小渔船，载了它的黑色鸬鹚向下流缓缓划去，看到石滩上拉船人的姿势，我皆异常感动且异常爱他们。我先前一时不还提到过这些人可怜的生、无所为的生吗？不，三三，我错了。这些人不需我们来可怜，我们应当来尊敬、来爱。他们那么庄严忠实的生，却在自然上各担负自己那分命运，为自己、为儿女而活下去。不管怎么样活，却从不逃避为了活而应有的一切努力。他们在他们那分习惯生活里、命运里，也依然是哭、笑、吃、喝，对于寒暑的来临，更感觉到这四时交递的严重。三三，我不知为什么，我感动得很！我希望活得长一点，同时把生活完全发展到我自己这分工作上来。我会用我自己的力量，为所谓人生，解释得比任何人皆庄严些与透入些！三三，我看久了水，从水里的石头得到一点平时好像不能得到的东西，对于人生，对于爱憎，仿佛全然与人不同了。我觉得惆怅得很，我总像看得太深太远，对于我自己，便成为受难者了。这时节我软弱得很，因为我爱了世界，爱了人类。三三，倘若我们这时正是两人同在一处，你瞧我眼睛湿到什么样子！

三三，船已到关上了，我半点钟就会上岸的。今晚上我恐怕无时间写信了，我们当说声再见！三三，请把这信用你那体面温和眼睛多吻几次！我明天若上行，会把信留到浦市发出的。

二哥

一月十八下午四点半

这里全是船了！

到泸溪

十九日下午四时廿分

我小船走得很好，上午无风，下午可有风，帆拉得满满的。河水还依然如前一信所说，很平很宽，不上什么滩，也不再见什么潭。再有十里我船可以到泸溪，船就得停泊了。天气好得很……动身时，我们最担心处是上面不安静，但如今这里的安静却令人出奇，只须从天气河流上看来，也就使人不必再担心有任何困难，会在远行人方面发生了。管领这条河面的是辰州那个戴旅长，军纪好得很，河面可以说是太安全了。在家在辰州的朋友亲戚，他们全将不许我走路，全要我多住一天两天，这可不成。我想在家中住三天，回转辰州住那一天，我想要云六大哥请客，把朋友请到新家来吃一顿。至于在家中，则打量一律不赴人的酒席。凡请我吃饭的，皆用"想陪母亲"来挡拒。这样一来当轻松一些。一切熟人皆相隔太久了，说话也无多意思，这些人某种知识也许比我的好过数倍，但我也无从去学习，因为学来也毫无用处。一切熟人生活皆与我完全不同，且仿佛皆活得比我更起劲，我同他们去玩也似乎不能再在一处玩了。家中只有妈同六弟同几个老年亲戚可以看看，在家中时，家中人一定特别快乐，我也一定特别快乐的。我就发愁要走，或走不动……

我小船已到了泸溪，时间六点多一些，天气太好，地方风景也雅多了。这里城不十分坏，码头可不像个样子，地方上下六十里皆著名码头，故商务萧条得很，只是通峒河的船峒河下游称武水，在泸溪汇入沅水，则应从此地分流。若想乘船直到我家乡，便可在此地搭船上行的。峒河来源很怪，全从悬崖石壁中流出，一下就可行船。另一支流则直经过我的家乡小城，绕城上行达到苗乡乌巢河的。

我小船已泊定，吃了两碗白面当饭，这时正有廿来只大船从上游下行，满江的橹歌，轻重急徐，各不相同又复谐和成韵。夕阳已入山，山头余剩一抹深紫，山城楼门矗立留下一个明朗的轮廓，小船上各处有人语声、小孩吵闹声、炒菜落锅声、船主问讯声。我真感动，我们若想读诗，除了到这里来别无再好地方了。这全是诗。

天黑了，我想把这信发了，故不写完。但写不完的却应当也为你看出些字句较好，因为这是从我身边来的一张纸……

你的心

十九下午六时半

泸溪黄昏

十九下午七时

我似乎说过泸溪的坏话,泸溪自己却将为三三说句好话了。这黄昏,真是动人的黄昏!我的小船停泊处,是离城还有一里三分之一地方,这城恰当日落处,故这时城墙同城楼明明朗朗的轮廓,为夕阳落处的黄天衬出。满河是橹歌浮着!沿岸全是人说话的声音,黄昏里人皆只剩下一个影子,船只也只剩个影子,长堤岸上只见一堆一堆人影子移动,炒菜落锅的声音与小孩哭声杂然并陈,城中忽然的一声小锣。唉,好一个圣境!

我明天这时,必已早抵浦市了的。我还得在小船上睡那么一夜,廿一则在小客店过夜,如《月下小景》一书中所写的小旅店,廿二就在家中过夜了……

明天就到廿了,日子说快也快,说慢又慢。我今天同昨天在路上已看到许多白塔,许多就河边石上捶衣的妇人,而且还看到河边悬崖洞中的房屋,以及架空的碾子。三三,我已到了"柏子"的小河,而且快要走到"翠翠"的家乡了!日中太阳既好,景致又复柔和不少,我念你的心也由热情而变成温柔的爱。我心中尽喊着你,有上万句话,有无数的字眼儿,一大堆微笑,一大堆吻,皆为你而储蓄在心上!我到家中见到一切人时,我一定因为想念着你,问答之间将有些痴话使人不能了解。也许别人问我:"你在北京好!"我会说:"我三三脸黑黑的,所以北京也很好!"不是这么说也还会有别的话可说,总而言之则免不了授人一点点开玩笑的机会。母亲年老了,这老人家看到我有那么一个乖而温柔的三三,同时若让这老人家知道我们如何要好,她还会更高兴的。我在辰州时,云六说:"妈还说'晓得从文怎么样就会选到一个屋里人?同他一样的既不成,同他两样的,更不好。'可是如今可来了,好了,原来也还有既不同样也不异样的人!"家中人看到我们很好,他们的快乐是你想不出的。他们皆很爱你,你却还不曾见过他们!

三三,昨天晚上同今晚上星子新月皆很美,在船上看天空尤可观,我不管冻到什么样子,还是看了许久星子。你若今夜或每夜皆看到天上那颗大星子,我们就可以从这一粒星子的微光上,仿佛更近了一些。因为每夜这一粒星子,必有一时同你眼睛一样,被我瞅着不旁瞬的。三三,在你那方面,这星子也将成为我的眼睛的!

你的二哥

十九下午九时

再到柳林岔

二号上午九点

这个时节我的小船已行走了五十里路,快要到美丽的柳林岔了。今天还未天亮时,船上人乘着月就下了最大最长的一个青浪滩。船在浪里过去时,只听到吼声同怒浪拍打船舷声,各处全是水,但毫不使人担心。照规矩,下行船在潭口上游有红嘴老鸦来就食,这船就不会发生任何危险。老鸦业已来过,故船上人就不在乎了。说到这老鸦时也真怪,下行船它来讨饭,把饭向空中抛去,它接着,便飞去了。它却不向上行船打麻烦。今天无风,水又极稳,故预备一夜赶到桃源。但车子不凑巧,我也许不能不在常德停一天,必得后天方能过长沙。天气阴阴的,也不很冷,也无雨无雪,坐船得这样天气,可以说是十分幸福的。我觉得一天比一天接近你了,我快乐得很!

柳林岔的滩太好看了

我今天又得吃鱼，水手的鱼真不可不吃，不忍不吃。鱼卖一毛钱一斤，不买它来吃，不说打鱼人，便是鱼也会多心的。我带来了不少腊肉、腊肠，还有十筒茶叶、一百桔子。还有个牛角，从苗巫师处得到，预备送一个人的。还有圈子，应作送四丫头等的钏子。还有梨子，味道并不怎样高明，但已是"五千里外远客"的梨子。还有印花布，可以作客厅垫单用的宝物！到长沙时，我或许为你们带了些酱油来，或许还可带两对鸭绒枕心作为垫子。我在长沙应蹲个半天，还应见四五个人，希望天晴，在街上可以多见识见识。长沙一切皆不恶，市面尤其好看。

……前天晚上我在辰州戴家吃消夜，差不多把每一样菜皆来上一把辣子，上到鱼翅时，我以为这东西大约不会辣了，谁知还是有一钱以上的胡椒末在汤中。可是到后上莲子，可归我独享了。回家时已十二点钟，先回家的大哥早已睡觉了。

我小船又在下滩了，好大的水！这水又窄又急，滩下还停顿得有卅来只大船等待——上滩。那滩下转折处的远山，多神奇的设计！我只想把你一下捉到这里来，让你一惊，我真这么想。我希奇那些住在对岸的人，对着这种山还毫不在乎。

我这时已吃过了一顿模范早餐，我吃完了饭，水手也吃完了饭，各人在吸丝烟，船在一个梢公桨下顺流而下。这长潭，又是多么神奇的境界！我吃得是一大碗糙米饭、一碗用河水煮就的河鱼、一碗紫菜苔、一点香肠。三斤半的鲤鱼我大约吃了十二两。一个大尾巴，用茶油煎成黄色的家伙，我差不多完全吃光了。假若这样在船上半年，不必读一本书，我一定也聪明多了。河鱼味道我还缺少力量来描写它。

在岸上吃过饭后的人总懒些呆些,在船上可两样了。我在船上每次把饭吃过以后,人总非常舒服。只想讲话,只想动,只想写。六月里假若我们还可以有一个月离开北京,我以为纵不是过辰州避暑,也不妨来湖南坐坐我所坐的小船,因为单是船上这种生活,只要一天,你就会觉得其他任何麻烦皆抵消了。这河上的一切,你只需看一眼,你就会终生不忘。等着六月再看吧,如果六月时短期离开北平不是件大事,我们就来到这河上证实一下我所说的一切吧。

今天一点儿风也不起,我的小船一个整天会在这条河上走两百里路的。今天所走的路,抵前次上行四天所走的路。你只想想这个比数,也就可以想象得出这段河流的速度了。

二哥

十二点或者还欠些

(我表已不在手边了)

过新田湾

二号十二点过些

假若你见到纸背后那个地方、那点树、石头、房子、一切的配置、那点颜色的柔和,你会大喊大叫。不瞒你,我喊了三声!可惜我身边的箱匣子不能用,颜色笔又送人了,对这一切简直毫无办法。我的小船算来已走了九十里,再过相等时间,我可以到桃源了。我希望黄昏中到桃源,则可看看灯,看看这小城在灯光中的光景。还同时希望赶得及在黄昏前看桃源洞。这时一点儿风没有,天气且放了晴,薄薄的日头正照在我头上。我坐的地方是梢公脚边,他的桨把每次一推仿佛就要磕到我的头上,却永远不至于当真碰着我。河水已平,水流渐缓,两岸小山皆接连如佛珠,触目苍翠如江南的五月。竹子、松、杉,以及其他常绿树皆因一雨洗得异常干净。山谷中不知何处有鸡叫,有牛犊叫,河边有人家处,屋前后必有成畦的白菜,作浅绿色。……那个地方、那点树、石头、房子、一切的配置、那点颜色的柔和,你会大喊大叫。

小埠头停船处,且常有这种白菜堆积成 A 字形,或相间以红萝卜。三三,我纵有笔有照相器,这里的一切颜色、一切声音,以至于由于水面的静穆所显出的调子,如何能够一下子全部捉来让你望到这一切,听到这一切,且计算着一切,我叹息了。我感到生存或生命了。三三,我这时正像上行时在辰州较下游一点点和尚洲附近,看着水流所感到的一样。我好像智慧了许多,温柔了许多。

三三,更不得了,我又到了一个新地方,梢公说这是"新田湾"。有人唤渡,渔船上则有晒帆晾网的。码头上的房子已从吊脚楼改而为砖墙式长列,再加上后面远山近山的翠绿颜色,我不知道怎么来告你了。三三,这地方同你一样,太温柔了。看到这些地方,我方明白我在一切作品上用各种赞美言语装饰到这条河流时,所说的话如何蠢笨。

我这时真有点难过,因为我已弄明白了在自然安排下我的蠢处。人类的言语太贫乏了。单是这河面修船人把麻头塞进船缝敲打的声音,在鸡声人声中如何静,你没有在场,你从任何文字上也永远体会不到的!我不原谅我的笨处,因为你得在我这枝笔下多明白些,也分享些这里这时的一切!三三,正因为我无法原谅自己,我这时好像很忧愁。在先一时我以为人类是个万能的东西,看到的一切,并各种官能感到的一切,总有办法用点什么东西保留下来,我且有这种自信,我的笔是可以作到这件事情的。现在我方明白我的力量差得远。毫无可疑,我对于这条河中的一切,经过这次旅行可以多认识了一些,此后写到它时也必更动人一些。在别人看来,我必可得到"更成功"的谀语,但在我自己,却成为一个永远不能用骄傲心情来作自己工作的补剂那么一个人了。我明白我们的能力,比自然如何渺小,我低首了。这种心境若能长久支配我,则这次旅行,将使我在人事上更好一些……

这时节我的小船到了一个挂宝山前村,各处皆无宝贝可见。梢公却说了话:

"这山起不得火,一起火辰州也就得起火。"

我说:"哪一个山?"原来这里有无数小山。

梢公用手一挥,"这一串山!"

我笑了。他为我解释:

"因为这条山迎辰州,故起不得火。"

真是有趣的传说,我不想明白这个理由,故不再问他什么。我只想你,因为这山名为挂宝山,假若我是个梢公,前面坐了一个别的人,我告他的一定是关于你的事情!假若我不是梢公,但你这时却坐在我身旁,我凭空来凑个故事,也一定比"失火"有趣味些!

我因为这梢公只会告我这山同辰州失火有关,似乎生了点气,故钻进舱中去了。我进舱时听岸边有黄鸟叫,这鸟在青岛地方,六月里方会存在。

这次在上面所见到的情形,除了风景以外,人事却使我增加无量智慧。这里的人同城市中人相去太远,城市中人同下面都市中人又相去太远了,这种人事上的距离,使我明白了些说不分明的东西,此后关于说到军人,说到劳动者,在文章上我的观念或与往日完全不同了。

我那乡下有一样东西最值钱,又有一样东西最不值钱,我不告给你,你尽可同四丫头、九九,三人去猜,谁猜着了我回来时把她一样礼物。

我在家中时除泻以外头总有点晕,脚也有点疼,上了船,我已不泻不疼,只是还有些些儿头晕。也许我刚才风吹得太久了点,我想睡睡会好些。如果睡到晚上还不见好,便是长途行旅、车船颠簸把头脑弄坏了的缘故。这不算大事,到了北京只要有你用手摸摸也就好了。

……

我头晕得很,我想歇歇,可是船又在下滩了。

> 二哥
> 大约二点左右

看到这些地方,我方明白我在一切作品上用各种赞美言语装饰到这条河流时,所说的话如何蠢笨。

鸭窠围的夜

天快黄昏时落了一降雪子，不久就停了。天气真冷，在寒气中一切都仿佛结了冰。便是空气，也像快要冻结的样子。我包定的那一只小船，在天空大把撒着雪子时已泊了岸。从桃源县沿河而上这已是第五个夜晚。看情形晚上还会有风有雪，故船泊岸边时便从各处挑选好地方。沿岸除了某一处有片沙宜于泊船以外，其余地方全是黛色如屋的大岩石。石头既然那么大，船又那么小，我们都希望寻觅得到一个能作小船风雪屏障，同时要上岸又还方便的处所。凡是可以泊船的地方早已被当地渔船占去了。小船上的水手，把船上下各处撑去，钢钻头敲打着沿岸大石头，发出好听的声音，结果这只小船，还是不能不同许多大小船只一样，在正当泊船处插了篙子，把当作锚头用的石碇抛到沙上去，尽那行将来到的风雪，摊派到这只船上。

这地方是个长潭的转折处，两岸是高大壁立千丈的山，山头上长着小小竹子，长年翠色逼人。这时节两山只剩余一抹深黑，赖天空微明为画出一个轮廓。但在黄昏里看来如一种奇迹的，却是两岸高处去水已三十丈上下的吊脚楼。这些房子莫不俨然悬挂在半空中，藉着黄昏的余光，还可以把这些希奇的楼房形体，看得出个大略。这些房子同沿河一切房子有个共通相似处，便是从结构上说来，处处显出对于木材的浪费。房屋既在半山上，不用那么多木料，便不能成为房子吗？半山上也用吊脚楼形式，这形式是必须的吗？然而这条河水的大宗出口是木料，木材比石块还不值价。因此，即或是河水永远涨不到处，吊脚楼房子依然存在，似乎也不应当有何惹眼惊奇了。但沿河因为有了这些楼房，长年与流水斗争的水手，寄身船中枯闷成疾的旅行者，以及其他过路人，却有了落脚处了。这些人的疲劳与寂寞是从这些房子中可以一律解除的。地方既好看，也好玩。

河面大小船只泊定后,莫不点了小小的油灯,拉了篷。各个船上皆在后舱烧了火,用铁鼎罐煮红米饭。饭焖熟后,又换锅子熬油,哗的把菜蔬倒进热锅里去。一切齐全了,各人蹲在舱板上三碗五碗把腹中填满后,天已夜了。水手们怕冷怕动的,收拾碗盏后,就莫不在舱板上摊开了被盖,把身体钻进那个预先卷成一筒又冷又湿的硬棉被里去休息。至于那些想喝一杯的,发了烟瘾得靠靠灯,船上烟灰又翻尽了的,或一无所为,只是不甘寂寞,好事好玩想到岸上去烤烤火谈谈天的,便莫不提了桅灯,或燃一段废缆子,摇晃着从船头跳上了岸,从一堆石头间的小路径,爬到半山上吊脚楼房子那边去,找寻自己的熟人,找寻自己的熟地。陌生人自然也有来到这条河中,来到这种吊脚楼房子里的时节,但一到地,在火堆旁小板凳上一坐,便是陌生人,即刻也就可以称为熟人乡亲了。

这河边两岸除了停泊有上下行的大小船只三十左右以外,还有无数在日前趁融雪涨水放下形体大小不一的木筏。较小的木筏,上面供给人住宿过夜的棚子也不见,一到了码头,便各自上岸找住处去了。大一些的木筏呢,则有房屋,有船只,有小小菜园与养猪养鸡栅栏,还有女眷和小孩子。

黑夜占领了全个河面时,还可以看到木筏上的火光,吊脚楼窗口的灯光,以及上岸下船在河岸大石间飘忽动人的火炬红光。这时节岸上船上都有人说话,吊脚楼上且有妇人在黯淡灯光下唱小曲的声音,每次唱完一支小曲时,就有人笑嚷。甚么人家吊脚楼下有匹小羊叫,固执而且柔和的声音,使人听来觉得忧郁。我心中想着,"这一定是从别一处牵来的,另外一个地方,那小畜生的母亲,一定也那么固执地鸣着吧。"算算日子,再过十一天便过年了。"小畜生明不明白只能在这个世界上活过十天八天?"明白也罢,不明白也罢,这小畜生是为了过年而赶来,应在这个地方死去的。此后固执而又柔和的声音,将在我耳边永远不会消失。我觉得忧郁起来了。我仿佛触着了这世界上一点东西,看明白了这世界上一点东西,心里软和得很。

但我不能这样子打发这个长夜。我把我的想象,追随了一个唱曲时清中夹沙的妇女声音,到她的身边去了。于是仿佛看到了一个床铺,下面是草荐,上面摊了一床用旧帆布或别的旧货做成脏而又硬的棉被，搁在床正中被单上面的是一个长方木托盘，盘中有一把小茶盏、一个小烟盒、一支烟枪、一块小石头、一盏灯。盘边躺着一个人在烧烟。唱曲子的妇人，或是袖了手捏着自己的膀子站在吃烟者的面前，或是靠在男子对面的床头，为客人烧烟。房子分两进，前面临街，地是土地，后面临河，便是所谓吊脚楼了。这些人房子窗口既一面临河，可以凭了窗口呼喊河下船中人，当船上人过了瘾、胡闹已够、下船时，或者尚有些事情嘱托，或有其他原因，一个晃着火炬停顿在大石间，一个便凭立在窗口，"大佬你记着，船下行时又来。""好，我来的，我记着的。""你见了顺顺就说：会呢，完了；孩子大牛呢，脚膝骨好了。细粉带三斤，冰糖或片糖带三斤。""记得到，记得到，大娘你放心，我见了顺顺大爷就说：会呢，完了。大牛呢，好了。细粉来三斤，冰糖来三斤。""杨氏，杨氏，一共四吊七，莫错账！""是的，放心呵，你说四吊七就四吊七，年三十夜莫会要你多的！你自己记着就是了！"这样那样的说着，我一一都可听到，而且一面还可以听着在黑暗中某一处咩咩的羊鸣。我明白这些回船的人是上岸吃过"荤烟"了的。

我还估计得出，这些人不吃"荤烟"，上岸时只去烤烤火的，到了那些屋子里时，便多数只在临街那一面铺子里。这时节天气太冷，大门必已上好了，屋里一隅或点了小小油灯，屋中土地上必就地掘了浅凹火炉膛，烧了些树根柴块。火光煜煜，且时时刻刻爆炸着一种难于形容的声音。火旁矮板凳上坐有船上人，木筏上人，有对河住家的熟人。且有虽为天所厌弃还不自弃年过七十的老妇人，闭着眼睛蜷成一团蹲在火边，悄悄的从大袖筒里取出一片薯干、一枚红枣，塞到嘴里去咀嚼。有穿着肮脏、身体瘦弱的孩子，手擦着眼睛傍着火旁的母亲打盹。屋主人有为退伍的老军人，有翻船背运的老水手，有单身寡妇。藉着火光灯光，可以看得出这屋中的大略情形，三堵木板壁上，一面必有个供奉祖宗的神龛，神龛下空处或另一面，必贴了一些大小不一的红白名片。这些名片倘若有那些好事者加以注意，用小油灯照着，去仔细检查检查，便可以发现许多动人的名衔，军队上的连副、上士、一等兵，商号中的管事，当地的团总、保正、催租吏，以及照例姓滕的船主，洪江的木商人，与其他各行各业人物,无所不有。这是近一二十年来经过此地若干人中一小部分的题名录。这些人各用一种不同的生活,来到这个地方,且同样的来到这些屋子里,坐在火边或靠近床上,逗留过若干时间。这些人离开了此地后,在另一世界里还是继续活下去,但除了同自己的生活圈子中人发生关系以外,与一同在这个世界上其他的人,却仿佛便毫无关系可言了。他们如今也许早已死掉了,水淹死的,枪打死的,被外妻用砒霜谋杀的,然而这些名片却依然将好好的保留下去。也许有些人已成了富人名人,成了当地的小军阀,这些名片却依然写着催租人、上士等等的衔头。……除了这些名片,那屋子里是不是还有比它更引人注意的东西呢?锯子、小捞兜、香烟大画片、装干栗子的口袋……

提起这些问题时使人心中很激动。我到船头上去眺望了一阵。河面静静的,木筏上火光小了,船上的灯光已很少了,远近一切只能藉着水面微光看出个大略情形。另外一处的吊脚楼上,又有了妇人唱小曲的声音,灯光摇摇不定,且有猜拳声音。我估计那些灯光同声音所在处,不是木筏上的头在取乐,就是水手们小商人在喝酒。妇人手指上说不定还戴了水手特别为从常德府捎带来的镀金戒指,一面唱曲一面把那只手理着鬓角,多动人的一幅画图!我认识他们的哀乐,这一切我也有分。看他们在那里把每个日子打发下去,也是眼泪也是笑,离我虽那么远,同时又与我那么相近。这正同读一篇描写西伯利亚的农人生活动人作品一样,使人掩卷引起无言的哀戚。我如今只用想象去领味这些人生活的表面姿态,却用过去一分经验,接触着了这种人的灵魂。

羊还固执地鸣着。远处不知甚么地方有锣鼓声音,那一定是某个人家禳土酬神还愿巫师的锣鼓。声音所在处必有火燎与九品蜡照耀争辉。眩目火光下必有头包红布的老巫师独立作旋风舞,门上架上有黄钱,平地有装满了谷米的平斗。有新宰的猪羊伏在木架上,头上插着小小五色纸旗。有行将为巫师用口把头咬下的活公鸡,缚了双脚与翼翅,在土坛边无可奈何的躺卧。主人锅灶边则热了满锅猪血稀粥,灶中正火光熊熊。

邻近一只大船上,水手们已静静的睡下了,只剩余一个人吸着烟,且时时刻刻把烟管敲着船舷。也像听着吊脚楼的声音,为那点声音所激动,引起种种联想，忽然按捺自己不住了，只听到他轻轻的骂着野话，擦了支自来火，点上一段废缆，跳上岸往吊脚楼那里去了。他在岸上大石间走动时，火光便从船篷空处漏进我的船中。也是同样的情形吧，在一只装载棉军服向上行驶的船上，泊到同样的岸边，躺在成束成捆的军服上面，夜既太长，水手们爱玩牌的各蹲坐在舱板上小油灯光下玩天九，睡既不成，便胡乱穿了两套棉军服，空手上岸，藉着石块间还未融尽残雪返照的微光，一直向高岸上有灯光处走去。到了街上，除了从人家门罅里露出的灯光成一条长线横卧着，此外一无所有。在计算中以为应可见到的小摊上成堆的花生，用哈德门长方纸烟匣装着干瘪瘪的小桔子，切成小方块的片糖，以及在灯光下看守摊子把眉毛扯得极细的妇人（这些妇人无事可作时还会在灯光下做点针线的），如今甚么也没有。既不敢冒昧闯进一个人家里面去，便只好又回转河边船上了。但上山时向灯光凝聚处走去，方向不会错误，下河时可糟了。糊糊涂涂在大石小石间走了许久，且大声喊着，才走近自己所坐的一只船。上船时，两脚全是泥，刚攀上船舷还不及脱鞋落舱，就有人在棉被中大喊："伙计哥子们，脱鞋呀！"把鞋脱了还不即睡，便镶到水手身旁去看牌，一直看到半夜——十五年前自己的事，在这样地方温习起来，使人对于命运感到十分惊异。我懂得那个忽然独自跑上岸去的人，为甚么上去的理由！

等了一会，邻船上那人还不回到他自己的船上来，我明白他所得的必比我多了一些。我想听听他回来时，是不是也像别的船上人，有一个妇人在吊脚楼窗口喊叫他。许多人都陆续回到船上了，这人却没有下船。我记起"柏子"。但是，同样是水上人，一个那么快乐的赶到岸上去，一个却是那么寂寞的跟着别人后面走上岸去，到了那些地方，情形不会同柏子一样，也是很显然的事了。

为了我想听听那个人上船时那点推篷声音，我打算着。在一切声音全已安静时，我仍然不能睡觉。我等待那点声音，大约到午夜十二点，水面上却起了另外一种声音。仿佛鼓声，也仿佛汽油船马达转动声，声音慢慢的近了，可是慢慢的又远了。像是一个有魔力的歌唱，单纯到不可比方，也便是那种固执的单调，以及单调的延长，使一个身临其境的人，想用一组文字去捕捉那点声音,以及捕捉在那长潭深夜一个人为那声音所迷惑时节的心情,实近于一种徒劳无功的努力。那点声音使我不得不再从那个业已用被单塞好空罐的舱门,到船头去搜索它的来源。河面一片红光,古怪声音也就从红光一面掠水而来。原来日里隐藏在大岩下的一些小渔船,在半夜前早已静悄悄的下了拦江网。到了半夜,把一个从船头伸在水面的铁兜,盛上燃着熊熊烈火的油柴,一面用木棒槌有节奏的敲着船舷各处漂去。身在水中见了火光而来与受了柝声吃惊四窜的鱼类,便在这种情形中触了网,成为渔人的俘虏。

一切光,一切声音,到这时节已为黑夜所抚慰而安静了,只有水面上那一分红光与那一派声音。那种声音与光明,正为着水中的鱼和水面的渔人生存的搏战,已在这河面上存在了若干年,且将在接连而来的每个夜晚依然继续存在。我弄明白了,回到舱中以后,依然默听着那个单调的声音。我所看到的仿佛是一种原始人与自然战争的情景。那声音,那火光,都近于原始人类的战争,把我带回到四五千年那个"过去"时间里去。

不知在甚么时候开始落了很大的雪。听船上人细语着,我心想,第二天我一定可以看到邻船上那个人上船时节,在岸边雪地上留下那一行足迹。那寂寞的足迹,事实上我却不曾见到,因为第二天到我醒来时,小船已离开那个泊船处很远了。

(本篇原载于 1934 年 4 月《文学》二卷四期)

常德的船

常德就是武陵,陶潜的《搜神后记》上《桃花源记》说的渔人老家,应当摆在这个地方。德山在对河下游,离城市二十余里,可说是当地唯一的山。汽车也许停德山站,也许停县城对河另一站。汽车不必过河,车上人却不妨过河,看看这个城市的一切。地理书上告给人说这里是湘西一个大码头,是交换出口货与入口货的地方。桐油、木料、牛皮、猪肠子和猪鬃毛，烟草和水银，五倍子和雅片烟，由川东、黔东、湘西各地用各色各样的船只装载到来，这些东西全得由这里转口，再运往长沙武汉的。子盐、花纱、布匹、洋货、煤油、药品、面粉、白糖，以及各种轻工业日用消耗品和必需品，又由下江轮驳运到，也得从这里改装，再用那些大小不一的船只，分别运往沅水各支流上游大小码头去卸货的。市上多的是各种庄号。各种庄号上的坐庄人，便在这种情形下成天如一个磨盘，一种机械，为职务来回忙。邮政局的包裹处，这种人进出最多。长途电话的营业处，这种坐庄人是最大主顾。酒席馆和妓女的生意，靠这种坐庄人来维持。

除了这种繁荣市面的商人，此外便是一些寄生于湖田的小地主，作过知县的小绅士，各县来的男女中学生，以及外省来的参加这个市面繁荣的掌柜、伙计、乌龟、王八。全市人口过十万，街道延长近十里，一个过路人到了这个城市中时，便会明白这个湘西的咽喉，真如所传闻，地方并不小可是却想不到这咽喉除吐纳货物和原料以外，还有些什么东西。

作这种吐纳工作，责任大，工作忙，性质杂，又是些什么人。

假若一旦没有了他们，这城市会不会忽然成为河边一个废墟？

这种人照例触目可见，水上城里无一不可以碰头，却又最容易为旅行者所疏忽。我想说的是真正在控制这个咽喉，支配沅水流域的几万船户。

这个码头真正值得注意令人惊奇处，实也无过于船户和他所操纵的水上工具了。要认识湘西，不能不对他们先有一种认识。要欣赏湘西地方民族特殊性，船户是最有价值材料之一种。

一个旅行者理想中的武陵，渔船应当极多。到了这里一看，才知道水面各处是船只，可是却很不容易发现一只渔船。

长河两岸浮泊的大小船只，外行人一眼看去，只觉得大同小异，事实上形制复杂不一，各有个性，代表了各个地方的个性。让我们从这方面来多知道一点，对于我们也许有些便利处。

船只最触目的三桅大方头船，这是个外来客，由长江越湖来的，运盐是它主要的职务。它大多数只到此为止,不会向沅水上游走去。普通人叫它做"盐船",名实相副。船家叫它做"大鳅鱼头",《金陀粹编》上载岳飞在洞庭湖水擒杨幺故事,这名字就见于记载了,名字虽俗,来源却很古。这种船只大多数是用乌油漆过,所以颜色多是黑的。这种船按季候行驶,因为要大水大风方能行动。杜甫诗上描绘的"洋洋万斛船,影若扬白虹",也许指的就是这种水上东西。

比这种盐船略小,有两桅或单桅,船身异常秀气,头尾突然收敛,令人入目起尖锐印象,全身是黑的,名叫"乌江子"。它的特长是不怕风浪,运粮食越湖。它是洞庭湖上的竞走选手。形体结构上的特点是桅高,帆大,深舱,锐头。盖舱篷比船身小,因为船舷外还有护舱板。弄船人同船只本身一样,一看很干净,秀气斯文。行船既靠风,上下行都使帆,所以帆多整齐。船上用的水手不多,仅有的水手会拉篷,摇橹,撑篙,不会荡桨,——这种船上便不常用桨。放空船时妇女还可代劳掌舵。这种船间或也沿河上溯,数目极少,船身材料薄,似不宜于冒险。这种船在沅水流域也算是外来客。

在沅水流域行驶,表现得富丽堂皇,气象不凡,可称为巨无霸的船只,应当数"洪江油船"。这种船多方头高尾,颜色鲜明,间或且有一点金漆装饰。尾梢有舵楼,可以安置家眷。大船下行可载三四千桶桐油,上行可载两千件棉花,或一票食盐。用橹手二十六人到四十人,用纤手三十人到六七十人。必待春水发后方上下行驶,路线系往返常德和洪江。每年水大至多上下三五回,其余大多时节都在休息中,成排结队停泊河面,俨然是河上的主人。船主照例是麻阳人,且照例姓滕,善交际,礼数清楚。常与大商号中人拜把子,攀亲家。行船时站在船后檀木舵把边,庄严中带点从容不迫神气,口中含了个竹马鞭短烟管,一面看水,一面吸烟。遇有身分的客人搭船,喝了一杯酒后,便向客人一五一十叙述这只油船的历史,载过多少有势力的军人、阔佬,或名驰沅水流域的妓女。换言之,就是这只船与当地"历史"发生多少关系!

这种船只上的一切东西,无一不巨大坚实。船主的装束在船上时看不出什么特别处,上岸时却穿长袍(下脚过膝三四寸),罩青羽绫马褂,戴呢帽或小缎帽,佩小牛皮抱肚,用粗大银链系定,内中塞满了银元。穿生牛皮靴子,走路时踏得很重。个子高高的,瘦瘦的。有一双大手,手上满是黄毛和青筋。会喝酒,打牌,且豪爽大方,吃花酒应酬时,大把银元钞票从抱肚掏出,毫不吝啬。水手多强壮勇敢,眉目精悍,善唱歌、汹水、打架、骂野话。下水时如一尾鱼,上岸接近妇人时像一只小公猪。白天弄船,晚上玩牌,同样做得极有兴致。船上人虽多,却各有所事,从不紊乱。舱面永远整洁如新。拔锚开头时,必擂鼓敲锣,在船头烧纸烧香,煮白肉祭神,燃放千子头鞭炮,表示人神和乐,共同帮忙,一路福星。在开船仪式与行船歌声中,使人想起两千年前《楚辞》发生的原因,现在还好好的保留下来,今古如一。

比洪江油船小些,形式仿佛也较笨拙些(一般船只用木板作成,这种船竟像用木柱作成),平头大尾,一望而知船身十分坚实,有斗拳师的神气,名叫"白河船"。白河即酉水的别名。这种船只即行驶于沅水由常德到沅陵一段,酉水由沅陵到保靖一段。酉水滩流极险,船只必经得起磕撞。船只必载重方能压浪,因此尾部如臀,大而圆。下行时在船头缚大木桡一两把。木桡的用处是船只下滩,转头时比舵切于实际。

照水上人俗谚说:"三桨不如一篙,三橹不如一桡。"桡读作招。酉水浅而急,不常用橹,篙桨用处多,因此篙多特别长大,桨较粗硕,肥而短。船篷用粽子叶编成,不涂油。船主多永顺保靖人,姓向姓王姓彭占多数。酉水河床窄,滩流多,为应付自然,弄船人所需要的勇敢能耐也较多。行船时常用相互诅骂代替共同唱歌,为的是受自然限制较多,脾气比较坏一点。酉水是传说中古代藏书洞穴所在地,多的是高大宏敞充满神秘的洞穴。由沅陵起到酉阳止,沿酉水流域的每个县分总有几个洞穴。可是如沅陵的大酉洞,二酉洞,保靖的狮子洞,酉阳的龙洞,这些洞穴纵有书籍也早已腐烂了。到如今这条河流最多的书应当是宝庆纸客贩卖的石印本历书,每一条船上照例都有一本"皇历"。船家禁忌多,历书是他们行动的宝贝。河水既容易出事情,个人想减轻责任,因此凡事都俨然有天作主,由天处理,照书行事,比较心安,也少纠纷,船只出事时有所借口。酉水流域每个县分的船只,在形式上又各不相同,不过这些小船不出白河,在常德能看到的白河油船,形体差不多全是一样。

　　沅水中部的辰溪县,出白石灰和黑煤,运载这两种东西的本地船叫做"辰溪船",又名"广舶子"。它的特点和上述两种船只比较起来,显得材料脆薄而缺少个性。船身多是浅黑色,形状如土布机上的梭子,款式都不怎么高明。下行多满载一些不值钱的货,上行因无回头货便时常放空。船身脏,所运货又少时间性,满载下驶,危险性多,搭客不欢迎,因之弄船人对于清洁、时间就不甚关心。这种船上的席篷照例是不大完整的,布帆是破破碎碎的,给人印象如一个破落户。

　　弄船人因闲而懒,精神多显得萎靡不振。

　　洞河(即泸溪)发源于乾城苗乡大小龙洞,和凤凰苗乡乌巢河,两条小河在乾城县的所里市相汇。向东流,到泸溪县,方和沅水同流,在这条河里的船就叫"洞河船"。河源主流由苗乡梨林地方两个洞穴中流出,河床是乱石底子,所以水特别清,水性特别猛。船身必需从撞磕中挣扎,河身既小,船身也较轻巧。船舷低而平,船头窄窄的。在这种船上水手中,我们可以发现苗人。不过见着他时我们不会对他有何惊奇,他也不会对我们有何惊奇。这种人一切和别的水上人都差不多,所不同处,不过是他那点老实、忠厚、纯朴、戆直性情——原人的性情,因为住在山中,比城市人保存得多点罢了。乾城人极聪明文雅,小手小脚小身材,唱山歌时嗓子非常好听,到码头边时,可特别沉默安静。船只太小了,不常有机会到这大码头边靠船。这种船停泊在河面时似乎很羞怯,正如水手们上街时一样羞怯。

　　乾城用所里作本县吐纳货物的水码头。地方虽不大,小小石头城却很整齐干净,且出了几个近三十年来历史上有名姓的人物。段祺瑞时代的陆军总长傅良佐将军,是生长在这个小县城里的。东北军宿将,国内当前军人中称战术权威的杨安铭将军,也是这地方人。

　　在河上显得极活动,极有生气,而且数量极多的,是普通的中型"麻阳船"。这种船头尾高举,秀拔而灵便。这种船只的出处是麻阳河(即辰溪)。每只船上都可见到妇人、孩子、童养媳。弄船人一面担负商人委托的事务,一面还担负上帝派定的工作，两方面都异常称职。沅水流域的转运事业，大多数由这地方人支配，人口繁荣的结果，且因此在常德城外多了一条麻阳街。"一切成功都必需争斗"，这原则也可用作麻阳街的说明。据传说，这条街是个姓滕的水手滕老九双拳打出来的。我们若有兴趣特意到那条街上走走，可知道开小铺子的，做理发店生意的，卖船上家伙的，经营不用本钱最古职业的，全是麻阳乡亲，我们就会明白，原来参加这种争斗，每人都有一份。麻阳人的精力绝伦处，或者与地方出产有点关系。麻阳出各种橘子，糯米也极好，作甜酒特别相宜。

人口加多，船只也越来越多，因此沅水水面的世界，一大半是麻阳人占有的。大凡船只停靠处，都有叫乡亲的麻阳人。乡亲所得的便利极多，平常外乡人，坐船时于是都叫麻阳人作"乡亲"。乡亲的特点是面目精悍而性情快乐，作水手的都能吃，能做，能喝，能打架。船主上岸时必装扮成为一个小乡绅，如驾洪江油船的大老板一样穿袍穿褂，着生牛皮盘云长统钉靴，戴有皮封耳的毡帽或博士帽，手指套上分量沉重的金戒指，皮抱肚里装上许多大洋钱，短烟管上悬个老虎爪子，一端还镶包一片镂花银皮。见人就请教仙乡何处，贵府贵姓。

本人大多数姓滕，名字"代富"、"宜贵"。对三十年来的本省政治，比起任何地方船主都熟习，都关心。欢喜讲礼教，臧否人物，且善于称引经典格言和当地俗谚，作为谈天时章本。

恭维客人时必从恭维上增多一点收入，被客人恭维时便称客人为"知己"，笑嘻嘻的请客人喝包谷子酒。妇女在船上不特对于行船毫无妨碍，且常常是一个好帮手。妇女多壮实能干，大脚大手，善于生男育女。

麻阳人中另外还有一双值得称赞的手，在湘西近百年实无匹敌，在国内也是一个少见的艺术家，是塑像师张秋潭那双手，小件艺术品多在烟盘边靠灯时用烟签完成的，无一不作得栩栩如生，至今还留下些在湘西私人手中。大件是各县庙宇天王观音等神像，辛亥以后破除迷信，毁去极多。

在常德水码头船只极小，飘浮水面如一片叶子，数量之多如淡干鱼，是专载客人用的"桃源划子"。木商与烟贩,上下办货的庄客,过路的公务员,放假的男女学生,同是这种小船的主顾。船身既轻小,上下行的速度较之其他船只快过一倍,下滩时可从边上小急流走,决不会出事。在平潭中且可日夜赶程,不会受关卡留难。因此在有公路以前,这种小小船只实为沅水流域交通利器。弄船人工作不需如何紧张,开销又少,收入却较多。装载客人且多阔老,同时桃源县人的性格又特别随和(沅水一到桃源后就变成一片平潭,再无恶滩急流,自然影响到水上人性情很大),所以弄船人脾气就马虎得多,很多是瘾君子,白天弄船,晚上便靠灯。有些家中人说不定还留在县里,经营一种不必要本钱的职业,分工合作,都不闲散。且能作客人向导,带访桃源洞的客人到所要到的新奇地方去。

在沅水流域上下行驶,停泊到常德码头应当称为"客人"的船只,共有好几种,有从芷江上游黔东玉屏来的,有从麻阳河上游黔东铜仁来的,有从白河上游川东龙潭来的。玉屏船多就洪江转口,下行不多。龙潭船多从沅陵换货,下行不多。铜仁船装油硷下行的,有些庄号在常德,所以常直放常德。船只最引人注意处是颜色黄明照眼,式样轻巧,如竞赛用船。船头船尾细狭而向上翘举,舱底平浅,材料脆薄,给人视觉上感到灵便与愉快,在形式上可谓秀雅绝伦。弄船人语言清婉,装束素朴,有些水手还穿齐膝的长衣,裹白头巾,风度整洁和船身极相称。船小而载重,故下行时船舷必缚茅束挡水。这种船停泊河中,仿佛极其谦虚,一种作客应有的谦虚。然而比同样大小的船只都整齐,一种作客不能不注意的整齐。

此外常德河面还有一种船只,数量极多,有的时常移动,有的又长久停泊。这些船的形式一律是方头,方尾,无桅,无舵。用木板作舱壁,开小小窗子,木板作顶。有些当作船主的金屋,有些又作逋逃者的窟穴。船上有招纳水手客人的本地土娼,有卖烟和糖食、小吃、猪蹄子粉面的生意人。此外算命卖卜的,圆光关亡的,无不可以从这种船上发现。船家做寿成亲,也多就方便借这种水上公馆举行,因此一遇黄道吉日,总是些张灯结彩,响器声,弦索声,大小炮仗声,划拳歌呼声,点缀水面热闹。

常德乡城本身也就类乎一只旱船，女作家丁玲，法律家戴修瓒，国学家余嘉锡，是这只旱船上长大的。较上游的河堤比城中高得多，涨水时水就到了城边，决堤时城四围便是水了。常德沿河的长街，街市上大小各种商铺不下数千家，都与水手有直接关系。杂货店铺专卖船上用件及零用物，可说是它们全为水手而预备的。至如油盐、花纱、牛皮、烟草等等庄号，也可说水手是为它们而有的。此外如茶馆、酒馆和那经营最素朴职业的户口，水手没有它不成，它没水手更不成。

常德城内一条长街，铺子门面都很高大（与长沙铺子大同小异，近于夸张），木料不值钱，与当地建筑大有关系。地方滨湖，河堤另一面多平田泽地，产鱼虾、莲藕，因此鱼栈莲子栈延长了长街数里。多清真教门，因此牛肉特别肥鲜。

常德沿沅水上行九十里，才到桃源县，再上行二十五里，方到桃源洞。千年前武陵渔人如何沿溪走到桃花源，这路线尚无好事的考古家说起。现在想到桃源访古的"风雅人"，大多数只好坐公共汽车去。在桃源县想看到老幼黄发垂髫，怡然自乐的光景，并不容易。不过或者因为历史的传统，地方人倒很和气，保存一点古风。也知道欢迎客人，杀鸡作黍，留客住宿。虽然多少得花点钱，数目并不多。可是一个旅行者应当知道，这些人赠送游客的礼物，有时不知不觉太重了点，最好倒是别大意，莫好奇，更不要因为记起宋玉所赋的高唐神女，刘晨阮肇天台所遇的仙女，想从经验中去证实故事。不妨学个老江湖，少生事！当地纵多神女仙女，可并不是为外来读书人游客预备的，沅水流域的木竹簰商人是唯一受欢迎者。好些极大的木竹簰，到桃源后不久就无影无踪不见了的。

政治家宋教仁，老革命党覃振，同是桃源县人。桃源县有个省立第二女子师范学校，五四运动谈男女解放平等，最先要求男女同校，且实现它，就是这个学校的女学生。

凤凰

一个好事的人,若从百年前某种较旧一点的地图上寻找,一定可在黔北、川东、湘西一处极偏僻的角隅上,发现了一个名为"镇篁"的小点。那里同别的小点一样,事实上应有一个小小城市,在那城市中,安顿了数千户人口的。不过一切城市的存在,大部分皆在交通、物产、经济的情形下面,成为那个城市荣枯的因缘。这一个地方,却以另外一种意义无所依附而独立存在。试将那个用粗糙而坚实巨大石头砌成的圆城作为中心,向四方展开,围绕了这边疆僻地的孤城,约有五百余苗寨,各有千总守备镇守其间。有数十屯仓,每年屯数万石粮食为公家所有。五百左右的碉堡,二百左右的营汛。碉堡各用大石堆成。位置在山顶头,随了山岭脉络蜿蜒各处;营汛各位置在驿路上,布置得极有秩序。这些东西是在一百八十年前,按照一种精密的计划,各保持到相当距离,在周围附近三县数百里内,平均分配下来,解决了退守一隅常作暴动的边地苗族叛变的。两世纪来满清的暴政,以及因这暴政而引起的反抗,血染赤了每一条官道同每一个碉堡。到如今,一切不同了。碉堡多数业已残毁了,营汛多数成为民房了,人民已大半同化了。落日黄昏时节,站到那个巍然独在万山环绕的孤城高处,眺望那些远近残毁碉堡,还可依稀想见当时角鼓火炬传警告急的光景。这地方到今日此时,因为另一军事重心,一切均以一种迅速的情形在改变,在进步,同时这种进步,也就正消灭到过去一切。

地方统治者分数种,最上为天神,其次为官,又其次才为村长同执行巫术的神的侍奉者。人人洁身信神,守法怕官。

城中居民每家俱有兵役,可按月各到营上领取一点银子,一份米粮,且可从官家领取二百年前被政府所没收的公田播种。

这地方本名镇篁城,后改凤凰厅,入民国后,才升级改名凤凰县。满清时辰沅永靖兵备道,镇箪镇总兵均驻节此地。

辛亥革命后,湘西镇守使,辰沅道仍在此办公。除屯谷外,国家每月约用银六万到八万两经营此小小山城。地方居民不过五六千,驻防各处的正规兵士却有七千。由于环境不同,直到现在其地绿营兵役制度尚保存不废,为中国绿营军制唯一残留之物。苗人放蛊的传说,由这个地方出发。辰州符的实验者,以这个地方为集中地。三楚子弟的游侠气概,这个地方因屯丁子弟兵制度,所以保留得特别多。在宗教仪式上,这个地方有很多特别处,宗教情绪(好鬼信巫的情绪)因社会环境特殊,热烈专诚到不可想象。小小县城里外大型建筑,不是庙宇就是祠堂,江西人经营的绸布业,会馆建筑特别壮丽华美。

湘西之所以成为问题,这个地方人应当负较多责任。湘西的将来,不拘好或坏,这个地方人的关系都特别大。湘西的神秘,只有这一个区域不易了解,值得了解。

它的地域已深入苗区,文化比沅水流域任何一县都差得多,然而民国以来湖南的政治家熊希龄先生,却出生在那个小小县城里。地方可说充满了迷信,然而那点迷信,却被历史很巧妙的糅合在军人的情感里,因此反而增加了军人的勇敢性与团结性。去年在嘉善守兴登堡国防线抗敌时,作战之沉着,牺牲之壮烈,就见出迷信实无碍于它的军人职务。县城一个完全小学也办不好,可是许多青年却在部队中当过一阵兵后,辗转努力,得入正式大学,或陆军大学,成绩都很好。一些由行伍出身的军人,常识且异常丰富;个人的浪漫情绪与历史的宗教情绪结合为一,便成游侠者精神,领导得人,就可成为卫国守土的模范军人。这种游侠精神若用不得其当,自然也可以见出种种短处。或一与领导者离开,即不免在许多事上精力浪费。甚焉者即糜烂地方,尚不自知。总之,这个地方的人格与道德,应当归入另一型范。由于历史环境不同,它的发展也就不同。

凤凰军校阶级不独支配了凤凰,且支配了湘西沅水流域二十县。它的弱点与二十年来中国一般军人弱点相似,即知道管理群众,不大知道教育群众。知道管理群众,因此在统治下社会秩序尚无问题。不大知道教育群众,因此一切进步的理想都难实现。地方边僻，且易受人控制，如数年前领导者陈渠珍被何健压迫离职，外来贪污与本地土劣即打成一片，地方受剥削宰割，毫无办法。民性既刚直，团结性又强，领导者如能将这种优点成为一个教育原则，使湘西群众人人各有一种自尊和自信心，认为湘西人可以把湘西弄好，这工作人人有分，是每人责任也是每人权利，能够这样，湘西之明日，就大不相同了。

典籍上关于云贵放蛊的记载，放蛊必与仇怨有关，仇怨又与男女事有关。换言之，就是新欢旧爱得失之际，蛊可以应用作争夺工具或报复工具。中蛊者非狂即死，唯系铃人可以解铃。这倒是蛊字古典的说明，与本意相去不远。看看贵州小乡镇上任何小摊子上都可以公开的买红砒，就可知道蛊并无如何神秘可言了。但蛊在湘西却有另外一种意义，与巫，与此外少女的落洞致死，三者同源而异流，都源于人神错综，一种情绪被压抑后变态的发展。因年龄、社会地位和其他分别，穷而年老的，易成为蛊婆，三十岁左右的，易成为巫，十六岁到二十二三岁，美丽爱好性情内向而婚姻不遂的，易落洞致死。三者都以神为对象，产生一种变质女性神经病年老而穷，怨愤郁结，取报复形式方能排泄感情，故蛊婆所作所为，即近于报复。三十岁左右，对神力极端敬信，民间传说如"七仙姐下凡"之类故事又多，结合宗教情绪与浪漫情绪而为一，因此总觉得神对她特别关心，发狂，呓语，天上地下，无往不至，必需作巫，执行人神传递愿望与意见工作，经众人承认其为神之子后，中和其情绪，狂病方不再发。年青貌美的女子，一面为戏文才子佳人故事所启发，一面由于美貌而有才情，婚姻不谐，当地武人出身中产者规矩又严，由压抑转而成为人神错综，以为被神所爱，因此死去。

善蛊的通称"草蛊婆"，蛊人称"放蛊"。放蛊的方法是用虫类放果物中，毒虫不外蚂蚁、蜈蚣、长蛇，就本地所有且常见的。中蛊的多小孩子，现象和通常害疳疾腹中生蛔虫差不多，腹胀人瘦，或梦见虫蛇，终于死去。病中若家人疑心是同街某妇人放的，就往去见见她，只作为随便闲话方式，客客气气的说："伯娘，我孩子害了点小病，总治不好，你知道什么小丹方，告我一个吧。小孩子怪可怜！"那妇人知道人疑心到她了，必说："那不要紧，吃点猪肝（或别的）

就好了。"

回家照方子一吃，果然就好了。病好的原因是"收蛊"。蛊婆的家中必异常干净，个人眼睛发红。蛊婆放蛊出于被蛊所逼迫，到相当时日必来一次。通常放一小孩子可以经过一年，放一树木（本地凡树木起瘿有蚁穴因而枯死的，多认为被放蛊死去）只抵两月，放自己孩子却可抵三年。蛊婆所住的街上，街邻照例对她都敬而远之的客气，她也就从不会对本街孩子过不去。（甚至于不会对全城孩子过不去。）但某一时若迫不得已使同街孩子或城中孩子因受蛊致死，好事者激起公愤，必把这个妇人捉去，放在大六月天酷日下晒太阳，名为"晒草蛊"。或用别的更残忍方法惩治。这事官方从不过问。即或这妇人在私刑中死去，也不过问。受处分的妇人，有些极口呼冤，有些又似乎以为罪有应得，默然无语。然情绪相同，即这种妇人必相信自己真有致人于死的魔力。还有些居然招供出有多少魔力，施行过多少次，某时在某处蛊死谁，某地方某大树枯树自焚也是她做的。在招供中且俨然得到一种满足的快乐。这样一来，照习惯必在毒日下晒三天，有些妇人被晒过后，病就好了，以为蛊被太阳晒过就离开了，成为一个常态的妇人。有些因此就死掉了，死后众人还以为替地方除了一害。其实呢，这种妇人与其说是罪人，不如说是疯婆子。

她根本上就并无如此特别能力蛊人致命。这种妇人是一个悲剧的主角，因为她有点隐性的疯狂，致疯的原因又是穷苦而寂寞。

行巫者其所以行巫，加以分析，也有相似情形。中国其他地方巫术的执行者，同僧道相差不多，已成为一种游民懒妇谋生的职业。视个人的诈伪聪明程度，见出职业成功的多少。他的作为重在引人迷信，自己却清清楚楚。这种行巫，已完全失去了他本来性质，不会当真发疯发狂了。但凤凰情形不同。行巫术多非自愿的职业，近于"迫不得已"的差使。大多数本人平时为人必极老实忠厚，沉默寡言。常忽然发病，卧床不起，如有神附体，语音神气完全变过。或胡唱胡闹，天上地下，无所不谈。且哭笑无常，殴打自己。长日不吃，不喝，不睡觉。过三两天后，仿佛生命中有种东西，把它稳住了，因极度疲乏，要休息了，长长的睡上一天，人就清醒了。

醒后对病中事竟毫无所知,别的人谈起他病中情形时,反觉十分羞愧。

可是这种狂病是有周期性的(也许还同经期有关系),约两三个月一次。每次总弄得本人十分疲乏,欲罢不能。按照习惯,只有一个方法可以治疗,就是行巫。行巫不必学习,无从传授,只设一神坛,放一平斗,斗内装满谷子,插上一把剪刀。有的什么也不用,就可正式营业。执行巫术的方式,是在神前设一座位,行巫者坐定,用青丝绸巾覆盖脸上。重在关亡,托亡魂说话,用半哼半唱方式,谈别人家事长短,儿女疾病,远行人情形。谈到伤心处,谈者涕泪横溢,听者自然更嘘泣不止。执行巫术后,已成为众人承认的神之子,女人的潜意识,因中和作用,得到解除,因此就不会再发病。初初执行巫术时,且照例很灵,至少有些想不到的古怪情形,说来十分巧合。因为有事前狂态作宣传,本城人知道的多,行巫近于不得已,光顾的老妇人必甚多,生意甚好。行巫虽可发财,本人通常倒不以所得多少关心,受神指定为代理人,不作巫即受惩罚,设坛近于不得已。行巫既久,自然就渐渐变成职业,使术时多做作处。世人的好奇心,这时又转移到新近设坛的别一妇人方面去。这巫婆若为人老实,便因此撤了坛,依然恢复她原有的职业,或作奶妈,或作小生意,或带孩子。为人世故,就成为三姑六婆之一,利用身分,串当地有身分人家的门子,陪老太太念经,或如《红楼梦》中与赵姨娘合作同谋马道婆之流妇女,行使点小法术,埋在地下,放在枕边,使"仇人"吃亏。或更作媒作中,弄一点酬劳脚步钱。小孩子多病,命大,就拜寄她作干儿子。小孩子夜惊,就为"收黑",用个鸡蛋,咒过一番后,黄昏时拿到街上去,一路喊小孩名字,"八宝回来了吗?"另一个就答,"八宝回来了。"一直喊到家。到家后抱着孩子手蘸唾沫抹抹孩子头部,事情就算办好了。行巫的本地人称为"仙娘"。她的职务是"人鬼之间的媒介",她的群众是妇人和孩子。她的工作真正意义是她得到社会承认是神的代理人后,狂病即不再发。当地妇女实为生活所困苦,感情无所归宿,将希望与梦想寄在她的法术上,靠她得到安慰。这种人自然间或也会点小丹方,可以治小儿夜惊,膈食。用通常眼光看来,殊不可解,用现代心理学来分析,它的产生同它在社会上的意义,都有它必然的原因。一知半解的读书人,想破除迷信,要打倒它,否认这种"先知",正说明另一种人的"无知"。

至于落洞,实在是一种人神错综的悲剧,比上述两种妇女病更多悲剧性。地方习惯是女子在性行为方面的极端压制,成为最高的道德。这种道德观念的形成,由于军人成为地方整个的统治者。军人因职务关系,必时常离开家庭外出,在外面取得对于妇女的经验,必使这种道德观增强,方能维持他的性的独占情绪与事实。因此本地认为最丑的事无过于女子不贞,男子听妇女有外遇。妇女若无家庭任何拘束,自愿解放,毫无关系的旁人亦可把女子捉来光身游街,表示与众共弃。下面故事是另外一个最好的例。

旅长刘俊卿,夫人是一个女子学校毕业生,平时感情极好。有同学某女士,因同学时要好,在通信中不免常有些女孩子的感情的话。信被这位军官见到后,便引起疑心。后因信中有句话语近于男子说的:"嫁了人你就把我忘了。"这位军官疑心转增。独自驻防某地,有一天,忽然要马弁去接太太,并告马弁:"你把太太接来,到离这里十里,一枪给我把她打死,我要死的不要活的。我要看看她还有一点热气,不同她说话。你事办得好,一切有我;事办不好,不必回来见我。"马弁当然一切照办。当真把旅长太太接来防地,到要下手时,太太一看情形不对,问马弁是什么意思。马弁就告她这是旅长的意思。太太说:"我不能这样冤枉死去,你让我见他去说个明白!"马弁说:"旅长命令要这么办,不然我就得死。"末了两人都哭了。太太让马弁把枪口按在心子上一枪打死了,(打心子好让血往腔子里流!)轿夫快快的把这位太太抬到旅部去见旅长,旅长看看后,摸摸脸和手,看看气已绝了,不由自主淌了两滴英雄泪,要马弁看一副五百块钱的棺木,把死者装殓埋了。人一埋,事情也就完结了。

这悲剧多数人就只觉得死者可悯,因误会得到这样结果,可不觉得军官行为成为问题。倘若女的当真过去一时还有一个情人,那这种处置,在当地人看来,简直是英雄行为了。

女子在性行为所受的压制既如此严酷,一个结过婚的妇人,因家事儿女勤劳,终日织布,绩麻,作腌菜,家境好的还玩骨牌,尚可转移她的情绪,不至于成为精神病,一个未出嫁的女子,尤其是一个爱美好洁,知书识字,富于情感的聪明女子，或因早熟，或因晚婚，这方面情绪上所受的压抑自然更大，容易转成病态。地方既在边区苗乡，苗族半原人的神怪观影响到一切人，形成一种绝大力量。大树、洞穴、岩石，无处无神。狐、虎、蛇、龟，无物不怪。神或怪在传说中美丑善恶不一，无不赋以人性。因人与人相互爱悦，和当前道德观念极端冲突，便产生人和神怪爱悦的传说，女性在性方面的压抑情绪，方借此得到一条出路。落洞即人神错综之一种形式。背面所隐藏的悲惨，正与表面所见出的美丽成分相等。

凡属落洞的女子，必眼睛光亮，性情纯和，聪明而美丽。

必未婚，必爱好，善修饰。平时贞静自处，情感热烈不外露，转多幻想。间或出门，即自以为某一时无意中从某处洞穴旁经过，为洞神一瞥见到，欢喜了她。因此更加爱独处，爱静坐，爱清洁，有时且会自言自语，常以为那个洞神已驾云乘虹前来看她，这个抽象的神或为传说中的相貌，或为记忆中庙宇里的偶像样子，或为常见的又为女子所畏惧的蛇虎形状。

总之这个抽象对手到女人心中时，虽引起女子一点羞怯和恐惧，却必然也感到热烈而兴奋。事实上也就是一种变形的自渎。等待到家中人注意这件事情深为忧虑时，或正是病人在变态情绪中恋爱最满足时。

通常男巫的职务重在和天地，悦人神，对落洞事即付之于职权以外，不能过问。辰州符重在治大伤，对这件事也无可如何。女巫虽可请本家亡灵对于这件事表示意见，或阴魂入洞探询消息，然而结末总似乎凡属爱情，即无罪过。洞神所欲，一切人力都近于白费。虽天王佛菩萨权力广大，人鬼同尊，亦无从为力。（迷信与实际社会互相映照，可谓相反相成。）事到末了，即是听其慢慢死去。死的迟早，都认为一切由洞神作主。事实上有一半近于女子自己作主。死时女子必觉得洞神已派人前来迎接她，或觉得洞神亲自换了新衣骑了白马来接她，耳中有箫鼓竞奏，眼睛发光，脸色发红，间或在肉体上放散一种奇异香味，含笑死去。死时且显得神气清明，美艳照人。真如诗人所说："她在恋爱之中，含笑死去。"

家中人多泪眼莹然相向，无可奈何。只以为女儿被神所眷爱致死。料不到女儿因在人间无可爱悦,却爱上了神,在人神恋与自我恋情形中消耗其如花生命,终于衰弱死去。

女子落洞致死的年龄,迟早不等,大致在十六到二十四五左右。病的久暂也不一,大致由两年到五年。落洞女子最正当的治疗是结婚,一种正常美满的婚姻,必然可以把女子从这种可怜的生活中救出。可是照习惯这种为神眷顾的女子,是无人愿意接回家中作媳妇的。家中人更想不到结婚是一种最好的法术和药物。因此末了终是一死。

湘西女性在三种阶段的年龄中,产生蛊婆女巫和落洞女子。三种女性的歇斯底里,就形成湘西的神秘之一部分。这神秘背后隐藏了动人的悲剧,同时也隐藏了动人的诗。至如辰州符,在伤科方面用催眠术和当地效力强不知名草药相辅为治,男巫用广大的戏剧场面,在一年将尽的十冬腊月,杀猪宰羊,击鼓鸣锣,来作人神和乐的工作,集收人民的宗教情绪和浪漫情绪,比较起来,就见得事很平常,不足为异了。

浪漫情绪和宗教情绪两者混而为一,在女子方面,它的排泄方式,有如上所述说的种种。在男子方面,则自然而然成为游侠者精神。这从游侠者的道德观所表现的宗教性和戏剧性也可看出。妇女道德的形成,与游侠者的道德观大有关系。游侠者对同性同道称哥唤弟,彼此不分。故对于同道眷属亦视为家中人,呼为嫂子。子弟儿郎们照规矩与嫂子一床同宿,亦无所忌。但条款必遵守,即"只许开弓,不许放箭"。条款意思就是同住无妨,然不能发生关系。若发生关系,即为犯条款,必受严重处分。这种处分仪式,实充满宗教性和戏剧性。下面一件记载,是一个好例。这故事是一个参加过这种仪式的朋友说的。

在野地排三十六张方桌(象征梁山三十六天罡),用八张方桌重叠为一个高台,桌前掘个一丈八尺见方的土坑,用三十六把尖刀竖立坑中,刀锋向上,疏密不一。预先用浮土掩着,刀尖不外露。所有弟兄哥子都全副戎装到场,当时流行的装束是:青绉绸巾裹头,视耳边下垂巾角长短表示身分。穿纸甲,用棉纸捶炼而成,中夹头发,作成背心式样,轻而柔韧,可以避刀刃。外穿密钮打衣,袖小而紧。佩平时所长武器,多单刀双刀,小牛皮刀鞘上绘有绿云红云,刀环上系彩绸,作为装饰。着青裤,裹腿,腿部必插两把黄鳝尾小尖刀。

赤脚,穿麻练鞋。桌上排定酒盏,燃好香烛,发言的必先吃血酒盟心。(或咬一公鸡头,将鸡血滴入酒中,或咬破手指,将本人血滴入酒中。)"管事"将事由说明,请众议处。事情是一个作大哥的嫂子有被某"老幺"调戏嫌疑,老幺犯了某条某款。女子年青而貌美,长眉弱肩,身材窈窕,眼光如星子流转。男的不过二十岁左右,黑脸长身,眉目英悍。管事把事由说完后,女子继即陈述经过,那青年男子在旁沉默不语。此后轮到青年开口时,就说一切都出于诬蔑。至于为什么诬蔑,他不便说,嫂子应当清清楚楚。那意思就是说嫂子对他有心,他无意。既经否认,各执一说,"执法"无从执行处分,因此照规矩决之于神。青年男子把麻鞋脱去,把衣甲脱去,光身赤脚爬上那八张方桌顶上去。毫无惧容,理直气壮,奋身向土坑跃下。出坑时,全身丝毫无伤。照规矩即已证实心地光明,一切出于受诬。其时女子头已低下,脸色惨白,知道自己命运不佳,业已失败,不能逃脱。那大哥揪着女的发髻,跪到神桌边去,问她:"还有什么话说?"女的说:"没有什么说的。冤有头,债有主。凡事天知道。"引颈受戮,不求饶也不狡辩,一切沉默。这大哥看看四面八方,无一个人有所表示,于是拔出背上单刀,一刀结果了这个因爱那小兄弟不遂心,反诬他调戏的女子。头放在神桌前,眉目下垂如熟睡。一伙哥子弟兄见事已完,把尸身拖到原来那个土坑里去,用刀掘土,把尸身掩埋了。那个大哥和那个幺兄弟,在情绪上一定都需要流一点眼泪,但身分上的习惯,却不许一个男子为妇人显出弱点,都默默无言,各自走开。

类乎这种事情还很多。都是浪漫与严肃,美丽与残忍,爱与怨交缚不可分。

游侠者行径在当地也另成一种风格,与国内近代化的青红帮稍稍不同。重在为友报仇,执弱锄强,挥金如土,有诺必践。尊重读书人,敬事同乡长老。换言之,就是还能保存一点古风。有些人虽能在川黔湘鄂边境数省号召数千人集会,在本乡却谦虚纯良,犹如一乡巴老。有兵役的且依然按时入衙署当值,听候差遣作小事情,凡事照常。赌博时用小铜钱三枚跌地,名为"板三",看反覆、数目,决定胜负,一反手间即输黄牛一头,银元一百两百,输后不以为意,扬长而去,从无翻悔放赖情事。决斗时两人用分量相等武器,一人对付一人,虽亲兄弟只能袖手旁观,不许帮忙。仇敌受伤倒下后,即不继续填刀,否则就被人笑话,失去英雄本色,虽胜不武。

犯条款时自己处罚自己,割手截脚,脸不变色,口不出声。总之,游侠观念纯是古典的,行为是与太史公所述相去不远的。

二十年闻名于川黔湘鄂各边区凤凰人田三怒,可为这种游侠者一个典型。年纪不到十岁,看木傀儡戏时,就携一血椿木短棒,在戏场中向屯垦军子弟不端重的横蛮的挑衅,或把人痛殴一顿,或反而被人打得头破血流,不以为意。十二岁就身怀黄鳝尾小刀,称"小老幺",三江四海口诀背诵如流。家中老父开米粉馆,凡小朋友照顾的,一例招待,从不接钱。十五岁就为友报仇,走七百里路到常德府去杀一木客镖手,因听人说这个镖手在沅州有意调戏一个妇人,曾用手触过妇人的乳部,这少年就把镖手的双手砍下,带到沅州去送给那朋友。年纪二十岁,已称"龙头大哥",名闻边境各处。然在本地每日抱大公鸡往米场斗鸡时,一见长辈或教学先生,必侧身在墙边让路,见女人必低头而过,见作小生意老妇人,必叫伯母,见人相争相吵,必心平气和劝解,且用笑话使大事化为小事。周济逢丧事的孤寡,从不出名露面。各庙宇和尚尼姑行为有不正当的,恐败坏当地风俗,必在短期中想方法把这种不守清规的法门弟子逐出境外。作龙头后身边子弟甚多,龙蛇不一,凡有调戏良家妇女,或赌博撒赖,或倚势强夺经人告诉的,必招来把事情问明白,照条款处办。执法老幺,被派往六百里外杀人,随时动员,如期带回证据。结怨甚多,积德亦多。身体瘦黑而小,秀弱如一小学教员,不相识的绝不会相信这是湘西一霸。

光棍服软不服硬,白羊岭有一张姓汉子,出门远走云贵二十年,回家时与人谈天,问:"本地近来谁有名?"或人说:"田三怒。"姓张的稍露出轻视神气:"田三怒不是正街卖粉的田家小儿子?"当夜就有人去叫张家的门,在门外招呼说:"姓张的,你明天天亮以前走路,不要在这个地方住,不走路后天我们送你回老家。"姓张的不以为意,可是到后天大清早,有人发现他在一个桥头上斜坐着。走近身看看,原来两把刀插在心窝上,人已经死了。另外有个姓王的,卖牛肉讨生活,过节喝了点酒,酒后忘形,当街大骂田三怒不是东西,若有勇气,可以当街和他比比。正闹着,田三怒却从街上过身,一切听得清清楚楚。事后有人赶去告给那醉汉的母亲,老妇人听说吓慌了,赶忙去找他,哭哭啼啼,求他不要见怪。并说只有这个儿子,儿子一死,自己老命也完了。田三怒只是笑,说:"伯母,这是小事情,他喝了酒,乱说玩的。我不会生他的气。谁也不敢挨他,你放心。"事后果然不再追究。还送了老妇人一笔钱,要那儿子开个面馆。

田三怒四十岁后,已豪气稍衰,厌倦了风云,把兄弟遣散,洗了手,在家里养马种花过日子。间或骑了马下乡去赶场,买几只斗鸡,或携细尾狗,带长网去草泽地打野鸡,逐鹌鹑,猎猎野猪,人料不到这就是十年前在川黔边境增加了凤凰人光荣的英雄田三怒。本人也似乎忘记自己作了些什么事。一天下午,牵了他那两匹骏健白马出城下河去洗马。城头上有两个懦夫居高临下,用两支匣子炮由他身背后打了约十三发子弹,有两粒子弹打在后颈上,五粒打在腰背上。两匹白马受惊,脱了缰沿城根狂奔而去。老英雄受暗算后,伏在水边石头上,勉强翻过身来,从怀中掏出小勃朗宁拿在手上,默默无声。他知道等等就会有人出城来的。不一会,懦夫之一果然提着匣子炮出城来了,到离身三丈左右时,老英雄手一扬起,枪声响处那懦夫倒下,子弹从左眼进去,即刻死了。城头上那个懦夫在隐蔽处重新打了五枪。田三怒教训他:"狗杂种,你作的事丢了镇筸人的丑。在暗中射冷箭,不像个男子。你怎不下来?"懦夫不作声。原来城上来了另外的人,这行刺的就跑了。田三怒知道自己不济事了,在自己太阳穴上打了一枪,便如此完结了自己,也完结了当地最后一个游侠稀。

派人作这件事情的,到后才知道是一个姓唐的。这个人也可称为苗乡一霸。辛亥革命领率苗民万人攻城,牺牲苗民将近六千人,北伐时随军下长江,曾任徐海警备司令。卸职还乡后称"司令官",在离城十里长宁哨新房子中居家纳福。

事有凑巧,作了这件事后,过后数年,这人居然被一个驻军团长,不知天高地厚,把他捉来放在牢里,到知道这事不妥时,人已病死狱中了。

田三怒子弟极多,十年来或因年事渐长,血气已衰,改业为正经规矩商人。或带剑从军,参加各种内战,牺牲死去。

或因犯案离乡,漂流无踪。在日月交替中,地方人物新陈代谢,风俗习惯日有不同。因此到近年来,游侠者精神虽未绝,所有方式已大大有了变化。在那万山环绕的小小石头城中,田三怒的姓名,已逐渐为人忘却,少年子弟中有从图书杂志上知道"飞将军"、"小黑炭"、"美人鱼"等人的,却不知道田三怒是谁。

当年田三怒得力助手之一,到如今还好好存在,为人依然豪侠好客,待友以义,在苗民中称领袖,这人就是去年使湘西发生问题,迫何键去职,使湖南政治得一转机的龙云飞。

二十年前眼目精悍,手脚麻利,勇敢如豹子,轻捷如猿猴,身体由城墙头倒掷而下,落地时尚能作矮马桩姿势。在街头与人决斗,杀人后下河边去洗手时,从从容容如毫不在意。现在虽尚精神矍烁,面目光润,但已白发临头,谦和宽厚如一长者。回首昔日,不免有英雄老去之慨!

这种游侠者精神既浸透了三厅子弟的脑子,所以在本地读书人观念上也发生影响。军人政治家,当前负责收拾湘西的陈老先生,年过六十,体气精神,犹如三十许青年壮健,平时律己之严,驭下之宽,以及处世接物,带兵从政,就大有游侠者风度。少壮军官中,如师长顾家齐、戴季韬辈,虽受近代化训练,面目文弱和易如大学生,精神上多因游侠者的遗风,勇鸷慓悍,好客喜弄,如太史公传记中人。诗人田星六,诗中就充满游侠者霸气。山高水急,地苦雾多,为本地人性格形成之另一面。游侠者精神的浸润,产生过去,且将形成未来。

凤凰观景山

我不懂艺术，又不会作画，可是从小生长在湘西苗区一个小小山城中，周围数十里全是山重山，只临到城边时，西边一点才有一坝平田出现，城东南还是群峰罗列。一年四季随同节令的变换，山上草木岩石也不断变换颜色，形成不同画面，浸入我的印象中，留下种种不同的记忆，六七十年后，还极其鲜明动人，即或乐意忘记也总是忘不了。特别是靠城东南边那个观景山，因为山上原本是个山砦，下边有座本地人迷信集中的天王庙，山砦实际控制着全县城，上面原住了一排属于辰沅永靖兵备道的绿营战兵。站在山砦石头垒成的碉楼上，远望西边可及平田尽头的雷草坡一带，远处山坡动静，和那些二百年前设立在近郊远近山头的碉堡安危情况，近则城北大河，及对河苗乡一切，也遥遥在望。城南地势逐渐上升，约二里后直达一个山口，设有重兵把守，名叫"茶叶坡"。我还记得我极小时，听父亲说过，祖父沈毛狗和叔祖父，从七十里出朱砂的大峒岔逃荒到县城时，已及黄昏，走长路太累，坐在关前歇歇，觉得极冷，用手摸摸，才明白路旁全是人头，比我在辛亥前夕所见，显然更多百十倍。不到三千户人家的小山城，一个兵备道管辖下，就有三千多战守兵设防，主要作用就是杀造反的人！

观景山在我作顽童时代，看来已失去了它的作用，但是照旧还设立有几户守兵，专管晚上全城治安，有老兵轮流在上面打更司柝。城里照习惯，每街都设有栅栏门，到二更后就断绝行人。由本街居民出钱，雇有专人打更守夜。换班换点，多凭山上的更点作准，才不至于误时。或城中某街失火走水，山上守兵就播柝子告警。一切还保留百年前一点旧制度、旧习惯，让人体会到这地方在前一世纪原本是个大军营。定下许多维持治安的办法，直到辛亥以后才取消。

这个观景山近城一面被一片树木包围着，上面有大几百株三四人才能合抱的皂角木、枫香树、香楠树及灯笼花古树，树高可能达二十余丈，各自亭亭上耸天半。有落叶乔木，也有四季常青的乔木。初春发荣时，树干必先湿湿的，随后树上才各自呈现各种不同程度的嫩绿色，或白茸茸一片灰芽，多竞秀争荣，且常常在树上就分出等级来。再不多久，能开花的就依次开花，使得小山城满城都浸在一种香气馥郁中。

先是冬晴天气中，每个人家两侧上耸高墙和屋脊上，必有成群结伙的八哥鸟，自得其乐的在上面歌唱聒吵，有时还会摹仿各种其他雀鸟的鸣声，到春天来时，即转向郊外平田飞去，跟着犁田的水牛身后吃蚯蚓，或停在耕牛背上或额角间休息。人家屋脊上已换了郭公鸟，天明不久就孤独地郭公郭公叫个不停。后来才知道是古书上的"戴胜"。春雷响后，春雨来寸，郭公也不见了。观景山则已成一片不同绿色作成，丰丰茸茸的大画屏。有千百鸣声清脆的野画眉，在春光中巧转舌头。随后是鸣声高亢急促，尖锐悲哀的杜鹃，日夜间歇不停的□□（叫声，作者未想好恰当的拟音字，整理时未便擅作填补），尤其是在春雨连绵的深夜里，这种有情怪鸟鸣声特别动人。幸在城中半夜里，唯一可听到远处杜鹃凄惨的叫声，时间可延长到夏初。早上则住城内的最多是燕子，由衔泥砌窠到生子"告翅"，呢呢喃喃迎来了春夏。

至于出城，山上鸟雀之多可就无从计数了。我的故乡是出锦鸡的地方，一身毛色奇美，叫声□□。

大型鸟类，则数一身明黄的青鸟，在寂静中一声"勾嘟亢当"，极容易引人到山种梦境清寂中去。各种啄木鸟声，于夏初树林中，也是一种有趣的声音。这类鸟虽不会叫，形状却十分别致，总是用两只爪子抓定面前树干，许多人家都畜养在笼中，供孩子们取乐。直到抗战时期，每只市价还不过一元中央票。（山上）还多"金不换"鸟，比锦鸡小些，也宜于笼养。最善反复自呼其名，有的能延续到三十次以上，才乐意休息。

我倒欢喜那些不受豢养的鸟类，如夏天傍晚时在田禾深处咕咕咕咕直啼唤的秧鸡，全身乌黑，行动飞快，声音虽极单纯，调子可极特别，若当大白天则一声不响。大白天多的是竹林中的画眉鸟，或锐声长呼"婆婆酒醉"，"婆婆酒醉归"，等到人逼近时，才一哄飞散，可是在另外竹林中，又复重新放歌。这种画眉本地人或叫竹雀，或叫洋画眉。

另外还有种土鹦哥，形象极不美观，一身毛色也只灰扑扑的，且显得野性习惯，顽劣无以复加。乡下人设套捉来时，放竹笼中，初初不吃不喝，拒绝饮食，且必碰笼，直到头部茸毛脱尽仍不屈服。可是懂它的脾气的乡下人，总尽它生气，碰得个毛血淋漓精疲力尽，又渴又饥时，才再给它一点水喝，和米头子吃。过十天半月，就慢慢的转变了。平时声音还是哑嘶嘶的，且极单纯，再过一阵，你才会发现它的聪明天赋。特别是善于摹仿别的鸟声，以至于猫儿声音、小孩子哭声，远比真正红嘴绿色鹦哥或八哥还伶俐懂事，领会别的生物声音能力还强，学来更逼真。一到和人表示亲善后，就特别亲人。本城里多的是军人，在镇道两衙署当公差的军人，真正公事并不多，却善于栽花养鸟。我还记得和我近邻那个滕老四，家中养得有八哥和土鹦哥，滕老四上街时，经常就提了个竹丝鸟笼，那只土鹦哥却在他肩头上站立，有时又远远飞去，等待主人。

（本篇为作者一篇未完成的遗作，大约写于 1982 年或 1983 年春。1992年，沈虎雏根据两种初稿整理，初次收入岳麓书社 1992 年 12 月出版的《沈从文别集·凤凰集》。）

下编　那些人，那些事

我读一本小书同时又读一本大书

我能正确记忆到我小时的一切,大约在两岁左右。我从小到四岁左右,始终健全肥壮如一只小豚。四岁时母亲一面告给我认方字,外祖母一面便给我糖吃,到认完六百生字时,腹中生了蛔虫,弄得黄瘦异常,只得每天用草药蒸鸡肝当饭。那时节我就已跟随了两个姐姐,到一个女先生处上学。那人既是我的亲戚,我年龄又那么小,过那边去念书,坐在书桌边读书的时节较少,坐在她膝上玩的时间或者较多。

到六岁时,我的弟弟方两岁,两人同时出了疹子。时正六月,日夜皆在吓人高热中受苦。又不能躺下睡觉,一躺下就咳嗽发喘。又不要人抱,抱时全身难受。我还记得我同我那弟弟两人当时皆用竹簟卷好,同春卷一样,竖立在屋中阴凉处。家中人当时业已为我们预备了两具小小棺木搁在廊下。十分幸运,两人到后居然全好了。我的弟弟病后家中特别为他请了一个壮实高大的苗妇人照料,照料得法,他便壮大异常。我因此一病,却完全改了样子,从此不再与肥胖为缘,成了个小猴儿精了。

六岁时我已单独上了私塾。如一般风气,凡是私塾中给予小孩子的虐待,我照样也得到了一份。但初上学时我因为在家中业已认字不少,记忆力从小又似乎特别好,比较其余小孩,可谓十分幸福。第二年后换了一个私塾,在这私塾中我跟从了几个较大的学生,学会了顽劣孩子抵抗顽固塾师的方法,逃避那些书本去同一切自然相亲近。这一年的生活形成了我一生性格与感情的基础。我间或逃学,且一再说谎,掩饰我逃学应受的处罚。我的爸爸因这件事十分愤怒,有一次竟说若再逃学说谎,便当砍去我一个手指。我仍然不为这话所恐吓,机会一来时总不把逃学的机会轻轻放过。当我学会了用自己眼睛看世界一切,到不同社会中去生活时,学校对于我便已毫无兴味可言了。

我爸爸平时本极爱我,我曾经有一时还作过我那一家的中心人物。稍稍害点病时，一家人便光着眼睛不睡眠，在床边服侍我，当我要谁抱时谁就伸出手来。家中那时经济情形还很好，我在物质方面所享受到的，比起一般亲戚小孩似乎都好得多。我的爸爸既一面只作将军的好梦，一面对于我却怀了更大的希望。他仿佛早就看出我不是个军人，不希望我作将军，却告诉我祖父的许多勇敢光荣的故事，以及他庚子年间所得的一份经验。他因为欢喜京戏，只想我学戏，作谭鑫培。他以为我不拘作什么事，总之应比作个将军高些。第一个赞美我明慧的就是我的爸爸。可是当他发现了我成天从塾中逃出到太阳底下同一群小流氓游荡，任何方法都不能拘束这颗小小的心，且不能禁止我狡猾的说谎时，我的行为实在伤了这个军人的心。同时那小我四岁的弟弟，因为看护他的苗妇人照料十分得法，身体养育得强壮异常，年龄虽小，便显得气派宏大，宁静结实，且极自重自爱，故家中人对我感到失望时，对他便异常关切起来。这小孩子到后来也并不辜负家中人的期望，二十二岁时便作了步兵上校。至于我那个爸爸，却在蒙古，东北，西藏，各地处军队中混过，民国二十年时还只是一个上校，在本地土著军队里作军医（后改为中医院长），把将军希望留在弟弟身上，在家乡从一种极轻微的疾病中便瞑目了。

我有了外面的自由，对于家中的爱护反觉处处受了牵制，因此家中人疏忽了我的生活时，反而似乎使我方便了好些。领导我逃出学塾，尽我到日光下去认识这大千世界微妙的光，希奇的色，以及万汇百物的动静，这人是我一个张姓表哥。他开始带我到他家中橘柚园中去玩，到城外山上去玩，到各种野孩子堆里去玩，到水边去玩。他教我说谎，用一种谎话对付家中，又用另一种谎话对付学塾，引诱我跟他各处跑去。即或不逃学，学塾为了担心学童下河洗澡，每到中午散学时，照例必在每人手心中用朱笔写个大字，我们尚依然能够一手高举，把身体泡到河水中玩个半天。这方法也亏那表哥想出的。我感情流动而不凝固，一派清波给予我的影响实在不小。我幼小时较美丽的生活，大部分都同水不能分离。我的学校可以说是在水边的。我认识美，学会思索，水对我有较大的关系。我最初与水接近，便是那荒唐表哥领带的。

现在说来，我在作孩子的时代，原来也不是个全不知自重的小孩子。我并不愚蠢。当时在一班表兄弟中和弟兄中，似乎只有我那哥哥比我聪明，我却比其他一切孩子懂事。但自从那表哥教会我逃学后，我便成为毫不自重的人了。在各样教训各样的方法管束下,我不欢喜读书的性情,从塾师方面,从家庭方面,从亲戚方面,莫不对于我感觉得无多希望。我的长处到那时只是种种的说谎。我非从学塾逃到外面空气下不可,逃学过后又得逃避处罚。我最先所学,同时拿来致用的,也就是根据各种经验来制作各种谎话。我的心总得为一种新鲜声音,新鲜颜色,新鲜气味而跳。我得认识本人生活以外的生活。我的智慧应当从直接生活上吸收消化,却不须从一本好书一句好话上学来。似乎就只这样一个原因,我在学塾中,逃学纪录点数,在当时便比任何一人都高。

离开私塾转入新式小学时,我学的总是学校以外的。到我出外自食其力时,我又不曾在职务上学好过什么,二十年后我"不安于当前事务,却倾心于现世光色,对于一切成例与观念皆十分怀疑,却常常为人生远景而凝眸",这份性格的形成,便应当溯源于小时在私塾中逃学习惯。

自从逃学成习惯后,我除了想方设法逃学,什么也不再关心。

有时天气坏一点,不便出城上山里去玩,逃了学没有什么去处,我就一个人走到城外庙里去。本地大建筑在城外计三十来处,除了庙宇就是会馆和祠堂。空地广阔,因此均为小手工业工人所利用。那些庙里总常常有人在殿前廊下绞绳子,织竹簟,作香,我就看他们作事。有人下棋,我看下棋。有人打拳,我看打拳。甚至于相骂,我也看着,看他们如何骂来骂去,如何结果。因为自己既逃学,走到的地方必不能有熟人,所到的必是较远的庙里。到了那里,既无一个熟人,因此什么事都只好用耳朵听,眼睛去看,直到看无可看听无可听时,我便应当设计打量我怎么回家去的方法了。

来去学校我得拿一个书篮。内中有十多本破书,由《包句杂志》、《幼学琼林》到《论语》、《诗经》、《尚书》通常得背诵。分量相当沉重。逃学时还把书篮挂到手肘上,这就未免太蠢了一点。凡这么办的可以说是不聪明的孩子。许多这种小孩子,因为逃学到各处去,人家一见就认得出,上年纪一点的人见到时就会说:"逃学的,赶快跑回家挨打去,不要在这里玩。"若无书篮可不会受这种教训。因此我们就想出了一个方法,把书篮寄存到一个土地庙里去。那地方无一个人看管,但谁也用不着担心他的书篮。小孩子对于土地神全不缺少必需的敬畏,都信托这木偶,把书篮好好的藏到神座龛子里去,常常同时有五个或八个,到时却各人把各人的拿走,谁也不会乱动旁人的东西。我把书篮放到那地方去，次数是不能记忆了的，照我想来，次数最多的必定是我。

逃学失败被家中学校任何一方面发觉时，两方面总得各挨一顿打。在学校得自己把板凳搬到孔夫子牌位前，伏在上面受笞。处罚过后还要对孔夫子牌位作一揖，表示忏悔。有时又常常罚跪至一根香时间。我一面被处罚跪在房中的一隅，一面便记着各种事情，想象恰好生了一对翅膀，凭经验飞到各样动人事物上去。按照天气寒暖，想到河中的鳜鱼被钓起离水以后拨拉的情形，想到天上飞满风筝的情形，想到空山中歌呼的黄鹂，想到树木上累累的果实。由于最容易神往到种种屋外东西上去，反而常把处罚的痛苦忘掉，处罚的时间忘掉，直到被唤起以后为止，我就从不曾在被处罚中感觉过小小冤屈。那不是冤屈。我应感谢那种处罚，使我无法同自然接近时，给我一个练习想象的机会。

家中对这件事自然照例不大明白情形，以为只是教师方面太宽的过失，因此又为我换一个教师。我当然不能在这些变动上有什么异议。这事对我说来，我倒又得感谢我的家中。因为先前那个学校比较近些，虽常常绕道上学，终不是个办法，且因绕道过远，把时间耽误太久时，无可托词。现在的学校可真很远很远了，不必包绕偏街，我便应当经过许多有趣味的地方了。从我家中到那个新的学塾里去时，路上我可看到针铺门前永远必有一个老人戴了极大的眼镜，低下头来在那里磨针。又可看到一个伞铺，大门敞开，作伞时十几个学徒一起工作，尽人欣赏。又有皮靴店，大胖子皮匠，天热时总腆出一个大而黑的肚皮（上面有一撮毛！）用夹板上鞋。又有剃头铺，任何时节总有人手托一个小小木盘，呆呆的在那里尽剃头师傅刮脸。又可看到一家染坊，有强壮多力的苗人，踹在凹形石碾上面，站得高高的，手扶着墙上横木，偏左偏右的摇荡。又有三家苗人打豆腐的作坊，小腰白齿头包花帕的苗妇人，时时刻刻口上都轻声唱歌，一面引逗缚在身背后包单里的小苗人，一面用放光的红铜勺舀取豆浆。我还必需经过一个豆粉作坊，远远的就可听到骡子推磨隆隆的声音，屋顶棚架上晾满白粉条。我还得经过一些屠户肉案桌，可看到那些新鲜猪肉砍碎时尚在跳动不止。我还得经过一家扎冥器出租花轿的铺子，有白面无常鬼，蓝面阎罗王，鱼龙，轿子，金童玉女。每天且可以从他那里看出有多少人接亲，有多少冥器，那些定作的作品又成就了多少，换了些什么式样。并且还常常停顿下来,看他们贴金敷粉,涂色,一站许久。

我就欢喜看那些东西,一面看一面明白了许多事情。

每天上学时,我照例手肘上挂了那个竹书篮,里面放十多本破书。在家中虽不敢不穿鞋,可是一出了大门,即刻就把鞋脱下拿到手上,赤脚向学校走去。不管如何,时间照例是有多余的,因此我总得绕一节路玩玩。若从西城走去,在那边就可看到牢狱,大清早若干人带了脚镣从牢中出来,派过衙门去挖土。若从杀人处走过,昨天杀的人还没有收尸,一定已被野狗把尸首咋碎或拖到小溪中去了,就走过去看看那个糜碎了的尸体,或拾起一块小小石头,在那个污秽的头颅上敲打一下,或用一木棍去戳戳,看看会动不动。若还有野狗在那里争夺,就预先拾了许多石头放在书篮里,随手一一向野狗抛掷,不再过去,只远远的看看,就走开了。

既然到了溪边,有时候溪中涨了小小的水,就把裤管高卷,书篮顶在头上,一只手扶着,一只手照料裤子,在沿了城根流去的溪水中走去,直到水深齐膝处为止。学校在北门,我出的是西门,又进南门,再绕从城里大街一直走去。在南门河滩方面我还可以看一阵杀牛,机会好时恰好正看到那老实可怜畜牲放倒的情形。因为每天可以看一点点,杀牛的手续同牛内脏的位置,不久也就被我完全弄清楚了。再过去一点就是边街,有织簟子的铺子,每天任何时节皆有几个老人坐在门前小凳子上,用厚背的钢刀破篾,有两个小孩子蹲在地上织簟子。(我对于这一行手艺所明白的种种,现在说来似乎比写字还在行。)又有铁匠铺,制铁炉同风箱皆占据屋中,大门永远敞开着,时间即或再早一些,也可以看到一个小孩子两只手拉着风箱横柄,把整个身子的分量前倾后倒,风箱于是就连续发出一种吼声,火炉上便放出一股臭烟同红光。待到把赤红的热铁拉出搁放到铁砧上时,这个小东西,赶忙舞动细柄铁锤,把铁锤从身背后扬起,在身面前落下,火花四溅的一下一下打着。有时打的是一把刀,有时打的是一件农具。有时看到的又是这个小学徒跨在一条大板凳上,用一把凿子在未淬水的刀上起去铁皮,有时又是把一条薄薄的钢片嵌进熟铁里去。日子一多,关于任何一件铁器的制造秩序,我也不会弄错了。边街又有小饭铺,门前有个大竹筒,插满了用竹子削成的筷子。有干鱼同酸菜,用钵头装满放在门前柜台上。引诱主顾上门,意思好像是说,"吃我,随便吃我,好吃!"

每次我总仔细看看，真所谓"过屠门而大嚼"，也过了瘾。

我最欢喜天上落雨，一落了小雨，若脚下穿的是布鞋，即或天气正当十冬腊月，我也可以用恐怕湿却鞋袜为辞，有理由即刻脱下鞋袜赤脚在街上走路。但最使人开心事，还是落过大雨以后，街上许多地方已被水所浸没，许多地方阴沟中涌出水来，在这些地方照例常常有人不能过身，我却赤着两脚故意向深水中走去。若河中涨了大水，照例上游会漂流得有木头、家具、南瓜同其他东西，就赶快到横跨大河上的桥上去看热闹。桥上必已经有人用长绳系定了自己的腰身，在桥头上呆着，注目水中，有所等待。看到有一段大木或一件值得下水的东西浮来时，就踊身一跃，骑到那树上，或傍近物边，把绳子缚定，自己便快快的向下游岸边泅去。另外几个在岸边的人把水中人援助上岸后，就把绳子拉着，或缠绕到大石上大树上去，于是第二次又有第二人来在桥头上等候。我欢喜看人在洄水里扳罾，巴掌大的活鲫鱼在网中蹦跳。一涨了水，照例也就可以看这种有趣味的事情。照家中规矩，一落雨就得穿上钉鞋，我可真不愿意穿那种笨重钉鞋。虽然在半夜时有人从街巷里过身，钉鞋声音实在好听，大白天对于钉鞋，我依然毫无兴味。

若在四月落了点小雨，山地里田塍上各处都是蟋蟀声音，真使人心花怒放。在这些时节，我便觉得学校真没有意思，简直坐不住，总得想方设法逃学上山去捉蟋蟀。有时没有什么东西安置这小东西，就走到那里去，把第一只捉到手后又捉第二只，两只手各有一只后，就听第三只。本地蟋蟀原分春秋二季，春季的多在田间泥里草里，秋季的多在人家附近石罅里瓦砾中，如今既然这东西只在泥层里，故即或两只手心各有一匹小东西后，我总还可以想方设法把第三只从泥土中赶出，看看若比较手中的大些，即开释了手中所有，捕捉新的，如此轮流换去，一整天方捉回两只小虫。城头上有白色炊烟，街巷里有摇铃铛卖煤油的声音，约当下午三点左右时，赶忙走到一个刻花板的老木匠那里去，很兴奋的同那木匠说："师傅师傅，今天可捉了大王来了！"

那木匠便故意装成无动于衷的神气，仍然坐在高凳上玩他的车盘，正眼也不看我的说："不成，要打打得赌点输赢！"我说："输了替你磨刀成不成？"

"嗨，够了，我不要你磨刀，你哪会磨刀！上次磨凿子还磨坏了我的家伙！"

这不是冤枉我，我上次的确磨坏了他一把凿子。不好意思再说磨刀了，我说：

"师傅，那这样办法，你借给我一个瓦盆子，让我自己来试试这两只谁能干些好不好？"我说这话时真怪和气，为的是他以逸待劳，若不允许我还是无办法。

那木匠想了想，好像莫可奈何才让步的样子，"借盆子得把战败的一只给我，算作租钱。"

我满口答应："那成，那成。"

于是他方离开车盘，很慷慨的借给我一个泥罐子，顷刻之间我就只剩下一只蟋蟀了。这木匠看看我捉来的虫还不坏，必向我提议："我们来比比，你赢了我借你这泥罐一天；你输了，你把这蟋蟀输给我，办法公平不公平？"我正需要那么一个办法，连说"公平，公平"，于是这木匠进去了一会儿，拿出一只蟋蟀来同我的斗，不消说，三五回合我的自然又败了。他的蟋蟀照例却常常是我前一天输给他的。那木匠看看我有点颓丧，明白我认识那匹小东西，担心我生气时一摔，一面赶忙收拾盆罐，一面带着鼓励我神气笑笑的说："老弟，老弟，明天再来，明天再来！你应当捉好的来，走远一点。明天来，明天来！"

我什么话也不说，微笑着，出了木匠的大门，空手回家了。

这样一整天在为雨水泡软的田塍上乱跑，回家时常常全身是泥，家中当然一望而知，于是不必多说，沿老例跪一根香，罚关在空房子里，不许哭，不许吃饭。等一会儿我自然可以从姐姐方面得到充饥的东西。悄悄的把东西吃下以后，我也疲倦了，因此空房中即或再冷一点，老鼠来去很多，一会儿就睡着，再也不知道如何上床的事了。

即或在家中那么受折磨，到学校去时又免不了补挨一顿板子。我还是在想逃学时就逃学，决不为经验所恐吓。

有时逃学又只是到山上去偷人家园地里的李子枇杷，主人拿着长长的竹竿大骂着追来时，就飞奔而逃，逃到远处一面吃那个赃物，一面还唱山歌气那主人，总而言之，人虽小小的，两只脚跑得很快，什么茨棚里钻去也不在乎，要捉我可捉不到，就认为这种事很有趣味。

可是只要我不逃学，在学校里我是不至于像其他那些人受处罚的。我从不用心念书，但我从不在应当背诵时节无法对付。许多书总是临时来读十遍八遍，背诵时节却居然琅琅上口，一字不遗。也似乎就由于这份小小聪明，学校把我同一般同学一样待遇，更使我轻视学校。家中不了解我为什么不想上进，不好好的利用自己聪明用功，我不了解家中为什么只要我读书，不让我玩。我自己总以为读书太容易了点，把认得的字记记那不算什么希奇。最希奇处应当是另外那些人，在他那份习惯下所做的一切事情。为什么骡子推磨时得把眼睛遮上？为什么刀得烧红时在水里一淬方能坚硬？为什么雕佛像的会把木头雕成人形，所贴的金那么薄又用什么方法作成？为什么小铜匠会在一块铜板上钻那么一个圆眼，刻花时刻得整整齐齐？这些古怪事情太多了。

我生活中充满了疑问，都得我自己去找寻解答。我要知道的太多，所知道的又太少，有时便有点发愁。就为的是白日里太野，各处去看，各处去听，还各处去嗅闻，死蛇的气味，腐草的气味，屠户身上的气味，烧碗处土窑淋雨以后放出的气味，要我说来虽当时无法用言语去形容，要我辨别却十分容易。蝙蝠的声音，一只黄牛当屠户把刀割进它喉中时叹息的声音，藏在田塍土穴中大黄喉蛇的鸣声，黑暗中鱼在水面拨剌的微声，全因到耳边时分量不同，我也记得那么清清楚楚。因此回到家里时，夜间我便作出无数希奇古怪的梦。这些梦直到将近二十年后的如今，还常常使我在半夜时无法安眠，既把我带回到那个"过去"的空虚里去，也把我带往空幻的宇宙里去。

在我面前的世界已够宽广了，但我似乎还得一个更宽广的世界。我得用这方面得到的知识证明那方面的疑问。我得从比较中知道谁好谁坏。我得看许多业已由于好询问别人，以及好自己幻想所感觉到的世界上的新鲜事情新鲜东西。结果能逃学时我逃学，不能逃学我就只好做梦。

照地方风气说来，一个小孩子野一点的，照例也必需强悍一点，才能各处跑去。因为一出城外，随时都会有一样东西突然扑到你身边来，或是一只凶恶的狗，或是一个顽劣的人。无法抵抗这点袭击，就不容易各处自由放荡。一个野一点的孩子，即或身边不必时时刻刻带一把小刀，也总得带一削尖的竹块，好好的插到裤带上，遇机会到时，就取出来当作武器。尤其是到一个离家较远的地方去看木傀儡戏，不准备厮杀一场简直不成。你能干点，单身往各处去，有人挑战时，还只是一人近你身边来恶斗。若包围到你身边的顽童人数极多，你还可挑选同你精力相差不大的一人，你不妨指定其中一个说："要打吗？你来，我同你来。"

到时也只那一个人拢来。被他打倒，你活该，只好伏在地上尽他压着痛打一顿。你打倒了他，他活该，把他揍够后你可以自由走去，谁也不会追你，只不过说句"下次再来"罢了。

可是你根本上若就十分怯弱，即或结伴同行，到什么地方去时，也会有人特意挑出你来殴斗。应战你得吃亏，不答应你得被仇人与同伴两方面奚落，顶不经济。

感谢我那爸爸给了我一份勇气，人虽小，到什么地方去我总不害怕。到被人围上必需打架时，我能挑出那些同我不差多少的人来，我的敏捷同机智，总常常占点上风。有时气运不佳，不小心被人摔倒，我还会有方法翻身过来压到别人身上去。在这件事上我只吃过一次亏，不是一个小孩，却是一只恶狗，把我攻倒后，咬伤了我一只手。我走到任何地方去都不怕谁，同时因换了好些私塾，各处皆有些同学，大家既都逃过学，便有无数朋友，因此也不会同人打架了。可是自从被那只恶狗攻倒过一次以后，到如今我却依然十分怕狗（有种两脚狗我更害怕，对付不了）。

至于我那地方的大人，用单刀、扁担在大街上决斗本不算回事。事情发生时，那些有小孩子在街上玩的母亲，只不过说："小杂种，站远一点，不要太近！"嘱咐小孩子稍稍站开点儿罢了。本地军人互相砍杀虽不出奇，行刺暗算却不作兴。这类善于殴斗的人物，有军营中人，有哥老会中老幺，有好打不平的闲汉，在当地另成一帮，豁达大度，谦卑接物，为友报仇，爱义好施，且多非常孝顺。但这类人物为时代所陶冶，到民五以后也就渐渐消灭了。

虽有些青年军官还保存那点风格，风格中最重要的一点洒脱处，却为了军纪一类影响，大不如前辈了。

我有三个堂叔叔两个姑姑都住在城南乡下，离城四十里左右。那地方名黄罗寨，出强悍的人同猛鸷的兽。我爸爸三岁时在那里差一点险被老虎咬去。我四岁左右，到那里第一天，就看见四个乡下人抬了一只死老虎进城，给我留下极深刻的印象。

我还有一个表哥，住在城北十里地名长宁哨的乡下，从那里再过去十里便是苗乡。表哥是一个紫色脸膛的人，一个守碉堡的战兵。我四岁时被他带到乡下去过了三天,二十年后还记得那个小小城堡黄昏来时鼓角的声音。

这战兵在苗乡有点威信,很能喊叫一些苗人。每次来城时,必为我带一只小斗鸡或一点别的东西。一来为我说苗人故事,临走时我总不让他走。我欢喜他,觉得他比乡下叔父能干有趣。

我的写作与水的关系

在我一个自传里,我曾经提到过水给我的种种印象。檐溜,小小的河流,汪洋万顷的大海,莫不对于我有过极大的帮助,我学会用小小脑子去思索一切,全亏得是水,我对于宇宙认识得深一点,也亏得是水。

"孤独一点,在你缺少一切的时节,你就会发现原来还有个你自己。"这是一句真话。我有我自己的生活与思想,可以说是皆从孤独得来的。我的教育,也是从孤独中得来的。然而这点孤独,与水不能分开。

年纪六岁七岁时节,私塾在我看来实在是个最无意思的地方。我不能忍受那个逼窄的天地,无论如何总得想出方法到学校以外的日光下去生活。大六月里与一些同街比邻的坏小子,把书篮用草标各做下了一个记号,搁在本街土地堂的木偶身背后,就洒着手与他们到城外去,钻入高可及身的禾林里,捕捉禾穗上的蚱蜢,虽肩背为烈日所烤炙,也毫不在意。耳朵中只听到各处蚱蜢振翅的声音,全个心思只顾去追逐那种绿色黄色跳跃灵便的小生物。到后看看所得来的东西已尽够一顿午餐了,方到河滩边去洗净,拾些干草枯枝,用野火来烧烤蚱蜢,把这些东西当饭吃。直到这些小生物完全吃尽后,大家于是脱光了身子,用大石压着衣裤,各自从悬崖高处向河水中跃去。就这样泡在河水里,一直到晚方回家去,挨一顿不可避免的痛打。有时正在绿油油禾田中活动,有时正泡在水里,六月里照例的行雨来了,大的雨点夹着吓人的霹雳同时来到,各人匆匆忙忙逃到路坎旁废碾坊下或大树下去躲避。雨落得久一点,一时不能停止,我必一面望着河面的水泡,或树枝上反光的叶片,想起许多事情。所捉的鱼逃了，所有的衣湿了，河面溜走的水蛇，叮固在大腿上的蚂蟥，碾坊里的母黄狗，挂在转动不已大水车上的起花人肠子，因为雨，制止了我身体的活动，心中便把一切看见的经过的皆记忆温习起来了。

也是同样的逃学，有时阴雨天气，不能向河边走去，我便上山或到庙里去，在庙前庙后树林或竹林里，爬上了这一株，到上面玩玩后，又溜下来爬另外一株，若所爬的是竹子，必在上面摇荡一会，爬的是树木，便看看上面有无鸟巢或啄木鸟孵卵的孔穴。雨落大了，再不能做这种游戏时，就坐在楠木树下或庙门前石阶上看雨。既还不是回家的时候，一面看雨一面自然就需要温习那些过去的经验，这个日子方能发遣开去。雨落得越长，人也就越寂寞。在这时节想到一切好处也必想到一切坏处。那么大的雨，回家去说不定还得全身弄湿，不由得有点害怕起来，不敢再想了。我于是走到庙廊下去为做丝线的人牵丝，为制棕绳的人摇绳车。这些地方每天照例有这种工人做工，而且这种工人照例又还是我很熟悉的人。也就因为这种雨，无从掩饰我的劣行，回到家中时，我便更容易被罚跪在仓屋中。在那间空洞寂寞的仓屋里，听着外面檐溜滴沥声，我的想象力却更有了一种很好训练的机会。我得用回想与幻想补充我所缺少的饮食，安慰我所得到的痛苦。我因恐怖得去想一些不使我再恐怖的生活，我因孤寂又得去想一些热闹事情方不至于过分孤寂。

到十五岁以后，我的生活同一条辰河无从离开，我在那条河流边住下的日子约五年。这一大堆日子中我差不多无日不与河水发生关系。走长路皆得住宿到桥边与渡头，值得回忆的哀乐人事常是湿的。至少我还有十分之一的时间，是在那条河水正流与支流各样船只上消磨的。从汤汤流水上，我明白了多少人事，学会了多少知识，见过了多少世界！我的想象是在这条河水上扩大的。我把过去生活加以温习，或对未来生活有何安排时，必依赖这一条河水。这条河水有多少次差一点儿把我攫去，又幸亏它的流动，帮助我做着那种横海扬帆的远梦，方使我能够依然好好地在人世中过着日子！

再过五年，我手中的一支笔，居然已能够尽我自由运用了。我虽离开了那条河流，我所写的故事，却多数是水边的故事。故事中我所最满意的文章，常用船上水上作为背景，我故事中人物的性格，全为我在水边船上所见到的人物性格。我文字中一点忧郁气氛，便因为被过去十五年前南方的阴雨天气影响而来,我文字风格,假若还有些值得注意处,那只因为我记得水上人的言语太多了。

再过五年后,我的住处已由干燥的北京移到一个明朗华丽的海边。海既那么宽泛无涯无际,我对人生远景凝眸的机会便较多了些。海边既那么寂寞,它培养了我的孤独心情。海放大了我的感情与希望,且放大了我的人格。

(本篇原载 1934 年《文学》一周年纪念特辑)

生之记录

一

下午时,我倚在一堵矮矮的围墙上,浴着微温的太阳。春天快到了,一切草,一切树,还不见绿,但太阳已很可恋了。从太阳的光上我认出春来。

没有大风,天上全是蓝色。我同一切,浴着在这温暾的晚阳下,都没言语。

"松树,怎么这时又不作出昨夜那类响声来吓我呢?""那是风,何尝是我意思!"有微风树间在动,作出小小声子在答应我了!

"你风也无耻,只会在夜间来!"

"那你为什么又不常常在阳光下生活?"

我默然了。

因为疲倦,腰隐隐在痛,我想哭了。在太阳下还哭,那不是可羞的事吗?我怕在墙坎下松树根边侧卧着那一对黄鸡笑我,竟不哭了。

"快活的东西,明天我就要教老田杀了你!"

"因为妒嫉的缘故"。松树间的风,如在揶揄我。我妒嫉一切,不止是人!我要一切,把手伸出去,别人把工作扔在我手上了,并没有见我所要的同来到。候了又候,我的工作已为人取去,随意的一看,又放下到别处去了,我所希望的仍然没有得到。

第二次,第三次,扔给我的还是工作。我的灵魂受了别的希望所哄骗,工作接到手后，又低头在一间又窄又霉的小房中作着了，完后再伸手出去，所得的还是工作！

我见过别的朋友们，忍受着饥寒，伸着手去接得工作到手，毕后，又伸手出去，直到灵魂的火焰烧完，伸出的手还空着，就此僵硬，让漠不相关的人抬进土里去，也不知有多少了。

这类烧完了热安息了的幽魂，我就有点妒嫉它。我还不能像它们那样安静的睡觉！梦中有人在追赶我，把我不能作的工作扔在我手上，我怎么不妒嫉那些失了热的幽魂呢？

我想着，低下头去，不再顾到抖着脚曝于日的鸡笑我，仍然哭了。

在我的泪点坠跌际，我就妒嫉它，泪能坠到地上，很快的消灭。

我不愿我身体在灵魂还有热的以前消灭。有谁人能告我以灵魂的火先身体而消灭的方法吗？我称他为弟兄、朋友、师长——或更好听一点的什么，只要把方法告我！

我忽然想起我浪了那么多年为什么还没烧完这火的事情了，研究它，是谁在暗里增加我的热。

——母亲，瘦黄的憔悴的脸，是我第一次出门做别人副兵时记下来的……

——妹，我一次转到家去，见我灰的军服，为灰的军服把我们弄得稍稍陌生了一点，躲到母亲的背后去；头上扎着青的绸巾，因为额角在前一天涨水时玩着碰伤了……

——大哥，说是"少喝一点吧"，答说"将来很难再见了"。看看第二支烛又只剩一寸了，说是"听鸡叫从到关外就如此了"，大的泪，沿着为酒灼红了的瘦颊流着，……"我要把妈的脸变胖一点。"单想起这一桩事，我的火就永不能熄了。

若把这事忘却，我就要把我的手缩回，不再有希望了。……

可以证明春天将到的日头快沉到山后去了。我腰还在痛。想拾片石头来打那骄人的一对黄鸡一下，鸡咯咯的笑着逃走去。

把石子向空中用力掷去后，我只有准备夜来受风的恐吓。

二

灰的幕，罩上一切，月不能就出来，星子很多在动。在那只留下一个方的轮廓的建筑下面,人还能知道是相互在这世上活着,我却不能相信世上还有两个活人。世上还有活东西我也不肯信。因为一切死样的静寂,且无风。

我没有动作,倚在廊下听自己的出气。

若是世界永远是这样死样沉寂下去,我的身子也就这样不必动弹,作为死了,让我的思想来活,管领这世界。凡是在我眼面前生过的,将再在我思想中活起来了,不论仇人或朋友,连那被我无意中捏死的吸血蚊子。

我要再来受一道你们世上人所给我的侮辱。

我要再见一次所见过人类的残酷。

我要追出那些眼泪同笑声的损失。

我要捉住那些过去的每一个天上的月亮拿来比较。我要称称我朋友们送我的感情的分量。

我要摩摩那个把我心碰成永远伤创的人的眼。

我要哈哈的笑,像我小时的笑。

我要在地下打起滚来哭,像我小时的哭!

……

我没有那样好的运,就是把这死寂空气再延下去一个或半个时间也不可能——一支笛子,在比那堆只剩下轮廓的建筑更远一点的地方,提高喉咙在歌了。

听不出他是怒还是喜来,孩子们的嘴上,所吹得出的是天真。

"小小的朋友,你把笛子离开嘴,像我这样,倚在墙或树上,地上的石板干净你就坐下,我们两人来在这死寂的世界中,各人把过去的世界活在思想里,岂不是好吗?在那里,你可以看见你所爱的一切,比你吹笛子好多了!"

我的声音没有笛子的尖锐,当然他不会听到。

笛子又在吹了,不成腔调,正可证明他的天真。

他这个时候是无须乎把世界来活在思想里的,听他的笛子的快乐的调子可以知道。

"小小的朋友,你不应当这样!别人都没有做声,为什么你来搅乱这安宁,用你的不成腔的调子?你把我一切可爱的复活过来的东西都破坏了,罪人!"

笛子还在吹。他若能知道他的笛子有怎样大的破坏性,怕也能看点情面把笛子放下吧。

什么都不能不想了，只随到笛子的声音。

沿着笛子我记起一个故事，六岁到八岁时，家中一个苗老阿女牙，对我说许多故事。关于笛子，她说原先有个皇帝，要算喜欢每日里打着哈哈大笑，成了疯子。皇后无法。把赏格悬出去，治得好皇帝的赏公主一名。这一来人就多了。公主美丽像一朵花，谁都想把这花带回家去。可是谁都想不出什么好法子来。有些人甚至于把他自己的儿子，牵来当到皇帝面前，切去四肢，皇帝还是笑！同样这类笨法子很多。皇帝以后且笑得更凶了。到后来了一个人，乡下人样子，短衣，手上拿一支竹子。皇后问：你可以治好皇帝的病吗？来人点头。又问他要什么药物，那乡下人递竹子给皇后看。竹子上有眼，皇后看了还是不懂。一个乡下人，看样子还老实，就叫他去试试吧。见了皇帝，那人把竹子放在嘴边，略一出气，皇帝就不笑了。第一段完后，皇帝笑病也好了。大家喜欢得了不得。……那公主后来自然是归了乡下人。不过，公主学会吹笛子后，皇后却把乡下人杀了。……从此笛子就传下来，因为有这样一段惨事，笛子的声音听起来就很悲伤。

阿女牙人是早死了，所留下的，也许只有这一个苗中的神话了（愿她安宁！）。

我从那时起，就觉得笛子用到和尚道士们作法事顶合式。因为笛子有催人下泪的能力，做道场接亡时，不能因丧事流泪的，便可以使笛子掘开他的泪泉！

听着笛子就下泪，那是儿时的事，虽然不一定家中死什么人。二姐因为这样，笑我是孩子脾气，有过许多回了。后来到她的丧事，一个师傅，正拿起笛子想要逗引家中人哭泣，我想及二姐生时笑我的情形，竟哭的晕去了。

近来人真大了，虽然有许多事情养成我还保存小孩爱哭的脾气，可是笛子不能令我下泪。近来闻笛，我追随笛声，飚到虚空，重现那些过去与笛子有关的事，人一大，感觉是自然而然也钝了。

笛声歇了，我骤然感到的空虚起来。

——小小的吹笛的朋友，你也在想什么吧？你是望着天空一个人在想什么吧？我愿你这时年纪，是只晓得吹笛的年纪！你若是真懂得像我那样想，静静的想从这中抓取些渺然而过的旧梦，我又希望你再把笛勒在嘴边吹起来！年纪小一点的人，载多悲哀的回忆，他将不能再吹笛了！还是吹吧，夜深了，不然你也就睡得了！

像知道我在期望，笛又吹着了，声音略变，大约换了一个较年长的人了。

抬起头去看天，黑色，星子却更多更明亮。

三

在雨后的中夏白日里，麻雀的吱喳虽然使人略略感到一点单调的寂寞，但既没有沙子被风吹扬，拿本书来坐在槐树林下去看，还不至于枯燥。

镇日为街市电车弄得耳朵长是嗡嗡隆隆的我，忽又跑到这半乡村式的学校来了。名为骆驼庄，我却不见过一匹负有石灰包的骆驼，大概它们这时是都在休息了吧。在这里可以听到富于生趣的鸡声，还是我到北京来一个新发现。这些小喉咙喊声，是夹在农场上和煦可亲的母牛唤犊的喊声里的，还有坐在榆树林里躲荫的流氓鸸鹉同它们相应和。

鸡声我至少是有了两年以上没有听到过了，乡下的鸡声则是民十时在沅州的三里坪农场中听过。也许是还有别种缘故吧，凡是鸡声，不问它是荒村午夜还是晴阴白昼，总能给我一种极深的新的感动。过去的切慕与怀恋，而我也会从这些在别人听来或许但会感到夏日过长催人疲倦思眠的单调长声中找出。

初来北京时，我爱听火车的呜呜汽笛。从这中我发见了它的伟大，使我不驯的野心常随着那些呜呜声向天涯不可知的辽远渺茫中驰去。但这不过是一种空虚寂寞的客寓中寄托罢了！若拿来同乡村中午鸡相互唱酬的叫声相比，给人的趣味，可又不相同了。

我以前从不会在寓中半夜里有过一回被鸡声叫醒的事情。至于白日里，除了电车的隆隆隆以外，便是百音合奏的市声！连母鸡下蛋时"咯大咯"也没有听到过。我于是疑心北京城里的住户人家是没有养过一只活鸡的。然而，我又知道我猜测的不对了，我每次为相识扯到饭馆子去，总听到"辣子鸡""熏鸡"等等名色。我到菜市去玩时，似乎看到那些小摊子下面竹罩笼里，的确也又还有些活鲜鲜（能伸翅膀，能走动，能低头用嘴壳去清理翅子但不做声）的鸡。它们如同哑子，挤挤挨挨站着却没有做声。倘若一个从没看见过鸡的人，仅仅根据书上或别人口中传说"鸡是好勇狠斗，能引吭高唱……"鸡的样子，那末，见了这罩笼里的鸡，我敢说他绝不会相信这就是鸡！

它们之所以不能叫，或者并不是不会叫（因为凡鸡都会叫，就是鸡婆也能"咯大咯"），只是时时担惊受怕，想着那锋利的刀，沸滚的水，忧愁不堪，把叫的事就忘怀了呢！这本不奇怪，譬如我们人到忧愁无聊（还不至于死）时，不是连讲话也不大愿意开口吗？

然而我还有不解者，是：北京的鸡，固然是日陷于宰割忧惧中，但别的地方鸡，就不是拿来让人宰割的？为甚别的地方的鸡就有兴致高唱愉快的调子呢？我于是乎觉得北京古怪。

看着沉静不语的深蓝天空，想着北京城中的古怪，为那些一递一声鸡唱弄得有点疲倦来了。日光下的小生物，行动野佻的蚊子，在空中如流星般晃去，似乎更其愉快活泼，我记起了"飘若惊鸿，宛若游龙"两句古典文章来。

四

夜来听到淅沥的雨声，还夹着嗡嗡隆隆的轻雷，屈指计算今年消失了的日月，记起小时觉得有趣的端阳节将临了。

这样的雨，在故乡说来是为划龙舟而落。若在故乡听着，将默默地数着雨点，为一年来老是卧在龙王庙仓房里那几只长而狭的木舟高兴，童心的欢悦，连梦也是甜蜜而舒适！北京没有一条小河，足供五月节龙舟竞赛，所以我觉得北京的端阳寂寞。既没有划龙舟的小河，为划龙舟而落的雨又这样落个不止，我于是又觉得这雨也落得异常寂寞无聊了。

雨是哗喇哗喇的落，且当作故乡的夜雨吧：卧在床上已睡去几时候的九妹，为一个炸雷惊醒后，听到点点滴滴的雨声，又怕又喜，将搂着并头睡着妈的脖颈，极轻的说："妈，妈，你醒了吧。你听又在落雨了！明天街上会涨水，河里自然也会涨水。莫把北门河的跳岩淹过了。我们看龙舟又非要到二哥干爹那吊楼上不可了！那桥上的吊楼好是好，可是若不涨大水，我们仍然能站到玉英姨她家那低一点的地方去看，无论如何要有趣一点。我又怕那楼高，我们不放炮仗，站到那么高高的楼上去看有什么意思呢。妈，妈，你讲看：到底是二哥干爹那高楼上好呢，还是玉英姨家好？"

"我宝宝说得都是。你喜欢到哪一处就去哪处。你讲哪处好就是哪处。"

妈的答复,若是这样能够使九妹听来满意,那么,九妹便不再做声,又闭眼睛作她的龙舟梦去了。第二天早上,我倘若说:老九,老九,又涨大水了。明天,后天,看龙船快了!你预备的衣服怎样?这无论如何不到十天了啦!

她必又格登格登跑到妈身边去催妈赶快把新的花纺绸衣衫缝好,说是免得又穿那件旧的花格子洋纱衫子出丑。其实她那新衣只差的一排扣子同领口没完工,然而终不能禁止她去同妈唠叨。

晚上既下这样大雨,一到早上,放在檐口下的那些木盆木桶会满盆满桶的装着雨水了。

这雨水省却了我们到街上喊卖水老江进屋的功夫。包粽子的竹叶子便将在这些桶里洗漂。

只要是落雨,可以不用问他大小,都能把小孩子引到端节来临的欢喜中去。大人们呢,将为这雨增添了几分忙碌。但雨有时会偏偏到五日那一天也不知趣大落而特落的(这是天的事情,谁能断料的定)。所以,在这几天,小孩子人人都有一点工作——这是没有哪一个小孩子不愿抢着做的工作:就是祈祷。他们诚心祈祷那一天万万莫要落下雨来,纵天阴没有太阳也无妨。他们祈祷的意思如像请求天一样,是各个用心来默祝,口上却不好意思说出。这既是一般小孩的事,是以九妹同六弟两人都免不了背人偷偷的许下心愿——大点的我,人虽大了,愿天晴的心思却不下于他俩。

于是,这中间就又生出争持来了。譬如谁个胆虚一点,说了句:

"我猜那一天必要落雨呀。"

那一个便"不,不,决不!我敢同谁打赌:落下了雨,让你打二十个耳刮子以外还同你磕一个头。若是不,你就为我——"

"我猜必定要下,但不大。"心虚者又若极有把握的说,"那我同你打赌吧。"

不消说为天晴袒护这一方面的人,当听到雨必定要下的话时气已登脖颈了!但你若疑心到说下雨方面的人就是存心愿意下雨,这话也说不去。这里两人心虚,两人都深怕下雨而愿意莫下雨,却是一样。

侥幸雨是不落了。那些小孩子们对天的赞美与感谢,虽然是在心里,但你也可从那微笑的脸上找出。这些诚恳的谢词若用东西来贮藏,恐怕找不出那么大的一个口袋呢。

我们在小的孩子们(虽然有不少的大人,但这样美丽佳节原只是为小孩子预备的,大人们不过是搭秤的猪肝罢了。)喝彩声里,可以看到那几只狭长得同一把刀一样的木船在水面上如掷梭一般抛来抛去。一个上前去了,一个又退后了;一个停顿不动了,一个又打起圈子演龙穿花起来。使船行动的是几个红背心绿背心——不红不绿之花背心的水手。他们用小的桡桨促船进退,而他们身子又让船载着来往,这在他们,真可以说是用手在那里走路呢。

……

过了这样发狂似的玩闹一天,那些小孩子如想把期待尽让划船的人划了去,又太平无事了。那几只长狭木船自然会有些当事人把它拖上岸放到龙王庙去休息,我们也不用再去管它。"它不寂寞吗?"幸好遇事爱发问的小孩们还没有提出这么一个问题来为难他妈。但我想即或有聪明小孩子问到这事,还可以用这样话来回答:"它已结结实实同你们玩了一整天,这时应得规规矩矩睡到龙王庙仓下去休息!它不像小孩子爱热闹,所以他不会寂寞。"

从这一天后,大人小孩似乎又渐渐的把前一日那几把水上抛去的梭子忘却了——一般就很难听人从闲话中提到这梭子的故事。直到第二年五月节将近,龙舟雨再落时,又才有人从点点滴滴中把这位被忘却的朋友记起。

五

我看我桌上绿的花瓶,新来的花瓶,我很客气的待它,把它位置在墨水瓶与小茶壶之间。

节侯近初夏了,各样的花都已谢去。这样古雅美丽的瓶子,适宜插丁香花,适宜插藤花。一枝两枝,或夹点草,只要是青的,或是不很老的柳枝,都极其可爱。但是,各样花都谢了,或者是不谢,我无从去找。

让新来的花瓶,寂寞的在茶壶与墨水瓶之间过了一天。

花瓶还是空着,我对它用得着一点羞惭了。这羞惭,是我曾对我的从不曾放过茶叶的小壶,和从不曾借重它来写一点可以自慰的文字的墨水瓶,都有过的。

新的羞惭,使我感到轻微的不安。心想,把来送像廷蔚那种过时的生活的人,岂不是很好么?因为疲倦,虽想到,亦不去做,让它很陌生的,仍立在茶壶与墨水瓶中间。

懂事的老田，见了新的绿色花瓶，知道自己新添了怎样一种职务了，不待吩咐，便走到农场边去，采得一束二月兰和另外一种不知名的草花，把来一同插到瓶子里，用冷水灌满了瓶腹。

既无香气，连颜色也觉可憎……我又想到把瓶子也一同摔到窗外去，但只不过想而已。

看到二月兰同那株野花吸瓶中的冷水。乘到我无力对我所憎的加以惩治的疲倦时，这些野花得到不应得的幸福了。

节候近初夏了，各样的花都已谢去，或者不谢，我也无从去找。

从窗子望过去，柏树的叶子，都已成了深绿，预备抵抗炎夏的烈日，似乎绿也是不得已。能够抵抗，也算罢了。我能用什么来抵抗这晚春的懊恼呢？我不能拒绝一个极其无聊按时敲打的校钟，我不能……我不能再拒绝一点什么。凡是我所憎的都不能拒绝。这时远远的正有一个木匠或铁匠在用斧凿之类做一件什么工作，钉钉的响，我想拒绝这种声音，用手蒙了两个耳朵，我就无力去抬手。

心太疲倦了。

绿的花瓶还在眼前，仿佛知道我的意思的老田，换上了新从外面要来的一枝有五穗的紫色藤花。淡淡的香气，想到昨日的那个女人。

看到新来的绿瓶，插着新鲜的藤花，呵，三月的梦，那么昏昏的作过！……想要写些什么，把笔提起，又无力的放下了。

一九二六年二月完成

时间

一切存在严格地说都需要"时间"。时间证实一切，因为它改变一切。气候寒暑，草木荣枯，人从生到死，都不能缺少时间，都从时间上发生作用。

常说到"生命的意义"或"生命的价值"。其实一个人活下去真正的意义和价值,不过占有几十个年头的时间罢了。生前世界没有他,他无意义和价值可言的;活到不能再活死掉了,他没有生命,他自然更无意义和价值可言。

正仿佛多数人的愚昧与少数人的聪明,对生命下的结论差不多都以为是"生命的意义同价值是活个几十年",因此都肯定生活,那么吃,喝,睡觉,吵架,恋爱,……活下去等待死,死后让棺木来装殓他,黄土来掩埋他,蛆虫来收拾他。

生命的意义解释的即如此单纯,"活下去,活着,倒下,死了",未免太可怕了。因此次一等的聪明人,同次一等的愚人,对生命的意义同价值找出第二种结论,就是"怎么样来耗费这几十个年头"。虽更肯定生活,那么吃,喝,睡觉,吵架,恋爱,……然而生活得失取舍之间,到底也就有了分歧。

这分歧一看就明白的。大别言之,聪明人要理解生活,愚蠢人要习惯生活。聪明人以为目前并不完全好,一切应比目前更好,且竭力追求那个理想。愚蠢人对习惯完全满意,安于现状,保证习惯(在世俗观察上,这两种人称呼常常相反,安于习惯的被呼为聪明人,怀抱理想的人却成愚蠢家伙)。两种人即同样有个"怎么来耗费这几十个年头"的打算,要从人与人之间寻找生存的意义和价值,即或择业相同,成就却不相同。同样想征服颜色线条作画家,同样想征服乐器音声作音乐家,同样想征服木石铜牙及其他材料作雕刻家,甚至于同样想征服人身行为作帝王,同样想征服人心信仰作思想家或教主,一切结果都不会相同。因此世界上有大诗人,同时也就有蹩脚诗人,有伟大革命家,同时也有虚伪革命家。至于两种人目的不同,择业不同,那就更容易一目了然了。

看出生命的意义同价值,原来如此如此,却想在生前死后使生命发生一点特殊意义和永久价值,心性绝顶聪明,为人却好像傻头傻脑,历史上的释迦,孔子,耶稣,就是这种人。这种人或出世,或入世,或革命,或复古,活下来都显得很愚蠢,死过后却显得很伟大。屈原算得这种人另外一格,历史上这种人可并不多。可是每一时代间或产生一个两个,就很像样子了。这种人自然也只能活个几十年,可是他的观念,他的意见,他的风度,他的文章,却可以活在人类的记忆中几千年。一切人生命都有时间的限制,这种人的生命又似乎不大受这种限制。

话说回来，事事物物要时时证明，可是时间本身却又像是个极其抽象的东西，从无一个人说得明白时间是个什么样子。时间并不单独存在。时间无形，无声，无色，无臭。要说明时间的存在，还得回过头来从事事物物去取证。从日月来去，从草木荣枯，从生命存亡找证据。正因为事事物物都可为时间作注解，时间本身反而被人疏忽了。所以多数人提问到生命的意义同价值时，没有一个人敢说"生命意义同价值，只是一堆时间"。

"前不见古人，后不见来者。"这是一个真正明白生命意义同价值的人所说的话。老先生说这话时心中的寂寞可知！能说这话的是个伟人，能理解这话的也不是个凡人。目前的活人，大家都记得这两句话，却只有那些从日光下牵入牢狱，或从牢狱中牵上刑场的倾心理想的人，最了解这两句话的意义。

因为说这话的人生命的耗费，同懂这话的人生命的耗费，异途同归，完全是为事实皱眉，却胆敢对理想倾心。

他们的方法不同，他们的时代不同，他们的环境不同，他们的遭遇也不相同；相同的是他们的心，同样为人类向上向前而跳跃。

一九三五年十月

沉默

读完一堆从各处寄来的新刊物后，仿佛看完了一场连台大戏，留下种热闹和寂寞混和的感觉。为一个无固定含义的名词争论的文章，占去刊物篇幅不少，留给我的印象却不深。

我沉默了两年。这沉默显得近于有点自弃，有点衰老。是的。古人说，"玩物丧志。"两年来我似乎就在用某种癖好系住自己。我的癖好近于压制性灵的碇石，铰残理想的剪子。需要它，我的存在才能够贴近地面，不至于转入虚无。我们平时见什么作家搁笔略久时，必以为"这人笔下枯窘，因为心头业已一无所有"。我这支笔一搁下就是两年。我并不枯窘。

泉水潜伏在地底流动，炉火闪在灰里燃烧，我不过不曾继续使用它到那个固有工作上罢了。一个人想证明他的存在，有两个方法：其一从事功上由另一人承认而证明；其一从内省上由自己感觉而证明。我用的是第二种方法。我走了一条近于一般中年人生活内敛以后所走的僻路。寂寞一点，冷落一点，然而同别人一样是"生存"。或者这种生存从别人看来叫作"落后"，那无关系。两千年前的庄周，仿佛比当时多少人都落后一点。那些善于辩论的策士，长于杀人的将帅，人早死尽了，到如今，你和我读《秋水》、《马蹄》时，仿佛面前还站有那个落后的衣着敝旧，神气落拓，面貌平常的中年人。

我不写作，却在思索写作对于我们生命的意义，以及对于这个社会明天可能产生的意义。我想起三千年来许多人，想起这些人如何使用他那一只手。有些人经过一千年或三千年，那只手还依然有力量能揪住多数人的神经或感情，屈抑它，松弛它，绷紧它，完全是一只有魔力的手。每个人都是同样的一只手，五个指头，尖端缀覆个淡红色指甲，关节处有一些微涡和小皱，背面还萦绕着一点隐伏在皮肤下的青色筋络。然而有些人的手却似乎特有魔力。是不是我们每个人都可以把自己的手变成一只魔手？是不是只要我们愿意，就可以把自己一只手成为光荣的手？

我知道我们的手不过是人类一颗心走向另一颗心的一道桥梁，作成这桥梁取材不一，也可以用金玉木石（建筑或雕刻），也可以用颜色线条（绘画），也可以用看来简单用来复杂的符号（音乐），也可以用文字，用各种不同的文字。也可以单纯进取，譬如说，当你同一个青年女子在一处，相互用沉默和微笑代替语言犹有所不足时，它的小小活动就能够使一颗心更靠近一颗心。既然是一道桥梁，借此通过的自然就贵贱不一。将军凯旋由此通过，小贩贸易也由此通过。既有人用它雕凿大同的石窟，和阗的碧玉，也就有人用它编织芦席，削刮小挖耳子。故宫所藏宋人的《雪山图》、《洞天山堂》等等伟大画幅，是用手作成的。《史记》是一个人写的。

《肉蒲团》也是一个人写的。既然是一道桥梁，通过的当然有各种各色的人性，道德可以通过，罪恶也无从拒绝。只看那个人如何使用它，如何善于用心使用它。

提起道德和罪恶，使我感到一点迷惑。我不注意我这只手是否能够拒绝罪恶，倒是对于罪恶或道德两个名词想仔细把它弄清楚些。平时对于这两个名词显得异常关心的人，照例却是不甚追究这两个名词意义的人。我们想认识它；如制造燋饼人认识燋饼，到具体认识它的无固定性时，这两个名词在我们个人生活上，实已等于消灭无多意义了。文学艺术历史总是在"言志"和"载道"意义上，人人都说艺术应当有一个道德的要求，这观念假定容许它存在，创作最低的效果，应当是给自己与他人以把握得住共通的人性达到交流的满足，由满足而感觉愉快，有所启发，形成一种向前进取的勇气和信心。这效果的获得，可以说是道德的。但对照时下风气，造一点点小谣言，诪张为幻，通常认为不道德，然而倘若它也能给某种人以满足，也间或被一些人当作"战略运用"，看来又好像是道德的了。道德既随人随事而有变化，它即或与罪恶是两个名词，事实上就无时不可以对调或混淆。一个牧师对于道德有特殊敏感，为道德的理由，终日手持一本《圣经》，到同夫人勃谿，这勃谿且起源于两人生理上某种缺陷时，对于他最道德的书，他不能不承认，求解决问题，倒是一本讨论关于两性心理如何调整的书。一个律师对于道德有它一定的提法，当家中孩子被沸水烫伤时，对于他最道德的书，倒是一本新旧合刊的《丹方大全》。若说道德邻于人类向上的需要，有人需要一本《圣经》，有人需要一本《太上感应篇》，但我的一个密友，却需要我写一封甜蜜蜜充满了温情与一点轻微忧郁的来信，因为他等待着这个信，我知道！如说多数需要是道德的，事实上多数需要的却照例是一个作家所不可能照需要而给与的。大多数伟大作品，是因为它"存在"，成为多数需要。并不是因为多数"需要"，它因之"产生"。我的手是来照需要写一本《圣经》，或一本《太上感应篇》，还是好好的回我那个朋友一封信，很明显的是我可以在三者之间随意选择。我在选择。但当我能够下笔时，我一定已经忘掉了道德和罪恶，也同时忘了那个多数。

我始终不了解一个作者把"作品"与为"多数"连缀起来，努力使作品庸俗，雷同，无个性，无特性，却又希望它长久存在，以为它因此就能够长久存在，这一个观念如何能够成立。溪面群飞的蜻蜓够多了，倘若有那么一匹小生物，倦于骚扰，独自休息在一个岩石上或一片芦叶上，这休息，且是准备看一种更有意义的振翅，这休息不十分坏。我想，沉默两年不是一段长久的时间，若果事情能照我愿意作的作去，我还必需把这分沉默延长一点。

这也许近于逃遁，一种对于多数骚扰的逃遁。人到底比蜻蜓不同，生活复杂得多，神经发达得多。也必然有反应，被刺激过后的反应。也必然有直觉，基于动物求生的直觉。但自然既使人脑子进化得特别大，好像就是凡事多想一想，许可人向深处走，向远处走，向高处走。思索是人的权利，也是人其所能生存能进步的工具。什么人自愿抛弃这种权利，那是个人的自由，正如一个酒徒用剧烈酒精燃烧自己的血液，是酒徒的自由。可是如果他放下了那个生存进步的工具，以为用另外一种简单方式可以生存，尤其是一个作者，一个企图用手作为桥梁，通过一种理想，希望作品存在，与肉体脱离而还能独立存在若干年，与事实似乎不合。自杀不是求生的方式，谐俗其实也不尽是求生的方式。作品能存在，仰赖读者，然对读者在乎启发，不在乎媚悦。通俗作品能够在读者间存在的事实正多，然"通俗"与"庸俗"却又稍稍不同。无思索的一唱百和，内容与外形的一致摹仿，不可避免必陷于庸俗。庸俗既不能增人气力，也不能益人智慧。在行为上一个人若带着教训神气向旁人说：人应当用手足同时走路，因为它合乎大多数的动物本性或习惯。说这种话的人，很少不被人当作疯子。

然而在文学创作上，类似的教训对作家却居然大有影响。原因简单，就是大多数人知道要出路，不知道要脑子。随波逐流容易见好，独立逆风需要魄力。

我觉得我应当努力来写一本《圣经》，这经典的完成，不在增加多数人对于天国的迷信，却在说明人力的可信，使一些有志从事写作者，对于作品之生长，多有一分知识。希望个人作品成为推进历史的工具，这工具必需如何造作，方能结实牢靠，像一个理想的工具。我预备那么写下去，第一件事每个作家先得有一个能客观看世界的脑子。可是当我想起是不是这世界每个人都自愿有一个凡事能独立思考的脑子，都觉得必需有个这样脑子，进行写作才不必依靠任何权势而依旧能存在时，我依然把笔搁下了。人间广泛，万汇难齐。沮洳是水作成的，江河也是水作成的；桔柚宜于南国，枣梨生长北方。万物各适其性，各有其宜。应沉默处得沉默，古人名为"顺天体道"。雄鹰只偶尔一鸣，麻雀却长日叽喳，效果不同，容易明白。各适其性，各取所需，如果在当前还许可时,我的沉默是不会妨碍他人进步,或许正有助于别一些伟大成就的。

一九三六年十月八日北平作

美与爱

宇宙实在是个复杂的东西,大如太空列宿,小至蜉蝣蝼蚁,一切分裂与分解,一切繁殖与死亡,一切活动与变易,俨然都各有秩序,照固定计划向一个目的进行。然而这种目的却尚在活人思索观念边际以外,难于说明。人心复杂,似有过之而无不及。然而目的却显然明白,即求生命永生。永生意义,或为精子游离而成子嗣延续,或凭不同材料产生文学艺术。似相异,实相同,同源于"爱"。

一个人过于爱有生一切时,必因为在一切有生中发现了"美",亦即发现了"神"。必觉得那点光与色,形与线,即足代表一种最高的德性,使人乐于受它的统制,受它的处治。人类的智慧亦即由其影响而来,然而典雅司令和华美仪表,与之相比都见得黯然无光,如细碎星点在朗月照耀下一样情形。它或者是一个人,一件物,一种抽象符号的结集排比,令人都只能低首表示虔敬。正若因此一来,虽不会接近上帝,至少已接近上帝造物。

这种美或由上帝造物之手所产生,一片铜,一块石头,一把线,一组声音,其物虽小,亦可以见世界之大,并见世界之全;或即造物,最直接简便那个"人"。流星闪电于天空刹那而逝,从此烛示一种无可形容的美丽圣境,人亦相同,微笑,一皱眉,无不同样可以显出那种圣境。一个人的手足毛发在此一闪即逝更缥缈的印象中,并印象温习中,都无不可见出造物者之手艺无比精巧。凡知道用各种感觉去捕捉住此美丽神奇光影的, 此光影在生命中即永生不灭。屈原、曹植、李煜、曹雪芹,便是将这种光影用文字组成篇章,保留得完整的几个人,这些人写成的作品,虽各不相同,所得启示必古今如一,即被美所照耀,所征服,所教育是也。

美固无所不在，凡属造形，如用泛神情感去接近，即无不可见出其精巧处和完整处。生命之最高意义，即此种"神在生命中"的认识。唯宗教与金钱，或归纳，或消蚀，已令多数人生活下来逐渐都变成庸俗呆笨，了无趣味。这些人对于一切美物，美事，美行为，美观念，无不漠然处之，毫无反应。于宗教虽若具有虔信，亦无助于宗教的发展；于金钱虽若具有热情，实不知金钱真正意义。

这种人既填满地面各处，必然即堕落了宗教的神圣性庄严性，凝滞了金钱的活动变化性。这种人大都富于常识，会打小算盘，知从"实在"上讨生活，或从"意义"、"名分"上讨生活，捕蚊捉蚤，玩牌下棋，在小小得失上注意关心，引起哀乐。生活安适，即已满足。活到未了，倒下完事。这些人所需要的既只是"生活"，并非对于"生命"具有何等特殊理解，故亦从不追寻生命如何使用，方觉更有意义。因此若有人超越习惯的心与眼，对美特具敏感，即自然将被这个多数人目为"痴汉"。若与多数人庸俗利害观念相冲突，且成为疯狂，为恶徒，为叛逆。换言之，即一切不吉名词，无不可加诸其身。对此消极的称为"沾染不得"，积极的为"与众弃之"。然而一切文学美术以及多数思想组织上巨大成就，却常常惟这种痴汉有分与多数无涉，则显而易见。

世界上缝衣匠、理发匠、作高跟皮鞋的，制造胭脂水粉的，共同把女人的灵魂压扁扭曲，失去了原有的本性，亦恰恰如宗教、金钱，到近代再加上个"政治倾向"，将多数男子灵魂压扁扭曲所形成的变态一样。两者且有一共同点，即由于本性日渐消失，"护短"情感因之亦与日俱增。和尚、道士、会员、议员，……人人都俨然为一切名分而生存得十分庄严，事实上任何一个人却从不曾仔细思索过这些名词的本来意义。许多"场面上"人物，只不过如花园中盆景，被所谓思想观念强制曲折成为各种小巧而丑恶的形式罢了。一切所为所成就，无不表现出对自然之违反，见出社会的抽象和人的愚心。然而近代所有各种人生学说，却大多数起源于承认这种种，重新给予说明与界限。这也就正是一般名为"思想家"的人物，日渐变成政治八股交际公文注疏家的原因！更无怪乎许多"事实"、"纲要"、"设汁"、"报告"，都找不出一点依据，可证明它是出于这个民族最优秀头脑与真实情感的产物，只看到它完全建立在少数人的霸道无知和多数人的迁就虚伪上面，政治、哲学、美术，背后都给一个"市侩"人生观在推行。换言之,即"神的解体"!

神既经解体,因此世上多斗方名士,多假道学,多蜻蜓点水的生活法,多情感被阉割的人生观,多阉宦情绪,多无根传说。大多数人的生命如一堆牛粪,在无热无光中慢慢燃烧,且结束于这种燃烧形式,不以为异。本来是懒惰麻木,却号称为"老成持重",本来是怯懦小气,却被赞为"有分寸不苟且",他的架子虽大,灵魂却异常小。他目前的地位虽高,却用过去的卑屈佞谀奠基而成。这也就是社会中还有圆光、算命、求神、许愿,种种老玩意儿存在的理由。因为这些人若无从在贿赂阿谀交换中支持他的地位,发展他的事业,即必然要将生命交给不可知的运与数的。

然而人是能够重新知道"神"的,且能用这个抽象的神。阻止退化现象的扩大,给新的生命一种刺激启迪的。

我们实需要一种美和爱的新的宗教,来煽起更年青一辈作人的热诚激发其生命的抽象搜寻,对人类明日未来向上合理的一切设计,都能产生一种崇高庄严感情。国家民族的重造问题,方不至于成为具文,为空话!五月又来了,一堆纪念日子中,使我们想起用"美育代宗教"的学说提倡者蔡孑民老先生对于国家重造的贡献。蔡老先生虽在战争中寂寞死去了数年,主张的健康性,却至今犹未消失。这种主张如何来发扬光大,应当是我们的事情!

(本篇原载报刊不详。)

论徐志摩的诗

一九二三年顷,中国新文学运动有了新的展开,结束了初期文学运动关于枝节的纷争。创作的道德问题,诗歌的分行、用字,以及所含教训问题,皆得到了一时休息。凡为与过去一时代文学而战的事情,渐趋于冷静,作家与读者的兴味,转移到作品质量上面后,国内刊物风起,皆有沉默向前之势。创造社以感情的结合,作冤屈的申诉,特张一军,作由文学革命而衍化产生的文学研究会团体,取对立姿势,《小说月报》与《创造》,乃支配了国内一般青年人文学兴味。以彻头彻尾浪漫主义倾向相号召的创造社同人,对文学研究会作猛烈袭击。在批评方面,所熟习的名字,是成仿吾。在创作方面,张资平贡献给读者的是若干恋爱故事;郁达夫用一种崭新的形式,将作品注入颓废的病的情感,嵌进每一个年青人心中后,使年青人皆感到一种同情的动摇。在诗,则有郭沫若,以英雄的、原始的夸张情绪,写成了他的《女神》。

在北方,由胡适之、陈独秀等所领导的思想与文学革命运动,呈了分歧,《向导》与《努力》,各异其趣,且因时代略呈向前跃进样子,"文学运动"在昨日所引起的纠纷,已得到了解决。新的文学由新的兴味所拥护,渐脱离理论,接近实际,独向新的标准努力。文学估价又因为有创造社的另一运动,提出较宽泛的要求后,注意的中心,便归到《小说月报》与《创造》月季刊方面了。另外,由于每日的刊行,以及历史原因,且所在地方,又为北京,由孙伏园所主编的《晨报副刊》,其影响所及,似较之两定期刊物为大。

这时的诗歌,在北方,在保守着五四文学运动胡适之先生等所提出的诗歌各条件,是刘复、俞平伯、康白情诸人。使诗歌离开韵律,离开词藻,以散文新形式为译作试验,是周作人。以小诗捕捉一个印象,说明一个观念,以小诗抒情,以小诗显出聪明睿知对于人生的解释,同时因作品中不缺少女性的优美、细腻、明慧,以及其对自然的爱好,冰心女士的小诗,为人所注意、鉴赏、模仿,呈前此未有的情形。由于《小说月报》的介绍,朱自清与徐玉诺的作品,也各以较新组织、较新要求写作诗歌,常常见到。王统照则在其自编的文学周刊(附于《晨报》),有他的对人生与爱,作一朦胧体念朦胧说明的诗歌。创造社除郭沫若外,有邓均吾的诗,为人所知;另外较为人注意的,是天津的文学社同人,与上海的浅草社同人。在诗歌方面,焦菊隐、林如稷,是两个不甚陌生的名字。

文学运动已告了一个结束,照着当时的要求,新的胜利是已如一般所期望,为诸人所得到了的。另一时,为海派文学所醉心的青年,已经成为新的鉴赏者与同情者了。为了新的风格新的表现渐为年青人所习惯,由《尝试集》所引起的争论,从新的作品上再无从发生。基于新的要求,徐志摩以他特殊风格的新诗与散文,发表于《小说月报》。同时,使散文与诗,由一个新的手段,作成一种结合,也是这个人(使诗还元朴素,为胡适。从还元的诗抽除关于成立诗的韵节,成完全如散文的作品为周作人。)使散文具诗的精灵,融化美与丑劣句子,使想象徘徊于星光与污泥之间,同时,属于诗所专有,而又为当时新诗所缺乏的音乐韵律的流动,加入于散文内,徐志摩的试验,由新月印行之散文集《巴黎的鳞爪》,以及北新印行之《落叶》,实有惊人的成就。到近来试检察作者唯一创作集《轮盘》,其文字风格,便具一切诗的气分。文字中糅合有诗的灵魂,华丽与流畅,在中国,作者散文所达到的高点,一般作者中,是还无一个人能与并肩的。

作者在散文方面,给读者保留的印象,是华丽与奢侈的眩目。在诗歌,则加上了韵的和谐与完整。

在《志摩的诗》一集中,代表到作者作品所显示的特殊的一面,如《灰色的人生》下面的一列句子:

我想——我想放宽我的宽阔的粗暴的嗓音,唱一支野蛮的大胆的骇人的新歌。我想拉破我的袍服,我的整齐的袍服,露出我的胸膛,肚腹,肋骨与筋络。我想放散我一头的长发……我要调谐我的噪音,傲慢的,粗暴的,唱一阕荒唐的,摧残的,弥漫的歌调。

……我一把揪住了西北风,问他要落叶的颜色。

我一把……

……

来,我邀你们到海边去,听风涛震撼太空的声调。

……

来,我邀你们到民间去,听衰老的,病痛的,贫苦的,残毁的,……和着深秋的风声与雨声,——

合唱"灰色的人生"!

又如《毒药》写着那样粗犷的言语——

今天不是我的歌唱的日子,我口边涎着狞恶的微笑;

不是我说笑的日子,……

相信我,我的思想是恶毒的,因为这世界是恶毒的;

我的灵魂是黑暗的,因为太阳已经灭绝了光彩;我的声调是像坟堆的夜鸮，因为……

在人道恶浊的洞水里流着，浮荇似的，五具残缺的尸体，他们是仁义礼智信，向着时间无尽的海澜里流去。

这海是一个不安靖的海，……在每个浪头的小白帽上分明的写着人欲与兽性。

到处是奸淫的现象：贪心搂抱着正义，猜忌逼迫着同情，懦怯狎亵着勇敢，肉欲侮弄着恋爱，暴力侵凌着人道，黑暗践踏着光明。

一种奢侈的想象，挖掘出心的深处的苦闷，一种恣纵的，热情的，力的奔驰，作者的诗，最先与读者的友谊，是成立于这样篇章中的。这些诗并不完全说明到作者诗歌成就的高点，这类诗只显示作者的一面，是青年的血，如何为百事所燃烧。不安定的灵魂，在寻觅中，追究中，失望中，如何起着吓人的翻腾。爱情，道德，人生，各样名词以及属于这名词的虚伪与实质，为初入世的眼所见到，为初入世的灵魂所感触，如何使作者激动。作者这类诗，只说明了一个现象，便是新的一切，使诗人如何惊讶愤怒的姿态。与这诗同类的还有一首《白旗》，那激动的热情，疯狂的叫号，略与前者不同。这里若以一个诗的最高目的，是"似温柔悦耳的音节，优美繁丽的文字，作为真理的启示与爱情的低诉"。作者这类诗，并不是完全无疵的好诗。另外有一个《无题》，则由苦闷，昏瞀，回复了清明的理性，如暴风雨的过去，太空明朗的月色，虫声与水声的合奏，以一种勇敢的说明，作为鞭策与鼓励，使自己向那"最高峰"走去。这里"最高峰"，作者所指的意义，是应当从第二个集子找寻那说明的。凡是《志摩的诗》一集中，所表现作者的欲望焦躁，以及意识的恐怖，畏葸，苦痛，在作者次一集中，有说明那"跋涉的酬劳"自白存在。

在《志摩的诗》中另外一倾向上，如《雪花的快乐》：

假如我是一朵雪花，

翩翩的在半空里潇洒，

我一定认清我的方向——

飞扬，飞扬，飞扬，——

这地面上有我的方向。

不去那冷寞的幽谷，

不去那凄清的山麓，

也不上荒街去惆怅——

飞扬，飞扬，飞扬，——

你看，我有我的方向！

在半空里娟娟的飞舞，

认明了那清幽的住处，

等着她来花园里探望——

飞扬，飞扬，飞扬，——

啊，她身上有朱砂梅的清香！

那时我凭藉我的身轻，

盈盈的，沾住了她的衣襟，

贴近她柔波似的心胸——

消溶，消溶，消溶，——

溶入了她柔波似的心胸！

这里是作者为爱所煎熬，略返凝静，所作的低诉。柔软的调子中交织着热情，得到一种近于神奇的完美。

使一个爱欲的幻想，容纳到柔和轻盈的节奏中，写成了这样优美的诗，是同时一般诗人所没有的。在同样风格中，带着一点儿虚弱，一点儿忧郁，一点病，有《在那山道旁》一诗。使作者的笔，转入到一个纯诗人的视觉触觉所领会到的自然方面去，以一种丰富的想象，为一片光色，一朵野花，一株野草，付以诗人所予的生命，如《石虎胡同七号》，如《残诗》，如《常州天宁寺闻礼忏声》，皆显示到作者性灵的光辉。细碎，反复，俞平伯在《西还》描写景物作品中，所有因此成为阘茸的文字，在《志摩的诗》如上各篇中，却缺少那阘茸处。正以排列组织的最高手段，琐碎与反复，乃完全成为必须的旋律，也是作者这一类散文的诗歌。在《多谢天！我的心又一度的跳荡》一诗中，则作者的文字，简直成为一条光明的小河了。

"星海里的光彩，大千世界的音籁，真生命的洪流"，作者文字的光芒，正如在《常州天宁寺闻礼忏声》一诗中所说及。以洪流的生命，作无往不及的悬注，文字游泳在星光里，永远流动不息，与一切音籁的综合，乃成为自然的音乐。一切的动，一切的静，青天，白水，一声佛号，一声钟，冲突与和谐，庄严与悲惨，作者是无不以一颗青春的心，去鉴赏、感受而加以微带矜持的注意去说明的。

作者以珠玉的散文，为爱欲，以及为基于爱欲启示于诗人的火焰热情，在以《翡冷翠的一夜》名篇的一诗中，写得最好。作者在平时，是以所谓"善于写作情诗"而为人所知的，从《翡冷翠的一夜》诗中看去，"热情的贪婪"这名词以之称呼作者，并不为过甚其词。《再休怪我脸沉》，在这诗中，便代表了作者整个的创作重心，同时，在这诗上，也可看到作者所长，是以爱欲为题，所有联想，如何展开，如光明中的羽翅飞向一切人间。在这诗中以及《翡冷翠的一夜》其他篇章中，是一种热情在恣肆中的喘息。是一种豪放的呐喊，为爱的喜悦而起的呐喊。是清歌，歌唱一切爱的完美。作者由于生活一面的完全，使炽热的心，到另一时，失去了纷乱的机会，反回沉静以后，便只能在那较沉静生活中，为所经验的人生，作若干素描。因此作者第二个集子中，有极多诗所描画的却只是爱情的一点感想。俨然一个自然诗人的感情，去对于所已习惯认识分明的爱，作诚虔的歌唱，是第二个集子中的特点。因为缺少使作者焦躁的种种，忧郁气氛在作者第二个集子中也没有了。

因此有人评这集子为"情欲的诗歌"，具"烂熟颓废气息"。然而作者使方向转到爱情以外，如《西伯利亚》一诗，那种融合纤细与粗犷成一片锦绣的组织，仍然是极好的诗。又如《西伯利亚道中忆西湖秋雪庵芦色作歌》，那种和谐，那种离去爱情的琐碎与亵渎，但孤独的抑郁的抽出乡情系恋的丝，从容的又复略近于女性的明朗抒情调子，美丽而庄严，是较之作者先一时期所提及《在那山道旁》一类诗有更多动人处的。

在作者第二集子中，为人所爱读，同时也为作者所深喜的，是一首名为《海韵》的长歌：

"女郎，单身的女郎，

你为什么留恋

这黄昏的海边？——

女郎,回家吧,女郎!"
"阿不;回家我不回,
我爱这晚风吹。"——
在沙滩上,在暮霭里,
有一个散发的女郎——
徘徊,徘徊。

"女郎,散发的女郎,
你为什么彷徨
在这冷清的海上?
女郎,回家吧,女郎!"
"阿不;你听我唱歌,
大海,我唱,你来和。"——
在星光下,在凉风里,
轻荡着少女的清音——
高吟,低哦。

"女郎,胆大的女郎!
那天边扯起了黑幕,
这顷刻间有恶风波,——
女郎,回家吧,女郎!"
"阿不;你看我凌空舞,
学一个海鸥没海波。"——
在夜色里,在沙滩上,
急旋着一个苗条的身影,——
婆娑,婆娑。
"听呀,那大海的震怒,
女郎,回家吧,女郎!
看呀,那猛兽似的海波,

女郎，回家吧，女郎！"

"阿不;海波他不来吞我，

我爱这大海的颠簸！"

在潮声里，在波光里，

阿，一个慌张的少女在海沫里，

蹉跎，蹉跎。

"女郎，在那里，女郎？

在那里，你嘹亮的歌声？

在那里，你窈窕的身影？

在那里，阿，勇敢的女郎？"

黑夜吞没了星辉，

这海边再没有光芒;

海潮吞没了沙滩，

沙滩上再不见女郎——

再不见女郎！

以这类诗歌，使作者作品，带着淡淡的哀戚，进入读者的灵魂，除《海韵》以外，尚有一风格略有不同名为《苏苏》的一诗：

苏苏是一个痴心的女子：

像一朵野蔷薇，她的丰姿;

像一朵野蔷薇，她的丰姿——

来一阵暴风雨，摧残了她的身世。

这荒草地里有她的墓碑，

淹没在蔓草时，她的伤悲;

淹没在蔓草里，她的伤悲——

阿，这荒土里化生了血染的蔷薇！

那蔷薇……

在清早上受清露的滋润，

到黄昏时有晚风来温存，

更有那长夜的慰安，看星斗纵横。

……

关于这一类诗，朱湘《草莽集》中有相似篇章。在朱湘作《志摩的诗评》时，对于这类诗是加以赞美的。如《大帅》《人变兽》《叫化活该》《太平景象》《盖上几张油纸》等等，以社会平民生活的印象，作一度素描，或由对话的言语中，浮绘人生可悲悯的平凡的一面。在风格上，闻一多《死水》集中，常有极相近处。在这一方面，若诚如作者在第二个集子所自引的诗句那样：

我不想成仙，蓬莱不是我的分；我只要地面，情愿安分的做人。

则作者那样对另一种做人的描写，是较之对"自然"与"爱情"的认识，为稍稍疏远了一点的。作者只愿"安分"做人，这安分，便是一个奢侈，与作者凝眸所见到的"人"是两样的。作者所要求的是心上波涛静止于爱的抚慰中。作者自己虽极自谦卑似的，说"自己不能成为诗人"，引用着熟人的一句话在那序上，但作者，却正因为到底是一个"诗人"，把人生的另一面，平凡中所隐藏的严肃，与苦闷，与愤怒，有了隔膜，不及一个曾经生活到那现在一般生活中的人了。钱杏邨，在他那略近于苛索的检讨文章上面，曾代表了另一意见有所述及，由作品追寻思想，为《志摩的诗》作者画了一个肖像。但由作者作品中的名为《自剖》中几段文字，追寻一切，疏忽了其他各方面，那画像却是不甚确切的。

作者所长是使一切诗的形式，使一切由文中不习惯的诗式，嵌入自己作品，皆能在试验中楔合无间。如《我来扬子江边买一把莲蓬》，如《客中》，如《决断》，如《苏苏》，如《西伯利亚》，如《翡冷翠的一夜》，都差不多在一种崭新的组织下，给读者以极大的感兴。

作者的小品，如一粒珠子，一片云，也各有他那完全的生命。如《沙扬娜拉》一首：

最是那一低头的温柔，

像一朵水莲花不胜凉风的娇羞；

道一声珍重，道一声珍重，

那一声珍重里有蜜甜的忧愁——

沙扬娜拉！

读者的"蜜甜的忧愁"，是读过这类诗时就可以得到的。如《在那山道旁》《落叶小唱》，也使人有同类感觉。有人曾评作者的诗，说是多成就于音乐方面。与作者同时其他作者，如朱湘，如闻一多，用韵，节奏，皆不甚相远，诗中却缺少这微带病态的忧郁气氛，使读者从《志摩的诗》作者作品中所得到的"蜜甜的忧愁"，是无从由朱湘、闻一多作品中得到的。

因为那所歌颂人类的爱，人生的爱，到近来，作者是在静止中凝眸，重新有所见，有所感。作者近日的诗，似乎取了新的形式，正有所写作，从近日出版之《新月》月刊所载小诗可以明白。

使作者诗歌与朱湘、闻一多等诗歌，于读者留下一个极深印象，且使诗的地位由忽视中转到他应有位置上去，为人所尊重，是作者在民十五年时代编辑《晨报副刊》时所发起之诗会与《诗刊》。在这周刊上，以及诗会的座中，有闻一多、朱湘、饶子离、刘梦苇、于赓虞、蹇先艾、朱大枬诸人及其作品。刘梦苇于十六年死去。于赓虞由于生活所影响，对于诗的态度不同，以绝望的、厌世的、烦乱的病废的情感，使诗的外形成为划一的整齐，使诗的内含又浸在萧森鬼气里去。对生存的厌倦，在任何诗篇上皆不使这态度转成欢悦，且同时表现近代人为现世所烦闷的种种，感到文字的不足，却使一切古典的文字，以及过去的东方人的惊讶与叹息与愤怒的符号，一律复活于诗歌中，也是于先生的诗。朱湘有一个《草莽集》，《草莽集》中所代表的"静"，是无人作品可及的。闻一多有《死水》集，刘梦苇有《白鹤集》……

诗会中作者作品，是以各样不同姿态表现的，与《志摩的诗》完全相似，在当时并无一个人。在较新作者中，有邵洵美。邵洵美在那名为《花一般罪恶》的小小集子里，所表现的是一个近代人对爱欲微带夸张神情的颂歌。以一种几乎是野蛮的，直感的单纯，——同时又是最近代的颓废，成为诗的每一章的骨骸与灵魂，是邵洵美诗歌的特质。然而那充实一首诗外观的肌肉，使诗带着诱人的芬芳的词藻，使诗生着翅膀，从容飞入每一个读者心中去的韵律，邵洵美所做到的，去《翡冷翠的一夜》集中的完全，距离是很远很远的。

作者的诗歌，凡带着被抑制的欲望，作爱情的低诉，如《雪花的快乐》，在韵节中,较之以散文写作具复杂情感的如《翡冷翠的一夜》诸诗,易于为读者领会。

（本篇原载 1932 年 8 月《现代学生》2 卷 2 期。署名沈从文。）

不毁灭的背影

"其为人也,温美如玉,外润而内贞。"

旧人称赞"君子"的话,用来形容一个现代人,或不免稍稍迂腐。因为现代是个粗犷、夸侈、褊私、疯狂的时代。艺术和人生,都必象征时代失去平衡的颠簸,方能吸引人视听。"君子"在这个时代虽希有难得,也就像是不切现实。惟把这几句作为佩弦先生身后的题词,或许比起别的称赞更恰当具体。佩弦先生人如其文,可爱可敬处即在凡事平易而近人情,拙诚中有妩媚,外随和而内耿介,这种人格或性格的混和,在做人方面比文章还重要。经传中称的圣贤,应当是个什么样子,话很难说。但历史中所称许的纯粹君子,佩弦先生为人实已十分相近。

我认识佩弦先生和许多朋友一样,从读他的作品而起。先是读他的抒情长诗《毁灭》,其次读叙事散文《背影》。随即因教现代文学,有机会作个进一步的读者。在诗歌散文方面,得把他的作品和俞平伯先生成就并提,作为比较讨论,使我明白代表五四初期两个北方作家:平伯先生如代表才华,佩弦先生实代表至性,在当时为同样有情感且善于处理表现情感。记得《毁灭》在《小说月报》发表时,一般读者反应,都觉得是新诗空前的力作,文学研究会同人也推许备至。唯从现代散文发展看全局,佩弦先生的叙事散文,能守住文学革命原则,文字明朗、素朴、亲切,且能把握住当时社会问题一面,贡献特别大,影响特别深。从民九起,国家教育设计,即已承认中小学国文读本,必用现代语文作品。因此梁任公、陈独秀、胡适之、朱经农、陶孟和……诸先生在理论问题文中,占了教科书重要部门。然对于生命在发展成长的青年学生,情感方面的启发与教育，意义最深刻的，却应数冰心女士的散文，叶圣陶、鲁迅先生的小说，丁西林先生的独幕剧，朱孟实先生的论文学与人生信札，和佩弦先生的叙事抒情散文。在文学运动理论上，近二十年来有不断的修正，语不离宗，"普及"和"通俗"目标实属问题核心。真能理解问题的重要性，又能把握题旨，从作品上加以试验，证实，且得到有持久性成就的，少数作家中，佩弦先生的工作，可算得出类拔萃。求通俗与普及，国语文学文字理想的标准，是经济、准确和明朗，佩弦先生都若在不甚费力情形中运用自如，而得到极佳成果。一个伟大作家最基本的表现力，是用那个经济、准确、明朗文字叙事，这也就恰是近三十年有创造欲，新作家待培养、待注意，又照例疏忽了的一点。正如作家的为人，伟大本与素朴不可分。一个作家的伟大处，"常人品性"比"英雄气质"实更重要。但是在一般人习惯前，却常常只注意到那个英雄气质而忽略了近乎人情的厚重质实品性。提到这一点时，更让我们想起"佩弦先生的死去，不仅在文学方面损失重大，在文学教育方面损失更为重大"；冯友兰先生在棺木前说的几句话，十分沉痛。因为冯先生明白"教育"与"文运"同样实离不了"人"，必以人为本。文运的开辟荒芜，少不了一二冲锋陷阵的斗士，扶育生长，即必需一大群有耐心和韧性的人来从事。文学教育则更需要能持久以恒兼容并包的人主持，才可望工作发扬光大。佩弦先生伟大得平凡，从教育看远景，是惟有这种平凡作成一道新旧的桥梁，才能影响深远的。

我认识佩弦先生本人时间较晚，还是民十九以后事。直到民二十三，才同在一个组织里编辑中小学教科书，隔二三天有机会在一处商量文字，斟酌取舍。又同为一副刊一月刊编委，每二星期必可集会一次，直到抗战为止。西南联大时代，虽同在一系八年，因家在乡下，除每星期上课有二三次碰头，反而不易见面。有关共事同处的愉快印象，照我私意说来，潘光旦、冯芝生、杨今甫、俞平伯四先生，必能有纪念文章写得更亲切感人。四位的叙述，都可作佩弦先生传记重要参考资料。我能说的印象，却将用本文起始十余字概括。

一个写小说的人，对人特别看重性格。外表轮廓线条与人不同处何在，并不重要。最可贵的是品性的本质，与心智的爱恶取舍方式。我觉得佩弦先生性格最特别处，是拙诚中的妩媚，即调和那点"外润而内贞"形成的趣味和爱好。他对事，对人，对文章，都有他自己意见，见得凡事和而不同，然而差别可能极小。他也有些小小弱点,即调和折衷性;用到文学方面时,比如说用到鉴赏批评方面,便永远具教学上的见解,少独具肯定性。用到古典研究方面,便缺少专断议论,无创见创获。即用到文学写作,作风亦不免容易凝固于一定风格上,三十年少变化,少新意。但这一切又似乎和他三十年主持文学教育有关。在清华、联大"委员制"习惯下任事太久,对所主持的一部门事务,必调和折衷方能进行,因之对个人工作为损失,对公家贡献就更多。熟人记忆中如尚记得联大时代常有人因同开一课,各不相下,僵持如摆擂台局面,就必然会觉得佩弦先生的折衷无我处,如何难能可贵!又良好教师和文学批评家,有个根本不同点:批评家不妨处处有我,良好教师却要客观,要承认价值上的相对性,多元性。陈寅恪、刘叔雅先生的专门研究,和最新创作上的试验成就,佩弦先生都同样尊重,而又出于衷心。一个大学国文系主任,这种认识很显然是能将新旧连接文化活用引导所主持一部门工作,到一个更新发展趋势上的。中国各大学的国文系,若还需要办下去,佩弦先生这点精神,这点认识,实值得特别注意,且值得当成一个永久向前的方针。

凡讨论现代中国文学过去得失的,总感觉到有一点困难,即顾此失彼。时间虽仅短短三十年,材料已留下一大堆。民二十四年良友图书公司主持人赵家璧先生,印行新文学大系,欲克服这种困难和毛病,因商量南北熟人用分门负责制编选。或用团体作单位,或用类别作单位。最难选辑的是新诗。佩弦先生担任了这个工作,却又用的是那个客观而折衷的态度,不仅将各方面作品都注意到,即对于批评印象,也采用了一个"新诗话"制度辑取了许多不同意见。因之成为谈新诗一本最合理想的参考读物,且足为新文学选本取法。佩弦先生的《背影》,是近二十五年国内年青学生最熟习的作品。佩弦先生的土耳其式毡帽和灰棉袍,也是西南联大同人记忆最深刻的东西。但这两种东西必需加在一个瘦小横横的身架上,才见出分量,——一种悲哀的分量!这个影子在我记忆中,是从二十三年在北平西斜街四十五号杨宅起始,到"八一三"共同逃难天津,又从长沙临时大学饭厅中,转到昆明青云街四眼井二号,北门街唐家花园清华宿舍一个统舱式楼上。到这时,佩弦先生身边还多了一件东西,即云南特制的硬质灰白羊毛毡。(这东西和潘光旦先生鹿皮背甲,照老式制法上面还带点毛,冯友兰先生的黄布印八卦包袱,为本地孩子辟邪驱灾用的,可称联大三绝。)这毛毡是西南夷时代的氅氄，用来裹身，平时可避风雨，战时能防刀箭，下山时滚转而下还不至于刺伤四肢。昆明气候本来不太热太冷，用不着厚重被盖，佩弦先生不知从何时起床上却有了那么一片毛毡。因为他的病，有两回我去送他药，正值午睡方醒，却看到他从那片毛毡中挣扎而出，心中就觉得有种悲戚。想象他躺在硬板床上，用那片粗毛毡盖住胸腹午睡情形，一定更凄渗。那时节他即已常因胃病，不能饮食，但是家小还在成都，无人照顾，每天除了吃宿舍集团粗粝包饭，至多只能在床头前小小书桌上煮点牛奶吃吃。那间统舱式的旧楼房，一共住了八个单身教授，同是清华二十年同事老友，大家日子过得够寒碜，还是有说有笑，客人来时，间或还可享用点烟茶。但对于一个体力不济的病人，持久下去，消耗情形也就可想而知。房子还坍过一次墙，似在东边，佩弦先生幸好住在北端。

　　楼房对面是个小戏台，戏台已改作过道，过道顶上还有个小阁楼，住了美籍教授温特。阁楼梯子特别狭小曲折，上下都得一再翻转身体，大个子简直无希望上下。上面因陋就简，书籍、画片、收音机、话匣子，以及一些东南亚精巧工艺美术品，墙角梁柱凡可以搁东西处无不搁得满满的。屋顶窗外还特制个一尺宽五尺长木槽，种满了中西不同的草花。房中还有只好事喜弄的小花猫，各处跳跃，客人来时，尤其欢喜和客人戏闹。二丈见方的小阁楼，恰恰如一个中西文化美术动植物罐头，不仅可发现一民族一区域热情和梦想，痛苦或欢乐的式式样样，还可欣赏终日接受阳光生意盎然的花草，陶融于其中的一个老人，一只小猫，佩弦先生住处一面和温特教授小楼相对，另一面有两个窗口，又恰当去唐家花园拜墓看花行人道的斜坡，窗外有一簇绿荫荫的树木，和一点芭蕉一点细叶紫干竹子。有时还可看到斜坡边栏干砖柱上一盆云南大雪山种华美杜鹃和白山茶，花开得十分茂盛，寂静中微见凄凉，雨来时风起处一定能送到房中一点簌簌声和淡淡清远香味。

　　那座戏楼，那个花园，在民初元恰是三十岁即开府西南，统领群雄，反对帝制，五省盟主唐继尧将军的私产。蔡松坡、梁任公，均曾下榻其中。迎宾招贤，举觞称寿，以及酒后歌余，月下花前散步赋诗，东大陆主人的豪情胜概，历史上动人情景，犹恍惚如在目前。然前后不过十余年，主要建筑即早已赁作美领事馆办公处，终日只闻打字机和无线电收音机声音。戏楼正厅及两厢，竟成为数十单身流亡教授暂时的栖身处，池子中一张长旧餐桌上放了几份报，一个不美观破花瓶，破烂萧条恰像是一个旧戏院的后台。戏台阁楼还放下那么一个"鸡尾"式文化罐头。花园中虽经常尚有一二十老花匠照料，把园中花木收拾得很好，花园中一所房子中，小主人间或还在搁有印缅总督，边疆土司，及当时权要所送的象牙铜玉祝寿礼物堆积客厅中，款待客人，举行小规模酒筵舞会，有乐声歌声和行酒欢呼笑语声从楼窗溢出，打破长年的寂静。每逢云南起义日，且照例开放墓园，供市民参观拜谒。凡此都不免更使人感到"一切无常，一切也就是真正历史"。这历史，照例虽存在却不曾保留下来，保留下来的倒常常是"不见马家宅，今作奉诚园"诗人黍离的感慨！就在那么一种情形下，《毁灭》与《背影》作者，站在住处窗口边，没有散文没有诗，默默的过了六年。这种午睡刚醒或黄昏前后镶嵌到绿荫荫窗口边憔悴清瘦的影子，在同住七个老同事记忆中，一定终生不易消失。

在那个住处窗口边，佩弦先生可能会想到传道书所谓"一切虚空"。也可能体味到庄子名言："大块赋我以形，劳我以生，佚我以老，息我以死。"因为从所知道的朋友说来，他实在太累了，体力到那个时候，即已消耗得差不多了。佩弦先生本来还并未老，精神上近年来且表现得十分年青。但是在公家职务上，和家庭担负上，始终劳而不佚，得不到一点应有的从容，就因劳而病死了。

广济寺下院砖塔顶扬起的青烟，这两天可能已经熄灭了。能毁灭的已完全毁灭。但是佩弦先生的人与文，却必然活到许多人生命中，比云南唐府那座用大理石砌就的大坟还坚实永久。

八月十九日西郊

（本文发表于 1948 年 8 月 28 日《新路》周刊第 1 卷第 16 期，署名沈从文。）

郁达夫张资平及其影响

　　这两人,是国内年青人皆知道的。知道第一个会写感伤小说,第二个会写恋爱小说。使人同情也在这一点,因为这是年青人两个最切身的问题。穷,为经济所苦恼,郁达夫那自白的坦白,仿佛给一切年青人一个好机会,这机会是用自己的文章,诉于读者,使读者有"同志"那样感觉。这感觉是亲切的。友谊的成立,是一本《沉沦》。其他的作品,可说是年青人已经知道从作者方面可以得到什么东西以后才引起的注意,是兴味的继续,不是新的发现。实在说来我们也并没有在《沉沦》作者其他作品中得到新的感动。《日记九种》、《迷羊》,全是一贯的继续下来的东西。对于《日记九种》发生更好印象,那理由,就是我们把作家一切生活当作一个故事,从作品认识作家,所以《日记九种》据说有出版界空前的销路。看《迷羊》也仍然是那意义。似乎我们活到这世界上,不能得人怜悯,也无机会怜悯别人,谈一下《沉沦》一类东西,我们就有一种同情作者的方便了。这里使我们相信作家一个态度的正确,是在另一件事上,似乎像是论文上,作者曾引另外一个作家的话,说文学是"表现自己"。仿佛还有下面补充,"文学表现自己越忠实越有成就"。又好像这是为卢骚①《忏悔录》而言,又像是为对于加作者以冷嘲的袭击者而作的抗议。表现自己,是不是文学绝对的法则,把表现自己意义只包括在写自己生活心情的一面?这问题,加以最简单的解释,也可以说一整天。因为界限太宽,各处小节上皆有承认或否认理由。但说到《沉沦》,作者那态度,是显然在"表现自己"—"最狭意义"上加以拥护的。把写尽自己心上的激动一点为最大义务,是自然主义的文学。郁达夫,是这样一个人。他也就因为这方法的把持,不松手,从起首到最近,还是一个模样,他的成就算是最纯净的成就。

　　但是到现在,怎么样?现在的世评,于作者是不利的,时代方向掉了头,这是一个理由。还有更大更属于自己的一个理由,是他自己把那一个创作的冲动性因恋爱消失，他不能再用他那所长的一套"情欲的忧郁"行动装到自己的灵魂上，他那性格，又似乎缺少写《情书一束》作者②那样能在歌颂中度日子的自白精神，最适宜于写情诗的生活中此时的他，却腼腆了，消沉了。对作者，有所失望的青年，并能从这方面了解作者，或者会觉得不好意思即对作者加以无怜悯的讽刺的。因为在"保持自己"这一点上看来，缺少取巧，不作夸张的郁达夫，是仍然有可爱处的郁达夫。他的沉默也仍然告给我们"忠于自己"的一种可尊敬的态度。

他那由于病弱的对于世态的反抗，或将正因可以抛弃了"性的忧郁"那一面，而走到更合用更切实的社会运动作着向上的提倡的。

另外有相似处或相同处，然而始终截然立于另一地位上的是张资平。张资平，把这样名字提起时，使我们所生的印象，似乎是可以毫不惊讶的说：

"这是中国大小说家！"

请注意大字，是数量的大。是文言文"汗牛充栋"那个意思。他的小说真多，这方面，也真有了不得的惊人能耐。不过我们若是愿意去在他那些小说中加以检查，考据或比较，就可知道那容易产生的理由了。还有人说这作者一定得有人指出什么书从什么书译出以后，作者才肯声明那是译作的。其实，少数的创作，也仍然是那一个模型出来的。似乎文人的笔，也应当如母亲的身，对于所生产的一切全得赋予一个相类的外表，相通的灵魂。张资平在他作品方面实在是常常孪生。常常让读者疑心两篇文章不单出于一只手，又出于同一时间，忠厚的说，就是他那文章"千篇一律"。然而说到这个时，本文作者是缺少那嘲弄意义的。

这里就有问题了。为的是怎么郁达夫的一套能引起人同情，张资平却因永远是那一套失败呢？那因为是两种方向。一个表白自己，抓得着自己的心情上因时间空间而生的变化，那么读者也将因时间空间的距离，读郁达夫小说发生兴味以及感兴。张资平，写的是恋爱，三角或四角，永远维持到一个通常局面下，其中纵不缺少引起挑逗抽象的情欲感印，在那里抓着年青人的心，但在技术的精神，思想，力，美，各方面，是很少人承认那作品是好作品的。我们是因为在上海的缘故，许多人皆养成一种读小报的习惯的。不怕是《晶报》③，是别的，总而言之把那东西放在身边时，是明知道除了说闲话的材料以外将毫无所得的。但我们从不排斥这样小报。张资平小说，其所以使一些人发生欢喜，放到枕下，赠给爱人，也多数是那样原因。因为它帮助了年青人在很不熟习的男女事情方面得到一个荒唐犯罪的方便。在他全集里，每一篇皆给我们一个证据。郁达夫作品告给我们生理的烦闷，我们却从张资平作品取到了解决。

所以张资平也仍然是成功了的：他懂"大众"，"把握大众"，且知道"大众要什么"，比提倡大众文艺的郁达夫似乎还高明，就按到那需要，造了一个卑下的低级的趣味标准。

使他这样走他自己的道路的，是也在"创造"上起首的几种作品发表后所得到年青人的喝彩。那时的同情是空前的。也正因有那种意料以外的同情成就，才确定了创造社一般人向前所选的路径。作者在收了"友谊的利息"以后，养成了"能生产"的作者了。

怎么样会到这样？是读者。五四运动在年青人方面所起的动摇，是全国的一切青年的心，然而那做人的新的态度，文学的新的态度，是仅仅只限于活动中心的北京的。其波动，渐远渐弱，取了物理公律，所以中国其余省分，如广西，如云南，是不受影响的。另外因民族性那种关系，四川湖南虽距离较远，却接受了这运动的微震，另作阔度的摆动。因为地方习惯以及旧势力反应的关系，距离较近的上海，反而继续了一种不良趣味不良嗜好，这里我们又有来谈一谈"礼拜六"④这个名称所附属的文学趣味的必要了。现在说礼拜六派，大家所得的概念是暧昧的，不会比属于政治趣味的改组派⑤，以及其他什么派为容易明白。或者说这是盘踞在上海各报纸附张上作文的一般作品而言，或者说像现在小报的趣味，或者……其实，礼拜六派所造成的趣味，是并不比某一种新文化运动者所造成的趣味为两样的。当年的礼拜六派，是大众的趣味所在的制造者。是有实力的，能用他们的生活，也是忠实，也是大胆，……错误或失败的地方，只是绅士阶级对绅士阶级的文字的争夺，到了肉搏的情况，到后是文言文失败，思想方面有了向新的一面发展的机会，人道的，民众的，这类名词培养在一般人口上，而且那文学概念也在年青人心上滋长，因此礼拜六派一种趣味便被影响、攻击，而似乎失败了。其实呢，礼拜六派并不足代表绅士的。礼拜六派只可以说是海派，是上海地方的一切趣味的表现，此时这类趣味的拥护者、制造者、领会者，依然存在，新文学运动并不损及他们丝毫。新文学发展，自然是把内地一些年青人的礼拜六趣味夺去了，但这本不是礼拜六派应有的同志，不过当时只有《礼拜六》可看，这些年青人就倾向于《礼拜六》那种方便因缘罢了。

承继《礼拜六》，能制礼拜六派死命的，至少是从上海一部分学生中把趣味掉到另一方向的，是如像"良友"⑥一流的人物。这种人分类应当在新海派。他们说爱情、文学、电影，以及其他，制造上海的口胃，是礼拜六派的革命者。帮助他们这运动的是基督教所属的学生，是上帝的子弟，是美国生活的摹仿者，作这攻礼拜六运动而仍然继续礼拜六趣味发展的有《良友》一类杂志。

这里我们有为难处了，就是把身在创造社作左倾文学运动的张资平的作品处置的费事。论性质、精神，以及所给人的趣味的成分，张资平作品，最相宜的去处，是一面看《良友》上女校皇后一面谈论电影接吻方法那种大学生的书桌上，在这些地方，有他最诚实的读者以及最大的成就。由他手写出的革命文学，也仍然是要这种读者来欣赏的。

放到别的去处呢？也仍然是成功，是他那味道因为有一种十六岁到二十四五岁年青男女共通的甜处，可是一个不以欣赏皇后小影为日课的年青人（譬如说内地男女分校的中学生），是不懂那文章好处的。

张资本作品的读者，在上海，应当比别的作家的读者为多，才不是冤屈。

至于两人的影响，关于作风的，现在可数出那因影响而成功的，有下面几个人可提：

间接的，又近于直接而以女性本身为基础，走出自己的路，到现在尚常为人称道大胆作家的，有冯沅君女士。在民十左右，会有女子能在本身上加以大胆的解剖，虽应当说是五四运动力量摇动于女子方面当然的结果，但，在所取的方向上，以及帮助这不安于现状叫喊的观点上，我们是显然得承认这以"淦女士"笔名发表他的《隔绝之后》是有了创造社作家的启示，才会产生那作品的。

另外一个——或者说一群，就是王以仁、叶鼎洛、周全平、倪贻德、叶灵凤等⑦作风与内含所间接为郁达夫或创造社影响的那一面，显出了与以北平作根据而活动于国内的文学运动稍稍异型。趣味及文体，那区别，是一个略读现代中国文学作品的人即可以指出的。那简直可以说是完全两样东西,一个因守了白话运动所标的实在主义,用当时所承受的挪威易卜生以及俄国几个作家思想,作为指导及信仰,发展到朴素实在一面去。一个则因为缺少这拘束,且隐隐反抗这拘束,由上海创造社方面作大本营,挂了尼采⑥式的英雄主义,或波特莱耳⑦的放荡颓废自弃的喊叫,成了到第二次就接受了最左倾的思想的劳动文学的作者集团,且取了进步的姿态,作高速度的跃进。

但基础,这些人皆是筑于一个华丽与夸张的局面下,文体的与情绪的,皆仍然不缺少那"英雄的向上"与"名士的放纵"相纠结,所以对于"左倾"这意义,我们从各作者加以检查,似乎就难于随便首肯了。

取向前姿势,而有希望向前,能理解性苦闷以外的苦闷,用有丰彩的文字表现出来,是郁达夫。张资平,一个聪明能干的人,他将在他说故事的方向上永远保守到"博人同意"一点上,成为行时的人去了。张资平是会给人趣味不会给人感动的,因为他的小说,差不多全是一些最适宜于安插在一个有美女照片的杂志上面的故事。

在新的时代开展下,郁达夫为一种激浪所影响,或将给我们一个机会加以诚实的敬视。我们对张资平自然也不缺少这东西,那是因为他写故事的勇敢与耐力,取恋爱小说内含,总可以希望写出一个好东西来。伟大的故事的成因,自然不能排斥这人间男女的组织,我们现在应当承认张资平的小说,是还能影响到一般新兴的作者,且在有意义的暗示中,产生轮廓相近精神不同的作品的。

(本篇原载 1930 年 3 月 10 日《新月》第 3 卷第 1 期。署名甲辰。)

①卢骚即卢梭,法国启蒙思想家、哲学家、教育学家、文学家。《忏悔录》是他的自传性作品。

②《情书一束》作者即章衣萍。

③《晶报》,上海一种低级趣味的小报,原为《神州日报》副刊。

④"礼拜六"指《礼拜六》,一种通俗文学杂志,主要刊载以白话写的言情小说,这类小说迎合小市民趣味。故将在《礼拜六》上发表这类作品的作家称作"礼拜六派",亦称"鸳鸯蝴蝶派"。

⑤改组派即"中国国民党改组同志会"的简称。是以汪精卫、陈公博为首的政治派别,其目的是与蒋介石争夺党权、政权。

⑥"良友"全名《良友图画杂志》，上海良友图书印刷公司编辑发行。

⑦王以仁等均为现代作家，其创作均受郁达夫作品直接或间接的影响。

⑧尼采，德国哲学家，唯意志论者，提倡"超人哲学"。

⑨波特莱耳即波特莱尔，法国诗人，其创作对欧美象征主义诗歌影响极大。

从周作人鲁迅作品学习抒情

徐志摩作品给我们感觉是"动"，文字的动，情感的动，活泼而轻盈，如一盘圆莹珠子在阳光下转个不停，色彩交错，变幻眩目。他的散文集《巴黎的鳞爪》代表他作品最高的成就。写景，写人，写事，写心，无一不见出作者对于现世光色的敏感，与对于文字性能的敏感。若从反一方面看，同样，是这个人生，反应在另一作者观感上表现出来却完全不相同。我们可以将周氏兄弟的作品，提出来说说。

周作人作品和鲁迅作品，从所表现思想观念的方式说似乎不宜相提并论：一个近于静静的独白；一个近于恨恨的咒诅。一个充满人情温暖的爱，理性明莹虚廓，如秋天，如秋水，于事不隔；一个充满对于人事的厌憎，情感有所蔽塞，多愤激，易恼怒，语言转见出异常天真。然而有一点却相同，即作品的出发点，同是一个中年人对于人生的观照，表现感慨。这一点和徐志摩实截然不同。从作品上看徐志摩，人可年轻多了。

抒情文应不限于写景，写事，对自然光色与人生动静加以描绘，也可以写心；从内面写，如一派澄清的涧水，静静的从心中流出。周作人在这方面的长处，可说是近二十年来新文学作家中应首屈一指。他的特点在写对一问题的看法，近人情而合道理。如论"人"，就很有意思，那文章题名《伟大的捕风》：

我最喜欢读《旧约》里的《传道书》。传道者劈头就说"虚空的虚空"，接着又说道："已有的事后必再有，已行的事后必再行。日光之下并无新事。"这都是使我很喜欢读的地方。

已有的事后必再有，已见的事后必再行，此人生之所以为虚空的虚空也欤？传道者之厌世盖无足怪，他说："我又专心察明智慧、狂妄和愚昧，乃知这也是捕风，因为多有智慧就多有愁烦，加增智识就加增忧伤。"

话虽如此，对于虚空的唯一的办法，其实还只有虚空之追踪。而对于狂妄与愚昧之察明，乃是这虚无的世间第一有趣味的事，在这里我不得不和传道者意见分歧了。勃阑特思①批评福罗贝尔②，说他的性格是用两种分子合成："对于愚蠢的火烈的憎恶，和对于艺术无限的爱。这个憎恶，与凡有的憎恶一例，对于所憎恶者感到一种不可抗的牵引。各种形式的愚蠢，如愚行，迷信，自大，不宽容，都磁力似的吸引他，感发他。他不得不一件件的把他们描写出来。"……

察明同类之狂妄和愚昧，与思索个人的老死病苦，一样是伟大的事业，积极的人可以当一种重大的工作，

在消极的也不失为一种有趣的消遣。虚空尽由他虚空，知道他是虚空，而又偏去追迹，去察明，那么这是很有意义的，这实在可以当得起说是伟大的捕风。法儒巴思卡耳③在他的《感想录》上曾经说过：

"人只是一根芦苇，世上最脆弱的东西，但他是一根会思想的芦苇。这不必要世间武装起来，才能毁坏他；只需一阵风，一滴水，便足以弄死他了。但即使宇宙害了他，人总比他的加害者还要高贵。因为他知道他是将要死了，知道宇宙的优胜。宇宙却一点不知道这些。"

（《周作人散文钞》）

本文说明深入人生，体会人生，意即可以建设一种对于人生的意见。消遣即明知的享乐，即为向虚无有所追求，亦无妨碍。

又说人之所以为人，在明知和感觉所以形成重要。而且能表现这明知和感觉。

又如谈文艺的宽容，正可代表"五四"以来自由主义者对于"文学上的自由"一种看法：

文艺以自己表现为主体，以感染他人为作用，是个人而亦为人类的。所以文艺的条件是自己表现，其余思想与技术上的派别都在其次。——[他的意思是适用于已有成绩，不适于预约方向。]是研究的人便宜上的分类，不是文艺本质

上判分优劣的标准。各人的个性既然是各各不同(虽然在终极仍有相同之一点,即是人性),那么表现出来的文艺,当然是不相同。现在倘若拿了批评上的大道理要去强迫统一,即使这不可能的事情居然实现了,这样文艺作品已经失了它唯一的条件,其实不能成为文艺了。因为文艺的生命是自由不是平等,是分离不是合并,所以宽容是文艺发达的必要的条件。[这里表示对当时的一为观念否认,对文言抗议。]然而宽容决不是忍受。不滥用权威去阻遏他人的自由发展是宽容,任凭权威来阻遏自己的自由发展而不反抗是忍受。正当的规则是:当自己求自由发展时,对于压迫的势力,不应取忍受的态度;当自己成了已成势力之后,对于他人的自由发展,不可不取宽容的态度。聪明的批评家自己不妨属于已成势力的一分子,但同时应有对于新兴潮流的理解与承认。他的批评是印象的鉴赏,不是法理的判决,是诗人的而非学者的批评。文学固然可以成为科学的研究,但只是已往事实的综合与分析,不能作为未来的无限发展的轨范。文艺上的激变不是破坏[文艺的]法律,乃是增加条文。譬如无韵诗的提倡,似乎是破坏了"诗必须有韵"的法令,其实它只是改定了旧时狭隘的范围,将它放大,以为"诗可以无韵"罢了。表示生命之颤动的文学,当然没有不变的科律;历代的文艺在它自己的时代都是一代的成就,在全体上只是一个过程。要问文艺到什么程度是大成了,那犹如问文化怎样是极顶一样,都是不能回答的事,因为进化是没有止境的。许多人错把全体的一过程认做永久的完成,所以才有那些无聊的争执,其实只是自扰。何不将这白费的力气去做正当的事,走自己的路程呢。

近来有一群守旧的新学者,常拿了新文学家的"发挥个性,注重创造"的话做挡牌,[指学衡派④言]以为他们不应该"对于文言者仇视之";这意思似乎和我所说的宽容有点相像,但其实是全不相干的。宽容者对于过去的文艺固然予以相当的承认与尊重,但是无所用其宽容,因为这种文艺已经过去了,不是现在的势力所能干涉,便再没有宽容的问题了。所谓宽容乃是说已成势力对于新兴流派的态度,正如壮年人的听任青年的活动。其重要的根据,在于活动变化是生命的本质,无论流派怎么不同,但其发展个性,注重创造,同是人生的文学的方向,现象上或是反抗,在全体上实是继续,所以应该宽容,听其自由发育。若是"为文言"或拟古(无论拟古典或拟传奇派)的人们,既然不是新兴的更进一步的流派,当然不在宽容之列。——这句话或者有点语病,当然不是说可以"仇视之"，不过说用不着人家的宽容罢了。他们遵守过去的权威的人，背后得有大多数人的拥护，还怕谁去迫害他们呢。老实说，在中国现在文艺界上宽容旧派还不成为问题，倒是新派究竟已否成为势力，应否忍受旧派的压迫，却是未可疏忽的一个问题。

（《自己的园地》）

在《自己的园地》一文中，对于人与艺术，作品与社会，尤有极好的见地。第一节谈到文学创造，不以卑微而自弃，与当时思想界所提出的劳工神圣、人类平等原则相同，并以社会的宽广无所不容为论。次一节则谈为人生与为艺术两种文艺观的差别性何在，且认为人生派非功利而功利自见，引"种花"作例：

我们自己的园地是文艺，这是要在先声明的。我并非厌薄别种活动而不屑为，——我平常承认各种活动于生活都是必要；实在是小半由于没有这样的材能，大半由于缺少这样的趣味，所以不得不在这中间定一个去就。但我对于这个选择并不后悔，并不惭愧地面的小与出产的薄弱而且似乎无用。依了自己的心的倾向，去种蔷薇、地丁，这是尊重个性的正当办法。即使如别人所说各人果真应报社会的恩，我也相信已经报答了，因为社会不但需要果蔬药材，却也一样迫切的需要蔷薇与地丁。——如有蔑视这些的社会，那便是白痴的只有形体而没有精神生活的社会，我们没有去顾视他的必要。

有人说道：据你所说，那么你所主张的文艺，一定是人生派的艺术了。泛称人生派的艺术，我当然没有什么反对，但是普通所谓人生派是主张"为人生的艺术"的，对于这个我却有一点意见。"为艺术而艺术"将艺术与人生分离，并且将人生附属于艺术。至于如王尔德⑤的提倡人生之艺术化，固然不很妥当，"为人生的艺术"以艺术附属于人生，将艺术当作改造生活的工具而非终极，也何尝不把艺术与人生分离呢？我以为艺术当然是人生的，因为他本是我们感情生活的表现，叫他怎能与人生分离？"为人生"——于人生有实利，当然也是艺术本有的一种作用，但并非唯一的职务。总之艺术是独立的，却又原来是人性的，所以既不必使他隔离人生，又不必使他服侍人生，只任他成为浑然的人生艺术便好了。"为艺术"派以个人为艺术的工匠，"为人生"派以艺术为人生的仆役。现在却以个人为主人，表现情思而成艺术，即为其生活之一部，初不为福利他人而作；而他人接触这艺术，得到一种共鸣与感兴，使其精神生活充实而丰富，又即以为现实生活的基本。这是人生的艺术的要点；有独立的艺术美与无形的功利。我所说的蔷薇、地丁的种作便是如此。有些人种花聊以消遣，有些人种花志在卖钱，真种花者以种花为其生活，一而花亦未尝不美，未尝于人无益。

胡适之在《五十年来中国之文学》称他的文章为用平淡的谈话，包藏深刻的意味。作品的成功，彻底破除了"美文不能用白话"的迷信。朱光潜[6]论《雨天的书》，说到这本书的特质，第一是清，第二是冷，第三是简洁。两个批评者的文章，都以叙事说理明白见长，却一致推重周作人的散文为具有朴素的美。这种朴素的美，很影响到十年来过去与当前未来中国文学使用文字的趋向。它的影响也许是部分的，然而将永远是健康而合乎人性的。他的文章虽平淡朴素，他的思想并不萎靡，在《国民文学》一文中，便表现得极彻底。而且国民文学的提倡，是由他起始的。苏雪林在她的《论周作人》一文中，把他称为一个"思想家"，很有道理。如论及中国问题时：

希腊人有一种特性，也是从先代遗传下来的，是热烈的求生欲望。他不是苟延残喘的活命，乃是希求美的健全的充实的生活……中国人实在太缺少求生的意志，由缺少而几乎至于全无。——中国人近来常以平和忍耐自豪，这其实并不是好现象。我并非以平和为不好，只因为中国的平和耐苦不是积极的德性，乃是消极的衰耗的症候，所以说不好。譬如一个强有力的人他有压迫或报复的力量而隐忍不动，这才是真的平和。中国人的所谓爱平和，实在只是没气力罢了，正如病人一样。这样没气力下去，当然不能"久于人世"。这个原因大约很长远了，现在且不管他，但救济是很要紧的。这有什么法子呢？我也说不出来，但我相信一点兴奋剂是不可少的：进化论的伦理学上的人生观，互助而争有的生活，尼采与托尔斯泰，社会主义与善种学，都是必要。

（周作人的《新希腊与中国》）

然而这种激进思想，似因年龄堆积，体力衰弱，很自然转而成为消沉，易与隐逸相近，所以曹聚仁[7]对于周作人的意见，是"由孔融[8]到陶潜"。意即从愤激到隐逸，从多言到沉默，从有为到无为。精神方面的衰老，对世事不免具浮沉自如感。因之嗜好是非，便常有与一般情绪反应不一致处。二十六年北平沦陷后，尚留故都，即说明年龄在一个思想家所生的影响，如何可怕。

周作人的小品文，鲁迅的杂感文，在二十年来中国新文学活动中，正说明两种倾向：前者代表田园诗人的抒情，后者代表艰苦斗士的作战。同样是看明白了"人生"，同源而异流：一取退隐态度，只在消极态度上追究人生，大有自得其乐意味；一取迎战态度，冷嘲热讽，短兵相接，在积极态度上正视人生，也俨然自得其乐。对社会取退隐态度，所以在民十六以后，周作人的作品，便走上草木虫鱼路上去，晚明小品文提倡上去。对社会取迎战态度，所以鲁迅的作品，便充满与人与社会敌对现象，大部分是骂世文章。然而从鲁迅取名《野草》的小品文集看看，便可证明这个作者另一面的长处，即纯抒情作风的长处，也正浸透了一种素朴的田园风味。如写"秋夜"：

在我的后园，可以看见墙外有两株树，一株是枣树，还有一株也是枣树。

这上面的夜的天空，奇怪而高，我生平没有见过这样的奇怪而高的天空。他仿佛要离开人间而去，使人们仰面不再看见。然而现在却非常之蓝，闪闪地㱵着几十个星星的眼，冷眼。他的口角上现出微笑，似乎自以为大有深意，而将繁霜洒在我的园里的野花草上。

我不知道那些花草真叫什么名字，人们叫他们什么名字。我记得有一种开过极细小的粉红花，现在还开着，但是更极细小了，她在冷的夜气中，瑟缩地做梦，梦见春的到来，梦见秋的到来，梦见瘦的诗人将眼泪擦在她最末的花瓣上，告诉她秋虽然来，冬虽然来，而此后接着还是春，蝴蝶乱飞，蜜蜂都唱起春词来了。她于是一笑，虽然颜色冻得红惨惨地，仍然瑟缩着。

枣树，他们简直落尽了叶子。先前，还有一两个孩子来打他们别人打剩的枣子，现在是一个也不剩了，连叶子也落尽了。他知道小粉红花的梦，秋后要有春；他也知道落叶的梦，春后还是秋。他简直落尽叶子，单剩干子，然而脱了当初满树是果实和叶子时候的弧形，欠伸得很舒服。但是，有几枝还低亚着，护定他从打枣的竿梢所得的皮伤，而最直最长的几枝，却已默默地铁似的直刺着奇怪而高天空，使天空闪闪地鬼㱵眼；直刺着天空中圆满的月亮，使月亮窘得发白。

鬼㱵眼的天空越加非常之蓝，不安了，仿佛想离去人间，避开枣树，只将月亮剩下。然而月亮也暗暗地躲到东边去了。而一无所有的干子,却仍然默默地铁似的直刺着奇怪而高的天空,一意要制他的死命,不管他各式各样地映着许多蛊惑的眼睛。

哇的一声,夜游的恶鸟飞过了。

我忽而听到夜半的笑声,吃吃地,似于不愿意惊动睡着的人,然而四围的空气都应和着笑。夜半,没有别的人,我即刻听出这声音就在我嘴里,我也即刻被这笑声所驱逐,回进自己的房。灯火的带子也即刻被我旋高了。

后窗的玻璃上丁丁地响,还有许多小飞虫乱撞。不多久,几个进来了,许多从窗纸的破孔进来的。他们一进来,又在玻璃的灯罩上撞得丁丁地响。一个人上面撞进去了,他于是遇到火,而且我以为这火是真的。两三个却休息在灯的纸罩上喘气。那罩是昨晚新换的罩,雪白的纸,折出波浪纹的叠痕,一角还画出一枝猩红色的栀子。

猩红的栀子开花时,枣树又要做小粉红花的梦,青葱地弯成弧形了……。我又听到夜半的笑声;我赶紧砍断我的心绪,看那老在白纸罩上的小青虫,头大尾小,向日葵子似的,只有半粒小麦那么大,遍身的颜色苍翠得可爱,可怜。

我打一个呵欠,点起一支纸烟,喷出烟来,对着灯默默地敬奠这些苍翠精致的英雄们。

这种情调与他当时译《桃色的云》、《小约翰》大有关系。与他的恋爱或亦不无关系。这种抒情倾向,并不仅仅在小品文中可以发现,即他的小说大部分也都有这个倾向。如《社戏》、《故乡》、《示众》、《鸭的喜剧》、《兔和猫》,无不见出与周作人相差不远的情调,文字从朴素见亲切处尤其相近。然而对社会现象表示意见时,迎战态度的文章,却大不相同了。如纪念因三一八惨案请愿学生刘和珍被杀即可作例:

真的猛士,敢于直面惨淡的人生,敢于正视淋漓的鲜血。这是怎样的哀痛者和幸福者?然而造化又常常为庸人设计,以时间的流驶,来洗涤旧迹,仅使留下淡红的血色和微漠的悲哀。在这淡红的血色和微漠的悲哀中,又给人暂得偷生,维持着这似人非人的世界。我不知道这样的世界何时是一个尽头!

时间永是流驶,街市依旧太平,有限的几个生命,在中国是不算什么的,至多,不过供无恶意的闲人以饭后的谈资,或者给有恶意的闲人作"流言"的种子。至于此外的深的意义，我总觉得很寥寥，因为这实在不过是徒手的请愿。人类的血战前行的历史，正如煤的形成，当时用大量的木材，结果却只是一小块，但请愿是不在其中的，更何况是徒手。

然而既然有了血痕了，当然不觉要扩大。至少，也当浸渍了亲族，师友，爱人的心，纵使时光流驶，洗成绯红，也会在微漠的悲哀中永存微笑的和蔼的旧影。陶潜说过："亲戚或余悲，他人亦已歌，死去何所道，托体同山阿。"倘能如此，这也就够了。

感慨沉痛，在新文学作品中实自成一格。另外一种长处是冷嘲，骂世，如《二丑艺术》可以作例：

浙东的有一处的戏班中，有一种脚色叫作"二花脸"，译得雅一点，那么，"二丑"就是。他和小丑的不同，是不扮横行无忌的花花公子，也不扮一味仗势的宰相家丁，他所扮演的是保护公子的拳师，或是趋奉公子的清客。总之：身分比小丑高，而性格却比小丑坏。

义仆是老生扮的，先以谏诤，终以殉主；恶仆是小丑扮的，只会作恶，到底灭亡。而二丑的本领却不同，他有点上等人模样，也懂些琴棋书画，也来得行令猜谜，但倚靠的是权门，凌蔑的是百姓，有谁被压迫了，他就来冷笑几声，畅快一下，有谁被陷害了，他又去吓唬一下，吆喝几声。不过他的态度又并不常常如此的，大抵一面又回过脸来，向台下的看客指出他公子的缺点，摇着头装起鬼脸道：你看这家伙，这回可要倒楣哩！

这最末的一手，是二丑的特色。因为他没有义仆的愚笨，也没有恶仆的简单，他是知识阶级。他明知道自己所靠的是冰山，一定不能长久，他将来还要到别家帮闲，所以当受着豢养，分着余炎的时候，也得装着和这贵公子并非一伙。

二丑们编出来的戏本上，当然没有这一种脚色的，他那里肯；小丑，即花花公子们编出来的戏本，也不会有，因为他们只看见一面，想不到的。这二花脸，乃是小百姓看透了这一种人，提出精华来，制定了的脚色。

世间只要有权门，一定有恶势力，有恶势力，就一定有二花脸，而且有二花脸艺术。我们只要取一种刊物，看他一个星期，就会发现他忽而怨恨春天，忽而颂扬战争，忽而译萧伯纳演说，忽而讲婚姻问题；但其间一定有时要慷慨激昂的表示对于国事的不满:这就是用出末一手来了。

这最末的一手,一面也在遮掩他并不是帮闲,然而小百姓是明白的,早已使他的类型在戏台上出现了。

(本篇原载 1940 年 9 月 16 日《国文月刊》第 1 卷第 2 期。为总题"习作举例"的第二篇,署名沈从文。)

①勃阑特思,一译勃兰兑斯,法国文艺批评家、文学史家。

②福罗贝尔即福楼拜,法国作家。

③巴思卡耳通译巴斯卡,法国物理学家、数学家。

④学衡派指 20 年代《学衡》杂志的主要撰稿者吴宓、胡先骕等。

⑤王尔德,英国唯美主义作家。

⑥朱光潜,现代美学家、文艺批评家。

⑦曹聚仁,现代作家,曾主编《涛声》。

⑧孔融,汉末文学家,"建安七子"之一。

由冰心到废名

从作品风格上观察比较,徐志摩与鲁迅作品,表现的实在完全不同。虽同样情感黏附于人生现象上,都十分深切,其一给读者的印象,正如作者被人间万汇百物的动静感到眩目惊心,无物不美,无事不神,文字上因此反照出光彩陆离,如绮如锦,具有浓郁的色香,与不可抗的热(《巴黎的鳞爪》可以作例)。其一却好像凡事早已看透看准,文字因之清而冷,具剑戟气。不特对社会丑恶表示抗议时寒光闪闪,有投枪意味,中必透心。即属于抒抒个人情绪,徘徊个人生活上,亦如寒花秋叶,颜色萧疏(《野草》、《朝花夕拾》可以作例)。然而不同之中倒有一点相同,即情感黏附于人生现象上(对人间万事的现象),总像有"莫可奈何"之感,"求孤独"俨若即可得到对现象执缚的解放。徐志摩在《我所知道的康桥》、《天宁寺闻钟》、《北戴河海滨的幻想》、《冥想》、《想飞》、《自剖》各文中,无不表现他这种"求孤独"的意愿。正如对"现世"有所退避,极力挣扎，虽然现世在他眼中依然如此美丽与神奇。这或者与他的实际生活有关，与他的恋爱及离婚又结婚有关。鲁迅在他的《朝花夕拾·小引》一文中，更表示对于静寂的需要与向往。必需"单独"，方有"自己"。热情的另一面本来就是如此向"过去"凝眸，与他在小说中表示的意识，二而一。正见出对现世退避的另一形式。

我常想在纷扰中寻出一点闲静来，然而委实不容易。目前是这么离奇，心里是这么芜杂。一个人做到只剩了回忆的时候，生涯大概总要算是无聊了吧，但有时竟会连回忆也没有。中国的做文章有轨范，世事也仍然是螺旋。前几天我离开中山大学的时候，便想起四个月以前的离开厦门大学；听到飞机在头上鸣叫，竟记得了一年前在北京城上日日旋绕的飞机。我那时还做了一篇短文，叫做《一觉》。现在是，连这"一觉"也没有了。

广州的天气热得真早，夕阳从西窗射入；逼得人只能勉强穿，件单衣。书桌上的一盆"水横枝"①，是我先前没有见过的：就是一段树，只要浸在水中，枝叶便青葱得可爱。看看绿叶，编编旧稿，总算也在做一点事。做着这等事，真是虽生之日，犹死之年，很可以驱除炎热的。

前天，已将《野草》，编定了；这回便轮到陆续载在《莽原》上的《旧事重提》，我还替他改了一个名称：《朝花夕拾》。带露折花，色香自然要好得多，但是我不能够。便是现在心目中的离奇和芜杂，我也还不能使他即刻幻化，转成离奇和芜杂的文章，或者，他日仰看流云时，会在我的眼前一闪烁吧。

我有一时，曾经屡次忆起儿时在故乡所吃的蔬果：

菱角，罗汉豆，茭白，香瓜。凡这些，都是极其鲜美可口的；都曾是使我思乡的蛊惑。后来，我在久别之后尝到了，也不过如此；惟独在记忆上，还有旧来的意味留存。他们也许要哄骗我一生，使我时时反顾。

在《呐喊·自序》上起始就说：

我在年青时候也曾经做过许多梦，后来大半忘却了，但自己也并不以为可惜。所谓回忆者，虽说可以使人欢欣，有时也不免使人寂寞，使精神的丝缕还牵着已逝的寂寞的时光，又有什么意味呢，而我偏苦于不能全忘却，这不能全忘的一部分，到现在便成了《呐喊》的来由。

这种对"当前"起游离感或厌倦感，正形成两个作家作品特点之一部分。

也正如许多作家,对"当前"缺少这种感觉,即形成另外一种特点。在新散文作家中,可举出冰心、朱佩弦、废名三个人作品,当作代表。

这三个作家,文字风格表现上,并无什么相同处。然而同样是用清丽素朴的文字抒情,对人生小小事情,一例俨然怀着母性似的温爱,从笔下流出时,虽方式不一,细心读者却可得到同一印象,即作品中无不对于"人间"有个柔和的笑影。少夸张,不像徐志摩对于生命与热情的讴歌;少愤激,不像鲁迅对社会人生的诅咒:

雨声渐渐的住了,窗帘后隐隐的透进清光来。推开窗户一看,呀!凉云散了,树叶上的残滴,映着月儿,好似萤光千点,闪闪烁烁的动着。——真没想到苦雨孤灯之后,会有这么一幅清美的图画!

凭窗站了一会儿,微微的觉得凉意侵人。转过身来,忽然眼花缭乱,屋子里的别的东西,都隐在光云里;一片幽辉,只浸着墙上画中的安琪儿——这白衣的安琪儿,抱着花儿,扬着翅儿,向着我微微的笑。

"这笑容仿佛在哪儿看见过似的,什么时候,我曾……"不知不觉的便坐在窗口下想——默默的想。

严闭的心幕,慢慢的拉开了,涌出五年前的一个印象——一条很长的古道。驴脚下的泥,兀自滑滑的。田沟里的水,潺潺的流着。近村的绿树,都笼在湿烟里。弓儿似的新月,挂在树梢。一边走着,似乎道旁有一个孩子,抱着一堆灿白的东西。驴儿过去了,无意中回头一看——他抱着花儿,赤着脚儿,向着我微微的笑。

"这笑容又仿佛是哪儿看见过似的!"我仍是想——默默的想。

又现出一重心幕来,也慢慢的拉开了,涌出十年前的一个印象——茅檐下的雨水,一滴一滴的落到衣上来。上阶边的水泡儿,泛来泛去的乱转。门前的麦陇和葡萄架子,都濯得新黄嫩绿的非常鲜丽。——一会儿好容易雨晴了,连忙走下坡儿去。迎头看见月儿从海面上来了,猛然记得有件东西忘下了,站住了,回过头来。这茅屋里的老妇人——她倚着门儿,抱着花儿,向着我微微的笑。

这同样微妙的神情,好似游丝一般,飘飘漾漾的合了拢来,绾在一起。

这时心下光明澄静,如登仙界,如归故乡。眼前浮现的三个笑容,一时融

化在爱的调和里看不分明了。 （冰心的《笑》）

水畔驰车，看斜阳在水上泼散出的闪烁的金光。晚风吹来，春衫嫌薄。这种生涯，是何等的宜于病后呵！

在这里，出游稍远便可看见水。曲折行来，道滑如拭。重重的树阴之外，不时倏忽的掩映着水光。我最爱的是玷池，称她为池真委曲了，她比小的湖还大呢！——有三四个小岛在水中央，上面随意地长着小树。池四围是丛林，绿意浓极。每日晚餐后我便出来游散。缓驰的车上，湖光中看遍了美人芳草！——真是"水边多丽人"。看三三两两成群携手的人儿，男孩子都去领卷袖，女孩子穿着颜色极明艳的夏衣，短发飘拂。轻柔的笑声，从水面，从晚风中传来，非常的浪漫而潇洒。到此猛忆及曾皙对孔子言志，在"暮春者"之后，"浴乎沂风乎舞雩"之前，加上一句"春服既成"，遂有无限的飘扬态度，真是千古隽语。

此外的如玄妙湖、侦池、角池等处，都是很秀丽的地方。大概湖的美处在"明媚"。水上的轻风，皱起万叠微波。湖畔再有芊芊的芳草，再有青青的树林，有平坦的道路，有曲折的白色栏杆，黄昏时便是天然的临眺乘凉的所在。湖上落日，更是绝妙的画图。夜中归去，长桥上两串徐徐互相往来移动的灯星，颗颗含着凉意。若是明月中天，不必说，光景尤其移人了。

前几天游大西洋滨岸，沙滩上游人如蚁。或坐，或立，或弄潮为戏，大家都是穿着泅水衣服。沿岸两三里的游艺场，乐声飒飒，人声嘈杂。小孩子们都在铁马铁车上，也有空中旋转车，也有小飞艇，五光十色的。机关一动，都纷纷奔驰，高举凌空。我看那些小朋友们都很欢喜得意的。

这里成了"人海"。如蚁的游人，盖没了浪花。我觉得无味。我们搬转车来，直到娜罕去。

渐渐的静了下来。还在树林子里，我已迎到了冷意侵人的海风。再三四转，大海和岩石都横到了眼前！这是海的真面目呵。浩浩万里的蔚蓝无底的海涛，壮厉的海风，蓬蓬的吹来，带着腥咸的气味。在闻到腥咸的海味之时，我往往忆及童年拾卵石、贝壳的光景，而惊叹海之伟大。在我抱肩迎着吹人欲折的海风之时，才了解海之所以为海，全在乎这不可御的凛然的冷意！

在嶙峋的大海石之间，岩隙的树阴之下，我望着卵岩，也看见上面白色的灯塔。此时静极，只几处很精致的避暑别墅，悄然的立在断岩之上。悲壮的海风,穿过丛林,似乎在奏"天风海涛"之曲。支颐凝坐,想海波尽处,是群龙见首的欧洲;我和平的故乡,比这可望不可及的海天还遥远呢!

故乡没有明媚的湖光;故乡没有汪洋的大海;故乡没有葱绿的树林;故乡没有连阡的芳草。北京只是尘土飞扬的街道;泥泞的小胡同;灰色的城墙;流汗的人力车夫的奔走。我的故乡,我的北京,是一无所有!

小朋友,我不是一个乐而忘返的人,此间纵是地上的乐园,我却仍是"在客"。我寄母亲信中曾说:

"……北京似乎是一无所有! ——北京纵是一无所有,然已有了我的爱。有了我的爱,便是有了一切!灰色的城围里,住着我最宝爱的一切的人。飞扬的尘土呵,何容我再嗅着我故乡的香气……"

易卜生曾说过:"海上的人,心潮往往如海波一般的起伏动荡。"而那一瞬间静坐在岩上的我的思想,比海波尤加一倍的起伏。海上的黄昏星已出,海风似在催我归去。归途中很怅惘。只是还买了一筐新从海里拾出的蛤蜊。当我和车边赤足捧筐的孩子问价时,他仰着通红的小脸笑向着我。他岂知我正默默的为他祝福,祝福他终身享乐此海上拾贝的生涯!

(冰心的《寄小读者·通讯二十》)

从冰心作品中,文字组织处处可以发现"五四时代"文白杂糅的情形,词藻的运用也多由文言的习惯转变而来。不仅仅景物描写如此,便是用在对话上,同样不免如此。文字的基础完全建筑在活用的语言上,在散文作家中,应当数朱自清。五四以后谈及写美丽散文的,常把朱、俞并举,即朱自清、俞平伯。《桨声灯影里的秦淮河》与《西湖六月十八夜》两篇文章,代表当时抒情散文的最高点。叙事如画,似乎是当时一种风气。(有时或微觉得文字琐碎繁复。)散文中具诗意或诗境,尤以朱先生作品成就为好,直到如今,尚称为典型的作风。至于在写作上有一种"自得其乐"的意味,一种对人生欣赏态度,从俞平伯作品尤易看出。

对朱、俞的文章评论,钟敬文②以为朱文无周作人的隽永,无俞平伯的绵密,无徐志摩的艳丽,无谢冰心的飘逸,然而却另有一种真挚清幽的神态。有人说,朱、俞同样细腻,不同处在俞委婉,朱深秀。阿英以为朱文如"欢乐苦少忧患多"之感。

因此对现在感到"看花堪折直须折"情形,文字素朴而通俗,正与善说理的朱孟实③文字异曲同工。周作人则以为俞平伯文如嚼橄榄,味涩而有回甘,自成一家。

这几天心里颇不宁静。今晚在院子里坐着乘凉,忽然想起日日走过的荷塘,在这满月的光里,总该另有一番样子吧。月亮渐渐的升高了,墙外马路上孩子们的欢笑,已经听不见了;妻在屋里拍着闰儿,迷迷糊糊地哼着眠歌。我悄悄地披了大衫,带上门出去。

沿着荷塘,是一条曲折的小煤屑路。这是一条幽僻的路,白天也少人走,夜晚更加寂寞。荷塘四面,长着许多树,蓊蓊郁郁的。路的一旁,是些杨柳,和一些不知道名字的树。没有月光的晚上,这路上阴森森的,有些怕人。今晚却很好,虽然月光也还是淡淡的。

路上只我一个人,背着手踱着。这一片天地好像是我的,我也像超出了平常的自己,到了另一世界里。我爱热闹,也爱冷静;爱群居,也爱独处。像今晚上,一个人在这苍茫的月下,什么都可以想,什么都可以不想,便觉是个自由的人。白天里一定要做的事,一定要说的话,现在都可不理。这是独处的妙处;我且受用这无边的荷香月色好了。

曲曲折折的荷塘上面,弥望的是田田的叶子。叶子出水很高,像亭亭的舞女的裙。层层的叶子中间,零星的点缀着些白花,有袅娜地开着的,有羞涩地打着朵儿的;正如一粒粒的明珠,又如碧天里的星星,又如刚出浴的美人。微风过处,送来缕缕清香,仿佛远处高楼上渺茫的歌声似的。这时候叶子与花也有一丝的颤动,像闪电般,霎时传过荷塘的那边去了。叶子本是肩并肩密密地挨着,这便宛然有了一道凝碧的波痕。叶子底下是脉脉的流水,遮住了,不能见一些颜色;而叶子却更见风致了。

月光如流水一般,静静地泻在这一片叶子和花上。薄薄的青雾浮起在荷塘里。叶子和花仿佛在牛乳中洗过一样,又像笼着轻纱的梦。虽然是满月,天上却有一层淡淡的云,所以不能朗照;但我以为这恰是到了好处——酣眠固不可少,小睡也别有风味的。月光是隔了树照过来的,高处丛生的灌木,落下参差的斑驳的黑影,峭楞楞如鬼一般;弯弯的杨柳的稀疏的倩影,却又像是画在荷叶上。塘中的月色并不均匀,但光与影有着和谐的旋律,如梵婀玲上奏着的名曲。

荷塘的四面,远远近近,高高低低都是树,而杨柳最多。这些树将一片荷塘重重围住;只在小路一旁,漏着几段空隙,像是特为月光留下的。树色一例是阴阴的,乍看像一团烟雾;但杨柳的丰姿,便在烟雾里也辨得出。树梢上隐隐约约的是一带远山,只有些大意罢了。树缝里也漏着一两点路灯光,没精打采的,是渴睡人的眼。这时候最热闹的,要数树上的蝉声与水里的蛙声;但热闹是它们的,我什么也没有。

忽然想起采莲的事情来了。采莲是江南的旧俗,似乎很早就有,而六朝时为盛,从诗歌里可以约略知道。采莲的是少年的女子,她们是荡着小船,唱着艳歌去的。采莲人不用说很多,还有看采莲的人。那是一个热闹的季节,也是一个风流的季节。梁元帝《采莲赋》里说得好:

于是妖童媛女,荡舟心许:鷁首徐回,兼传羽杯;棹将移而藻挂,船欲动而萍开。尔其纤腰束素,迁延顾步;夏始春余,叶嫩花初,恐沾裳而浅笑,畏倾船而敛裾。

可见当时嬉游的光景了。这真是有趣的事,可惜我们现在早已无福消受了。

于是又记起《西洲曲》④里的句子:

采莲南塘秋,莲花过人头;低头弄莲子,莲子清如水。

今晚若有采莲人,这儿的莲花也算"过人头"了;只不见一些流水的影子,是不行的。这令我到底惦着江南了。——这样想着,猛一抬头,不觉已是自己的门前;轻轻地推门进去,什么声息也没有,妻已睡熟好久了。

(朱自清的《荷塘月色》)

有人称之为"絮语",周作人以为可代表一派。以抒情为主,大方而自然,与明代小品相近。然知学可作代表如竟陵派,文章风格实于周作人出。周文可以看出廿年来社会的变化,以及个人对于这变迁所有的感慨,贴住"人"。俞文看不出,只看出低徊于人事小境,与社会俨然脱节。

文章内容抒情成分多,文字多繁琐,有《西青散记》、《浮生六记》⑤风趣。

正如自己所说:"有些人是做文章应世,有些人是做文章给自己玩。"俞平伯近于做给启己玩,在执笔心情上有自得其乐之意:

《儒林外史》上杜慎卿说:"莱佣酒保都有六朝烟水气。"这每令我悠然神往于负着历史重载的石头城。虽然,南京也去过三两次,所谓烟花金粉的本地风光已大半销沉于无何有了。幸而后湖的新荷,台城的芜绿,秦淮的桨声灯影以及其余的,尚可仿佛惝悦地仰寻六代的流风遗韵。繁华虽随着年光云散烟消了,但它的薄痕倩影和与它曾相映发的湖山之美,毕竟留得几分,以新来游展的因缘而隐跃跃悄沉沉地一页一页的重现了。至于说到人物的风流,我敢明证杜十七先生的话真是冤我们的——至少,今非昔比。他们的狡诈贪庸差不多和其他都市里的人合用过一个模子的,一点看不出什么叫做"六朝烟水气"。从煤渣里掏换出钻石,世间即有人会干;但决不是我,我失望了!

倒是这一次西泠桥上所见虽说不上什么"六代风流",但总使人觉得身在江南。这天是四月三日的午前,天气很晴朗,我们携着姑苏,从我们那座小楼向岳坟走去。紫沙铺平的路上,鞋底擦擦的碎响着。略行几十步便转了一个弯。身上微觉燥热起来。坦坦平平的桥陂迤逦向北偏西,这是西泠了。桥顶,西石栏旁放着一担甘蔗,有刨了皮切成段的,也有末去青皮留整枝的。还有一只水碗,一把帚是备洒水用的。而最惹目的,担子旁不见挑担子的人,仅仅有一条小板凳,一个稚嫩的小女孩坐着。——卖甘蔗?

看她光景不过五六岁,脸皮黄黄儿的,脸盘圆圆儿的,蓬松细发结垂着小辫。春深了,但她穿得"厚裹罗哆"的,一点没有衣架子,倒活像个老员外。淡蓝条子的布袄,青莲条子的坎肩,半新旧且很有些儿脏。下边还系着开裆裤呢。她端端正正的坐着。右手捏一节蔗根放在嘴边使劲地咬,咬下了一块仍然捏着——淋漓的蔗汁在手上想是怪黏的。左手执一枝尺许高,醉杨妃色的野桃,花开得有十分了。因为左手没得空,右手更不得劲,而蔗根的咀嚼把持愈觉其费力了。

你曾见野桃花吗?(想你没有不看见过的。)它虽不是群芳中的华贵,但当芳年,也是一时之秀。花瓣如晕脂的靥,绿叶如插鬓的翠钗,绛须又如钗上的流苏坠子。可笑它一到小小的小女孩手中,便规规矩矩的,不敢卖弄妖冶,倒学会一种娇憨了。它真机灵了。

至她并执桃蔗,得何意境? 蔗根可嚼,桃花何用呢? 何处相逢? 何时抛弃? ……这些是我们所能揣知,所敢言说的吗? 你只看她那鬐水双瞳,不离

157

不着,乍注即释,痴慧躁静了无所见,即证此感邻于浑然,断断容不得多少回旋奔放的。你我且安分些吧。

我们想走过去买根甘蔗,看她怎样做买卖。后一转念,这是心理学者在试验室中对付猴鼠的态度,岂是我们应当对她的吗? 我们分明也携抱着个小孩呢。所以尽管姑苏的眼睛,巴巴地直盯着这一担甘蔗,我们到底哄了他,走下了桥。

在岳坟溜连了一荡,有半点来钟。时已近午,我们循原路回走,从西堍上桥,只见道旁有被抛掷的桃枝和一些零零星星的蔗屑。那个小女孩已过西泠南堍,傍孤山之阴,蹒跚地独自摸回家去。背影越远越小,我痴望着……

走过一个八九岁的男孩——她的哥? ——轻轻地把被掷的桃花又捡起来,耍了一回,带笑地喊:"要不要? 要不要?"其时作障的群青,成罗的一绿,都不肯言语了。他见没有应声,便随手一扬。一枝轻盈婀娜刚开到十分的桃花顿然飞堕于石阑干外。

我似醒了。正午骄阳下,峭峙着葱碧的孤山。妻和小孩早都已回家了。我也懒懒的自走回去。一路闲闲的听自己鞋底擦沙的声响,又闲闲的想:"卖甘蔗的老吃甘蔗,一定要折本! 孩子……孩子……"

(俞平伯《西泠桥上卖甘蔗》)

五四以来,用叙事记形式有所写作,作品仍应当称之为抒情文,在初期作者中,有两个比较生疏的作家,两本比较冷落的集子,值得注意:一是用"川岛"作笔名写的《月夜》,一是用"落华生"作笔名写的《空山灵雨》。两个作品与冰心作品有相同处,多追忆印象;也有相异处,写的是男女爱。虽所写到的是人事,不重行为的爱,只重感觉的爱。主要的是在表现一种风格,一种境界。人或沉默而羞涩,心或透明如水。给纸上人物赋一个灵魂,也是人事哀乐得失,也是在哀乐得失之际的动静,然而与同时代一般作品,却相去多远!

继承这种传统,来从事写作,成就特别好,尤以记言记行,用俭朴文字,如白描法绘画人生,一点一角的人生,笔下明丽而不纤细,温暖而不粗俗,风格独具,应推废名。然而这种微带女性似的单调,或因所写对象,在读者生活上过于隔绝,因此正当"乡村文学"或"农民文学"成为一个动人口号时,废名作品却俨然在另外一个情形下产生存在,与读者不相通。虽然所写的还正是另一时另一处真正的乡村与农民，对读者说，究竟太生疏了。

周作人称废名作品有田园风，得自然真趣，文情相生，略近于所谓"道"。不黏不滞，不凝于物，不为自己所表现"事"或表现工具"字"所拘束限制，谓为新的散文一种新格式。《竹林故事》、《桥》、《枣》，有些短短篇章，写得实在很好。

（本篇原载1940年10月16日《国文月刊》第3期，为总题"习作举例"第3篇。署名沈从文。）

①"水横枝"，一种盆景。在广州等南方地区，取栀子一段浸植水缸中，能长绿叶，供观赏。

②钟敬文，现代散文家、民俗学家。

③朱孟实即朱光潜。

④《西洲曲》，乐府《杂曲歌辞》名，南朝无名氏作，为南朝乐府名篇。

⑤《西青散记》，杂记，清史震林撰。

《浮生六记》，笔记，清沈复撰。

萧乾小说集题记

在都市住上十年，我还是个乡下人。第一件事，就是永远不习惯城里人所习惯的道德的愉快，伦理的愉快。

我崇拜朝气，欢喜自由，赞美胆量大的，精力强的。一个人行为或精神上有朝气，不在小利小害上打算计较，不拘于物质攫取与人世毁誉，他能硬起脊梁，笔直走他要走的道路，他所学的或同我所学的完全是两样东西，他的政治思想或与我的极其相反，他的宗教信仰或与我的十分冲突，那不碍事，我仍然觉得这是个朋友，这是个人。我爱这种人，尊敬这种人。因为这种人有气魄，有力量。这种人也许野一点，粗一点，但一切伟大事业伟大作品就只这类人有分。他不能避免失败，他失败了能再干。他容易跌倒，但在跌到以后仍然即刻可以爬起。

至于怕事，偷懒，不结实，缺少相当偏见，凡事投机取巧、媚世悦俗的人呢，我不习惯同这种人要好，他们给我的"同情"，还不如另一种人给我"反对"有用。这种"城里人"仿佛细腻，其实庸俗。仿佛和平，其实阴险。仿佛清高，其实鬼祟。这世界若永远不变个样子，自然是他们的世界。右倾革命的也罢，革右倾的命的也罢，一切世俗热闹皆有他们的分。由于应世技巧的圆熟，他们的工作常常容易见好，也极容易成功。这种人在"作家"，户就不少。老实说，我讨厌这种城里人。

曾经有人询问我，"你为什么要写作？"

我告他说："因为我活到这世界里有所爱。美丽，清洁，智慧，以及对全人类幸福的幻影，皆永远觉得是一种德性，也因此永远使我对它崇拜和倾心。这点情绪同宗教情绪完全一样。这点情绪促我来写作，不断的写作，没有厌倦，只因为我将在各个作品各种形式里，表现我对于这个道德的努力。人能够燃起我感情的太多了，我的写作就是颂扬一切与我同在的人类美丽与智慧。若每个作品还皆许可作者安置一点贪欲，我想到的是用我们作品去拥抱世界，占有这一世纪所有青年的心。……生活或许使我平凡与堕落，我的感情还可以向高处跑去，生活或许使我孤单独立，我的作品将同许多人发生爱情或友谊……"

这是个乡下人的意见，同流行的观点自然是不相称的。朋友萧乾第一个短篇小说集子行将付印了，他要我在这个集子说几句话，他的每篇文章，第一个读者几乎全是我。他的文章我除了觉得很好，说不出别的意见。这意见我相信将与所有本书读者相同的。至于他的为人，他的创作态度呢，我认为只有一个"乡下人"，"乡下人"才能那么生气勃勃勇敢结实。我希望他永远是乡下人，不要相信天才，狂妄造作，急于自见。应当养成担负失败的忍耐，在忍耐中产生他更完全的作品。

二十二年十二月十三日

（本篇发表于 1934 年 12 月 15 日天津《大公报·文艺刊》。署名沈从文。

本篇是为萧乾小说集《篱下集》所写，商务印书馆 1936 年 3 月初版。本文在书中篇名为《题记》。）

论闻一多的《死水》

以清明的眼，对一切人生景物凝眸，不为爱欲所眩目，不为污秽所恶心，同时，也不为尘俗卑狠的一片生活厌烦而有所逃遁；永远是那么看，那么透明的看，细小处，幽僻处，在诗人的眼中，皆闪耀一种光明。作品上，以一个"老成懂事"的风度，为人所注意，是闻一多先生的《死水》。

读《死水》容易保留到的印象，是这诗集为一本理智的静观的诗。在作品中那种安详同世故处，是常常恼怒到年青人的。因为年青人在诗的德性上，有下面意义的承认：

诗是歌颂自然与人生的，

诗是诅咒自然与人生的，

诗是悦耳的柔和的东西，

诗是热烈的奔放的东西，

诗须有情感，表现的方法须带一点儿天真，

……

这样或那样，使诗必须成立于一个概念上，是"单纯"与"糊涂"。那是为什么？因为是"诗"。带着惊讶，恐怖，愤怒，欢悦，任情的歌唱，或矜慎的小心的低诉，才成为一般所认可的诗。纤细的敏感的神经，从小小人事上，作小小的接触，于是微带夸张，或微带忧郁，写成诗歌，这样诗歌才是合乎一九二〇年来中国读者的心情的诗歌。使生活的懑怨与忧郁气氛，来注入诗歌中，则读者更易于理解、同情。因为从一九二三年到今日为止，手持新诗有所体会的年青人，为了政治的同习惯的这一首生活的长诗，使人人都那么忧愁，那么忧愁！

社会的与生理的骚扰，年青人，全是不安定，全是纠纷，所要的诗歌，有两种，一则以力叫号作直觉的否认，一则以热情为女人而赞美。郭沫若，在胡适之时代过后,以更豪放的声音,唱出力的英雄的调子,因此郭沫若诗以非常速力,占领过国内青年的心上的空间。徐志摩,则以另一意义,支配到若干青年男女的多感的心,每日有若干年青人为那些热情的句子使心跳跃,使血奔窜。

在这样情形下,有两本最好的诗,朱湘《草莽集》,同闻一多的《死水》。两本诗皆稍稍离开了那时代所定下的条件,以另一态度出现,皆以非常寂寞的样子产生、存在。《草莽集》在中国抒情诗上的成就,形式与内容,实较之郭沫若纯粹极多。全部调子建立于平静上面,整个的平静,在平静中观照一切,用旧词中属于平静的情绪中所产生的柔软的调子,写成他自己的诗歌。明丽而不纤细,《草莽集》的价值,是不至于因目前的寂寞而消失的。《死水》一集,在文字和组织上所达到的纯粹处,那摆脱《草莽集》为词所支配的气息,而另外重新为中国建立一种新诗完整风格的成就处,实较之国内任何诗人皆多。《死水》不是"热闹"的诗,那是当然的,过去不能使读者的心动摇,未来也将这样存在。然而这是近年来一本标准诗歌!在体裁方面,在文字方面,《死水》的影响,不是读者,当是作者。由于《死水》风格所暗示,现代国内作者向那风格努力的,已经很多了。在将来,某一时节,诗歌的兴味,有所转向,使读者,以诗为"人生与自然的另一解释"文字,使诗效率在"给读者学成安详的领会人生",使诗的真价在"由于诗所启示于人的智慧与性灵",则《死水》当成为一本更不能使人忘记的诗!

作者是画家,使《死水》集中具备刚劲的朴素线条的美丽。同样在画中,必需的色的错综的美,《死水》诗中也不缺少。作者是用一个画家的观察,去注意一切事物的外表,又用一个画家的手腕,在那些俨然具不同颜色的文字上,使诗的生命充溢的。

如《荒村》,可以代表作者使一幅画成就在诗上,如何涂抹他的颜色的本领。如《天安门》,在那些言语上如何着色,也可看出。与《天安门》相似那首《飞毛腿》,与《荒村》相近那首《洗衣歌》,皆以一个为人所不注意的题材,因作者的文字的染色,使那诗非常动人的。

他们都上哪里去了?

怎么虾蟆蹲在甑上,水瓢里开白莲,

桌椅板凳在田里堰里飘着;

蜘蛛的绳桥从东屋往西屋牵?

门框里嵌棺材,窗棂里镶石块!

这景象是多么古怪多么惨!

镰刀让它锈着快锈成了泥,

抛着整个的鱼网在灰堆里烂。

天呀!这样的村庄都留不住他们!

玫瑰开不完,荷叶长成了伞;

秧针这样尖,湖水这样绿,

天这样青,鸟声像露珠这样圆。

这样一个桃源,瞧不见人烟!

这里所引的是《荒村》诗中一节。另外,以同样方法,画出诗人自己的心情,为百样声音百样光色所搅扰,略略与全集调子不同的,是《心跳》。代表作者在节奏和谐方面与朱湘诗有相似处,是一首名为《也许》的诗:

也许你真是哭得太累,

也许,也许你要睡一睡,

那么叫苍鹭不要咳嗽,

蛙不要号,蝙蝠不要飞,

不许阳光攒你的眼帘,

不许清风刷上你的眉,

也许你听着蚯蚓翻泥,

听那细草的根儿吸水,

我就让你睡,我让你睡,

我把黄土轻轻盖着你,

我叫纸钱儿缓缓的飞。

在《收回》,在《你指着太阳起誓》,这一类诗中,以诗为爱情二字加以诠解,《死水》中诗与徐志摩《翡冷翠的一夜》及其他诗歌,全是那么相同又那么差异。在这方面作者的长处,却正是一般人所不同意处。因为作者在诗上那种冷静的注意,使诗中情感也消灭到组织中,一般情诗所不能缺少的一点轻狂,一点荡,都无从存在了。

作者所长是想象驰骋于一切事物上,由各样不相关的事物,以韵作为联结的绳索,使诗成为发光的锦绮,于情诗,对于爱,是与"志摩的诗"所下解释完全不同,所显示完全的一面也有所不同了的。

作者的诗无热情,但也不缺少那由两性纠纷所引起的抑郁。不过这抑郁,由作者诗中所表现时,是仍然能保持到那冷静而少动摇的恍惚的情形的。但离去爱欲这件事,使诗方向转到为信仰而歌唱时,如《祈祷》等篇,作者的热是无可与及的。

作者是提倡格律的一个人。一篇诗,成就于精炼的修辞上,是作者的主张。如在《死水》上,作者想象与组织的能力,非常容易见到:

让死水酵成一沟绿酒,

……飘满了珍珠似的白沫;

小珠笑一声变成大珠,

又被偷酒的花蚊咬破。

一首诗,告我们不是一个故事,一点感想,应当是一片霞,一园花,有各样的颜色与姿态,具各样香味,作各种变化,是那么细碎又是那么整个的美,欣赏它,使我们从那手段安排超人力的完全中低首,为那超拔技巧而倾心,为那由于诗人做作手艺熟练而赞叹,《死水》中的每一首诗,是都不缺少那技术的完全高点的。

但因这完全,作者的诗所表现虽常常是平常生活的一面,如《天安门》等,然而给读者印象却极陌生了。使诗在纯艺术上提高,所有组织常常成为奢侈的努力,与读者平常鉴赏能力远离,这样的诗除《死水》外,还有孙大雨的诗歌。

(本篇原载 1930 年 4 月 10 日《新月》3 卷 2 期。署名沈从文。)

论刘半农《扬鞭集》

当五四运动左右时，第一期国语文学的发展上，刘复这个名字，是一个时髦的名字。在新文学新方向上，刘先生除曾经贡献给年青人以若干诚实而切要的意见外，还在一种勇敢试验中，写了许多新诗。按照当时诸人为文学所下的定义，使第一期新诗受了那新要求的拘束，刘复，沈尹默，周作人，为时稍后的康白情①，俞平伯，朱自清，徐玉诺②，在南方的沈玄庐③，刘大白，以及不甚能诗却也有所写作的罗家伦，傅斯年④等等，是都同时对诗有所努力，且使诗的形式，极力从旧诗中解放，使旧诗中空泛的词藻，不再在新诗中保留的。每一个作者，对于旧诗词皆有相当的认识，却在新作品中，不以幼稚自弃，用非常热心的态度，各在活用的语言中，找寻使诗美丽完全的形式。且保守那与时代相吻合的思想，使稚弱的散文诗，各注入一种人道观念，作为对时代的抗议，以及青年人心灵自觉的呼喊。但这一期的新诗，是完全为在试验中而牺牲了。在稍后一时，即或在诗中那种单纯的朴素的描绘，以及人生文学的气息，尚影响到许多散文创作者，然而自从十三年后，这第一期新诗，便差不多完全遗落到历史后面，为人所渐忘了。他们在自己主张上写诗，这主张，为稍后的一时几人新的试验破坏无余了。

在第一期诗人中，周作人是一个使诗成为纯散文最认真的人，译日本俳句同希腊古诗，电全用散文去处置。使诗朴素单一仅存一种诗的精神，抽去一切略涉夸张的词藻，排除一切烦冗的字句，使读者以纤细的心，去接近玩味，这成就处实则也就是失败处的。因这个结果，文字虽由手中而大众化，形式平凡而且自然，但那种单纯，却使读者的情感奢侈，一个读者，若缺少人生的体念，无想象，无生活，对于这朴素的诗，反而失去认识的方便了。年青人对于周作人的译作诗歌的喜悦，较之对于郭沫若译作诗歌的喜悦为少，这道理，便是因为那朴素是使诗歌转入奢侈，却并不"大众"的。较后时的郭沫若，一反北方所有文字运动的拘束，用年青人的感情，采用虽古典而实通俗的词藻与韵律，以略带夸张的兴奋调子，写他的诗，由于易于领会，在读者中便发生了无量的兴味。这一面的成就，却证明了北方几个诗人试验的失败。并且那试验，也就因此而止，虽俞平伯到较后日子里，还印行他的《忆》，刘复印行他的《扬鞭集》，周作人，则近年来还印行他的《过去的生命》，但这些诗皆以异常寂寞的样子产生，存在于无人注意情形中，因为读者还是太年青，一本诗，缺少诱人的词藻作为诗的外衣，缺少悦耳的音韵，缺少一个甜蜜热情的调子，读者是不会欢喜的，不能欢喜的。

似乎在《扬鞭集》或《忆》的序上，周作人先生有类似下面的意见：

……我所见到三个具诗的天分的人，一是俞平伯，

二是沈尹默，三是刘复。……

沈尹默，十四年左右印行了《秋明集》两册，却是旧词旧诗。在新诗贡献上，除了从在《新青年》上他的几首诗，见出这一个对旧诗有最好修养的作者，当"五四"左右时，如何勇敢的放下一切文学的工具，来写他的幼稚的口语诗那种勇敢外，是没有什么可说的。俞平伯，在较先两个集子里，一切用散文写就的诗，才情都很好，描写官能所接触一切，低回反复，醋畅缠绵，然而那种感情却完全是旧式文人的感情，同朱自清非常相近。他在他那自己试验中感到爱悦的似乎还是稍后印出的《忆》，这名《忆》的一册小诗，用与冰心小诗③风格相似的体裁写成，感情还是那种感情，节约了文字，使在最小篇章里，见出自己一切过去的姿态，与欲望的阴影，这诗给作者自己的动摇或较之读者为大，因为用最少的笔描写自己的脸，与一个微笑，一滴泪，一声呻吟，除了自己能从那一条线一个曲折辨认出来发生兴味外，读者却因为那简单，不易领会了。周作人对刘半农的意见，似在能驾驭口语能驱遣新意这两件事上。

在《扬鞭集》里，有农村素描的肖像，如《一个小农家的暮》：

她在灶下煮饭，

新砍的山柴，

必必剥剥的响。

灶门里嫣红的火光，

闪着她嫣红的脸，

闪红了她青布的衣裳。

他衔着个十年的烟斗，

慢慢的从田里回来，

屋角里挂去了锄头，

便坐在稻床上，

调弄着只亲人的狗。

他还踱到栏里去，

看一看他的牛；

回头向她说，

"怎样了——

我们新酿的酒？"

门对面青山顶的上，

松树的尖头，

已露出了半轮的月亮。

孩子们在场上看着月，

还数着天上的星：

"一，二，三，四，……"

"五，八，六，两，……"

他们数，他们唱：

"地上人多心不平，

天上星多月不亮。"

这种朴素的诗，是写得不坏的。以一个散文的形式，浸在诗的气息里，平凡的看，平凡的叙述，表现一个平凡的境界，这手法是较之与他同时作者的一切作品为纯熟的。

又如《稻棚》，《回声》，全在同一调子里，写得非常亲切动人。

但这类诗离去了时代那一点意义，若以一个艺术的作品，拿来同十年来所有中国的诗歌比较，便是极幼稚的诗歌。散文的进步，中国十四年来的诗，但必须穿上华美的外衣，才会为人注意。刘复这诗歌，却是一九二一年左右写成的，那时代，汪静之，刘延陵⑥，徐玉诺，皆是诗人，在比较中，刘半农的诗是完全的。

刘复在诗歌上试验,有另外的成就,不是如《稻棚》的描写农村,不是如《耻辱的门》写他的人道主义的悲悯与愤怒。写恋爱的得失,心情的一闪,他的诗只记下一个祠:号,却不能使那个感想同观念成为一首好诗。他有长处,为中国十年来新文学作了一个最好的试验,是他用江阴方言,写那种方言山歌,用并不普遍的文字,并不普遍的组织,唱那为一切成人所能领会的山歌,他的成就是空前的。一个中国长江下游农村培养而长大的灵魂,为官能的放肆而兴起的欲望,用微见忧郁却仍然极其健康的调子,唱出他的爱憎,混和原始民族的单纯与近代人的狡猾,按歌谣平静从容的节拍,歌热情郁怫的心绪,刘半农写的山歌,比他的其余诗歌美丽多了。

在《扬鞭集》一二四页上——

郎想姐来姐想郎,

同勒浪一片场浪乘风凉。

姐肚里勿晓得郎来郎肚里也勿晓得姐,

同看仔一个油火虫虫飘飘漾漾过池塘。

在一二五页上——

姐园里一朵蔷薇开出墙,

我看见仔蔷薇也和看见姐一样。

我说姐你勿送我蔷薇也送个刺把我,

戳破仔我手末你十指尖尖替我繃一繃。

在一二七页上——

劈风劈雨打熄仔我格灯笼火,

我走过你门头躲一躲。

我也勿想你放脱仔棉条来开我,

只要看看你门缝里格灯光听你唱唱歌。

在一二八页上——

你联竿抽抽乙是抽格我?

我看你杀毒毒格太阳里打麦打的好罪过。

到仔几时一日我能够来代替你打,

你就坐勒树荫底下扎扎鞋底唱唱歌。

欲望是那么小,那么亲切,却写得那么缓和入耳。还有微带着挑拨,使欲望在另外一种比兴中显出,如在二二零页的一首。

在二二二页上——

河边上阿姊你洗格舍衣裳?

你一泊一泊泊出情波万丈长!

我隔子绿沉沉格杨柳听你一记一记捣,

一记一记一齐捣勒笃我心上!

较之其他诗皆像完美一点。俚俗,猥亵,不庄重,在一首较好的诗中是可以净化的,它需要的是整个的内含,在凤凰人歌谣中,有下面这样动人的句子——

天上起云云重云,

地下埋坟坟重坟;

姣妹洗碗碗重碗,

姣妹床上人重人。

又如描写一个欲望的恣肆,以微带矜持的又不无谐趣的神情唱着,又有下面的一歌——

大姐走路笑笑底,

一对奶子翘翘底;

我想用手摸一摸,

心中总是跳跳底。

关于叠字与复韵巧妙的措置,关于眩目的观察与节制的描写,这类山歌,技术方面完成的高点,并不在其他古诗以下。对于新诗有所写作,欲从一切形式中去试验,发现,完成,使诗可以达到一个理想的标准,这类歌谣可取法处,或较之词曲为多的。

《扬鞭集》作者为治音韵的学者,若不缺少勇气,试成作江阴方言以外的俗歌,他的成就,是一定可以在中国新诗的发展上有极多帮助的。不过,从自然平俗形式中,取相近体裁,如杨骚在他《受难者短曲》一集上,用中国弹词的格式与调子写成的诗歌,却得到一个失败的证据,证明新诗在那方面也碰过壁来的。

（本篇原载 1931 年 2 月 15 日《文艺月刊》2 卷 2 号。署名沈从文。）

①康白情，现代诗人。

②徐玉诺，现代诗人，文学研究会成员。

③沈玄庐，早期新诗作者。

④罗家伦，《新潮》编者之一，后成为国民党政客。

　　傅斯年，《新潮》编辑，后任国民党政府中央研究院历史语言研究所所长等职。

⑤冰心小诗指《繁星》《春水》中篇幅短小，表现作者"零碎思想"的诗歌。

⑥刘延陵，现代诗人。

论焦菊隐的《夜哭》

使诗歌放在一个"易于为读者所接受的平常风格"下存在，用字，措词，处置那些句子末尾的韵，无一不"平常"，然而因这点理由，反而得到极多的读者，是焦菊隐的诗歌。

作者在十五年七月所出版的散文诗歌《夜哭》，三年中有四版的事实，为中国新兴刊物中关于诗歌集子最热闹的一件事。这诗集，是总集作者十五年以前所有散文诗而加以小小选择的。十八年，另外出了一个次集，名为《他乡》，收入了《夜哭》以后诗歌，共十五首。

作者的诗是以"散文诗"这样一种名称问世的。失去了分行的帮助，使韵落在分段的末一句里，是作者的作品同一般人所异途处。在形式上，这是作者一个特点。其次，作者的诗，容纳的文字，是比目下国内任何诗人还奢侈的文字，凡属于一个年青的心所能感到的，凡属于一个年青人的口所不能说出的，焦先生是比一般人皆为小心的把那些文字攫到，而又谨慎又天真的安置到诗歌中的。比一般作品的风格要求皆低，比一般作品表现皆自由，文字却比一般作品皆雕琢堆砌，结果，每一首诗由于一个年青人读来，皆感到一种"甜蜜"，这也是作者作品一个特点。但这两个特点，也可以说，第一是作者"只能写散文"，第二是作者"诗只能成就到那些方面"。这是一定的，作者年青，因此能那么做年青人的诗歌。作者有对于恋爱的希望与生活的忧郁，说自己的话，却正是为一般手持诗本多感多愁的年青男女而唱歌！

一个年青人，心中都愿意生活是一首诗，对恋爱与其他各事，作着各样朦胧而又浅薄的梦，所有幻想的翅膀，各处飞去，是飞不出焦菊隐先生作品所表现以外的。他们想象的驰骋，以及失望后的呻吟，因年龄所限制，他们所认为美而适当的文字，就是焦菊隐那类文字。他们的心是只能为这些文字而跳的，焦菊隐的诗歌，就无一首诗不在那方面可以得到完全的成功。

若一个艺术的高点，只是在一时代所谓"多数"人能够接受，在这里，我们找不出有比焦菊隐诗歌还好的诗歌。能有暇裕对新诗鉴赏，理解，同情，是不会在年青男女学生以外还有人的，为这些人而预备的诗歌，有三个不能疏忽的要点：

一是用易于理解不费思想的形式，

二是用一些有光有色的字略带夸张使之作若干比拟，

三是写他们所切身的东西。

焦菊隐是明白这个的。在创作，则我们知道张资平、章衣萍①的成就，为不可否认的真实。在诗，焦菊隐也自然不会十分寂寞了。

中国过去是这样情形，目下还是这样情形，焦菊隐的诗歌，较之闻一多的诗歌，为青年男女所"欢喜"，也当然是毫无问题的。在"读者是年轻人"的时代里，焦菊隐的诗，是一定能比鲁迅小说还受人爱悦而存在的。

若我们想从一种时行作品中，测验一个时代文字的兴味高点，《夜哭》是一本最相宜的书。青年人对人生朦胧的眼，看一切，天真的心，想一切，由于年轻的初入世的眼与心，爱情的方向，悲剧与喜剧的姿态，焦菊隐先生的《夜哭》，是一本表现年青人欲望最好的诗。那诗集的存在，以及为世所欢迎，都证明到中国诗歌可以在怎样情形下发展，很可给新诗的研究者作一种参考题材。"多数"是怎样可以"获得"，这意义，所谓革命文学并没有做到，我以为目下是用这本书可以说明的。

这里稍稍引一点东西——

夜正凄凉，春雨一般的寒颤的幽静的小风，正吹着妇人哭子的哀调，送过河来，又带过河去。

黑色孵着一流徐缓的小溪，和水里影映着惨淡的晚云，与两三微弱的灯光。星月都沉醉在雪后。

我毫不经意地跛过了震动欲折的板桥，黑，寒，与哀怨，包围着我如外衣一样。

……

我们只能感觉这远处吹来的夜哭声，有多么悲惋，多么凄清。她内心思念牛乳样甜而可爱的儿子有多么急切焦忧呢？这我可不能感觉了，我不能感觉，因为黑，寒，与哀怨包围着我如外衣一样。

……

（引自《夜哭》一）

凡是青年人所认为美丽的文字，在这诗里完全没有缺少。带一点儿病的衰弱，一点女性，作者很矜持的写成了这样的"散文诗"。作者文字的成就高点，就正是青年人所认为文字的最高点。那么纤细的缠绵的文字，告给我们的是文字已陷到一个最不值得努力的方向上去了，一个奢侈的却完全失去了文字的当然德性的企图，一种糟蹋想象的努力。但这个东西，却适于时代，更适宜于女人！女人是要这个才能心跳才能流泪的。试看另外一点东西：

天上一丝丝灰颓的云缕，似母亲窈弱无力的呻吟。

我心的灰颓颜色中，正腾沸着惨愁的哭声，浮泛着失色的朝云。

（《夜哭》五）

当我在安逸快乐时，她轻轻地向我软语缠绵，使我不能从迷茫中振起——似一只湿了翼的小鸟，伏居在温暖的香巢。

（《夜哭》十三）

黄昏孵罩着的小巷里，静如沉香的静寂中，飞漾来野犬的吠声。浮满了悲哀的波浪，似失子的母亲在夜哭。一波波悲浪如船桨漾水一般拍着我怯懦的心。

（《夜哭》十五）

倚傍着香肩，微微地低语，道着爱慕的芳香言语，如春峡中潺潺的细泉一样清响。

172

（《夜哭》十七）

还有像《夜的舞蹈》一诗里，那么的诗意葱茏，那么美，却完全是一种那么琐碎纤细的作品。文字的风度，表现散文中最不经济的一面，然而这一面使读者十分倾心，因此在《他乡》集中，作者努力的方向，还是在"描写"，在一些词藻上面，驰骋他的才思。不过小小不同处，是以个人为本位的抒情，转到较宽泛的人生上有所感触而写作，文字较朴素了一点，却仍使那好处成就于文字上的。把"散文"提高，比平常散文多具一些光色，纤细而并不华丽，虽缠绵凄清，然而由于周作人那种"朴素的散文"所能达到的"亲切"，《他乡》却没有达到的机会。

在《夜哭》集子里，有作者朋友于赓虞先生一序。于先生也同样是在北方为人所熟习的诗人，且同样使诗表现到的，是青年人苦闷与纠纷。情调的寄托，有一小部分是常常相似的。在那序上，说到作者的家世，即是那产生作者情调的理由。到后便说：

……他隐忍含痛的孤零的往前走着，怀念着已往，梦想着将来，感到不少荒凉的意味。……

……一个作家最大的成功，是能在他的作品中显露出"自我"来。菊隐在这卷诗里，曾透出他温柔的情怀中所潜伏的沉毅的生力，……

序上还提到那"缠绵"，"委婉"，"美丽"，"深刻"，以为那种"文体"，是一个特殊的奇迹。在那序上并没有过分誉词，于先生的尺度，是以自己的诗而为准则的。于先生的诗，也就成立于那些各样虚空有诱惑性的字面上。

作者再版自序，则带着小小的惭悔，为自己作品而有所解释，由于生活另一面动摇，对这诗集作者是自己就已经不十分满意了的。那基于一点渺小压迫微小痛苦而作的呻吟，作者是以为不应当的。不过作者所忽略了的大处，在其次一集里，仍然还是没有见到。

在《夜哭》里，作者的情调，维持在两个人作品中间，其一是汪静之②，其一是于赓虞。显示青年为爱而歌的姿态，汪静之作品有相近处，表现青年人在失望中惊讶与悲哀，则于赓虞作品，与焦菊隐作品亦有相似的章法。不过那对一切绝望的极端的颓废，由于君诗中酝酿的阴森空气，焦菊隐是没有达到的。

以《夜哭》那种美丽而不实在的文体，在散文创作小说方面，有所努力，用同一意义,得一个时代的欢迎,而终于沉寂的,是王统照③的创作,同庐隐④女士的创作。创作的散文的标准,因一般作者的努力,所走的路将日与活用的语言接近,离开了空泛的词藻,离开了字面的夸张,那是可能的。但是诗,照目下情形看来,则有取相反姿势走去的现象,李金发,胡也频⑤,使诗接受古文字中的助词与虚字、复词,杨骚⑥诗代表一个混杂的形式,因为这些新诗的产生,存在,所以《夜哭》的作者,对自己那诗歌纵极轻视,然而因那内容,所抓住的却是多数年青人的意识与兴味,这诗集,是将比作者所想到的好影响还能长久,也比我所说到的坏影响还大的。

作者所努力的,是使散文渗入诗的气息,这手段的成就与失败处,已在前面说及了。至于对此后诗作者与散文作者,作者的作品是无影响的,它那为作者所料不到的成就,完全是一般青年的读者,年青人对这诗集的合式,在未来一个时节里,还不会即刻消失,因为那些文字,并不达到艺术的某一高点,却不缺少一个通俗的动人风格,年青的男女,由于自己的选择,是不放过这本诗的。

(本篇原载 1930 年 11 月 30 日《中央日报·文艺周刊》第 5 期。署名沈从文,原题为《论焦菊隐的诗》。)

①章衣萍,现代作家,曾为《语丝》撰稿人,《情书一束》作者。

②汪静之,现代诗人,湖畔诗社发起人之一。

③王统照,现代作家,文学研究会成员。

④庐隐,现代女作家。

⑤胡也频,现代作家,"左联五烈士"之一。

⑥杨骚,现代作家,《铁流》等的译者。

论汪静之的《蕙的风》

五四运动的勃兴,问题核心在"思想解放"一点上。因这运动提出的各样枝节部分,如政治习惯的否认,一切制度的惑疑,男女关系的变革,文学的改造,其努力的地方,是从这些问题上重新估价,重新建设一新的人生观。与因袭政治作对抗的是李大钊①、陈独秀诸人。在文学革命上,则胡适是我们所不能忘记的一个。男女关系重新估价重新决定的努力,除了一些人在论文上作解释论争外,其直接使这问题动摇到一般年青人的心,引起非常的注意,空前的翻腾的,还是文学这东西。

中国雏形的第一期文学,对所谓"过去"这名词,有所反抗,所有的武器,却完全是诗。在诗中,解释到社会问题的各方面,有玄庐,大白,胡适诸人,然而从当时的诗看去,所谓以人道主义作基础,用仍然保留着绅士气习的同情观念,注入到各样名为新诗的作品中去,在文字上,又复无从努力摆脱过去文字外形内含所给的一切暗示,所以那成就,却并不值得特殊的叙述。如玄庐的《农家》,大白的《卖布谣》,刘半农的《学徒苦》,及《卖萝葡人》,胡适的《人力车文》,周作人的《路上所见》,写作的兴味,虽仿佛已经做到了把注意由花月风物,转到实际人生的片段上来,但使诗成为翻腾社会的力,是缺少使人承认的方便的。这类诗还是模仿,不拘束于格律,却固定在绅士阶级的人道主义的怜悯观念上,在这些诗上,我们找寻得出尸骸复活的证据。使诗注入一种反抗意识,虽不是完全没有,如胡适的《乐观》、《威权》、《死者》等作品,然而从其余那些诗人搜索检察,所得的结果,是诗人所挣扎做到的,还只能使诗,成为柔软的讽刺,不能成为其他什么东西。

既然男女关系新的道德的成立,在当时的兴味,并不在普遍社会问题之下,因"生理"的或者说"物质"的原因,当前的事情,男女解放问题竟似乎比一般问题还更容易趋于严重。使问题一面得到无数的同情,也同时使无数的人保持到另一见解,引起极端的纷争,倒不是政治,不是文言与白话,却是"男子当怎样做男子,女人应如何做女人"。这焦点移到文学,便归结到诗上去,是非常自然的事。在诗上,作对于这一方面态度有所说明,或用写"情诗"的勇敢,作微带夸张的自白,为"恋爱自由"有所拥护,在当时引起一般人注意的,是胡适的《生查子》:

前度月来时,仔细思量过。今度月重来,独自临江坐。

风打没遮楼,月照无眠我,从来没见他,梦也如何做?

这是旧诗。一种惆怅,一个叹息,有好的境界,也仍然完成到它那旧的形

式中。另外有《如梦令》也不缺少热情,但其中却缺少所谓"情欲的苦闷",缺少"要求"。又如玄庐的《想》:

> 平时我想你,七日一来复。昨日我想你,一日一来复。
>
> 今朝我想你,一时一来复。今宵我想你,一刻一来复。

一种抑郁,节律拘束到子夜歌一类古诗组织中,它还不是当时所要求的新诗。俞平伯,康白情,两个人的长处也不在这一方面。王统照,徐玉诺,陆志韦,冰心女士,也不能从这方面,有所成就。在这里,或者应当提到这些人生活的另一面,使这些诗人,皆避开这问题了。

表现女子的意识,生活上恋爱的自决,保留着一点反抗、一点顽固,是登载于《新生活》第十七期上,以黄婉为笔名的一首《自觉的女子》:

> 我没见过他,怎么能爱他? 我没有爱他,又怎么能嫁他?

这里所提出的是反抗与否认意识,是情欲的自觉与自尊。没有爱,一切结合是不行的! 然而反抗的是眼泪还是气力? 这诗没有结果。在另外一种情形下,就是说,有了爱,是些什么?周作人有一首《高楼》的诗,一面守着纯散文的规则,一面在那极散文的形式中,表现着一种病的忧爱。那样东方的,静的,素描的,对于恋爱的心情,加以优美的描画,这诗是当时极好的诗。那样因年龄,体质,习惯,使诗铸定成为那种形式,以及形式中寄托的忧郁灵魂,是一般人所能接受,因而感到动摇同情的。在男女恋爱上,有勇敢的对于欲望的自白,同时所要求,所描写,能不受当时道德观念所拘束,几乎近于夸张的一意写作,在某一情形下,还不缺少"情欲"的绘画意味,是在当时比其他诗人年青一点的汪静之。

使他的诗成为那样的诗,"年轻"是有关系的。正如另外一个早年夭去的诗人胡思永君,所留下的《思永遗诗》,有青春的灵魂,青春的光,青春的颜色与声音在内。全是幼稚的不成熟的理知,全是矛盾,全是……然而那诗上所有的,却是一般年青人心上所蕴蓄的东西。青年人对于男女关系,所引起的纠纷,引起纠纷所能找到的恰当解释与说明,一般人没有做到,感到苦闷,无从措手,汪静之却写成了他的《蕙的风》。他不但为同一时代的青年人,写到对于女人由生理方面感到的惊讶神秘,要求冒险的失望的一面,也同时把欢悦的奇迹的一面写出了。

就因为那样缺少如其他作者的理知，以及其他作者所受生活道德的束缚，仅凭一点新生的欲望，带着一点任性的神气，漫无节制的写了若干新诗，《蕙的风》所引出的骚扰，由年青人看来，是较之陈独秀对政治上的论文还大的。在《新青年》上发表他的《狂人日记》的鲁迅先生，用正确的理知，写疯狂的心理，或如在《晨报副刊》发表的《阿Q正传》，以冷静的笔，作毫无慈悲的嘲讽，其引人注意处，在当时不会超越汪静之君的诗歌。鲁迅先生的创作，在同时还没有比冰心女士创作给人以更大兴味，就因为冰心是为读者而创作，鲁迅却疏忽了读者。诗的一方面，引出一个当前的问题，放到肯定那新的见解情形下，写了许多诗歌，那工作，在汪静之君是为自己而写，却同时近于为一般年青人而写作的。年青人的兴味所在是那一面，所能领会是那一类诗歌，汪静之在他那工作上是尽了力，也应当得到那时代的荣宠的。

《蕙的风》出版于十一年八月，较俞平伯《西还》迟至五月，较康白情《草儿》约迟一年，较《尝试集》②同《女神》③则更迟了。但使诗，位置在纯男女关系上，作虔诚的歌颂，这出世较迟的诗集，是因为他的内在的热情，一面摆脱了其他生活体念与感触机会，整个的为少年男女所永远不至于厌烦的好奇心情加以溢美，虽是幼稚仍不失其为纯粹的意义上，得到极大成功的。在这小集上，有关于作者的诗，与其人，其时代，作为说明的诸人的诗序，可以作为参考。

朱自清序他《蕙的风》诗集，用了下面的措词：

静之的诗颇有些像康白情君。他有诗歌的天才；他的诗艺术虽有工拙，但多是性灵的流露。他说自己"是一个小孩子"；他确是二十岁的一个活泼的小孩子。这一句自白很可以帮助我们了解他的人格和作品。小孩子天真烂漫，少经人间底波折，自然只有"无关心"的热情弥漫在他的胸怀里。所以他的诗多是赞颂自然，歌咏恋爱。……我们现在需要最切的，自然是血泪的文学，不是美与爱的文学；是呼吁与诅咒的文学，不是赞颂与咏歌的文学……静之是个孩子，美与爱是他的核心……他似乎不曾经历着那些应该呼吁与诅咒的情景，所以写不出血与泪底作品。……

胡适的序，又说到这些话语：

我读静之的诗，常常有一个感想：我觉得他的诗在解放一方面，比我们做过旧诗的人更澈底得多。当我们在五六年前提倡做新诗时，我们的"新诗"实在还不曾到"解放"两个字，远不能比元人的小曲长套，近不能比金冬心的《自度曲》。我们虽然认清楚了方向，努力朝着"解放"做去，然而当日加入白话诗的尝试的人，大都是对于旧诗词用过一番工夫的人，一时不容易打破旧诗词的镣铐枷锁。故民国六、七、八年的"新诗"，大部分只是一些古乐府式的白话诗，一些"击壤集"式的白话诗，一些词式和曲式的白话诗——都不，能算是真正的新诗。但不久有许多少年的"生力军"起来了。少年的新诗人之中，康白情俞平伯起来最早；他们受的旧诗影响，还不能算很深……但旧诗词的鬼影仍旧时时出现在许多"半路出家"的新诗人的诗歌里。……直到最近一两年内，又有一班少年诗人出来，他们受的旧诗词的影响更薄弱了，故他们的解放也更彻底。静之就是这些少年诗人之中最有希望的一个。他的诗有时未免有些稚气，然而稚气究竟胜于暮气；他的诗有时未免太露，然而太露究竟远胜于晦涩。况且稚气总是充满着一种新鲜风味，往往有我们自命"老气"的人万万想不到的新鲜风味。

为了证明《蕙的风》的独造处，在胡适序上，还引得有作者《月夜》的诗。又引出《怎敢爱伊》以及《非心愿的要求》同《我愿》三诗，解释作者在诗上进步的秩序。

刘延陵则在序上，说到关于歌唱恋爱被指摘的当时情形，有所辩解。且提到这顺应了自然倾向的汪静之君，"太人生的"诗，在艺术方面不能算是十分完善。

作者自序是：

花儿一番地开，喜欢开就开了，那顾得人们有没有鼻子去嗅？鸟儿一曲一曲地唱，喜欢唱就唱了，那顾得人们有没有耳朵去听？彩霞一阵阵地布，喜欢布就布了，哪顾得人们有没有眼睛去看？

婴儿"咿嘻咿嘻"地笑，"咕嗳咕嗳"地哭；我也像这般随意地放情地歌着：这只是一种浪动罢了。我极真诚地把"自我"溶化在我的诗里；我所要发泄的都从心底涌出，从笔尖跳下来之后，我就也安慰了，畅快了。我是为的"不得不"而作诗，我若不写出来，我就闷得发荒慌！

在序里，还说到诗国里把一切作品范围到一个道德的型里，是一种愚鲁无知的行为。这里说的话,与胡序的另一章与刘序,皆在诗的方面上有所辩解,因为在当时,作者的诗是以不道德而著名的。

《蕙的风》成为当时一问题,虽一面是那一集子里所有的.诗歌,如何带着桃色的爱情的炫耀,然而胡适的序是更为人所注意的。在《一步一回头》那首小诗上,曾引起无数刊物的讨论,在胡序过誉为"深入浅出"的《我愿》一诗上,也有否认的议论。

在《放情的唱呵》的题词后,我们可以见到下面的一些诗:

伊底眼是温暖的太阳;

不然,何以伊一望着我,

我受了冻的心就热了呢?

伊的眼是解结的剪刀;

不然,何以伊一瞧着我,

我被镣铐的灵魂就自由了呢?

伊的眼是快乐的钥匙;

不然,何以伊一瞅着我,

我就住在乐园里了呢?

伊的眼变成忧愁的引火线了;

不然,何以伊一盯着我,

我就沉溺在愁海里了呢?

(《伊底眼》——《蕙的风》三一)

我每夜临睡时,跪向挂在帐上的"白莲图"说:白莲姐姐呵!当我梦中和我的爱人欢会时,请你吐些清香薰我俩吧。

(《祷告》——《蕙的风》四七)

又如在别情的诗上,写着"你知道我在接吻你赠我的诗么?知道我把你底诗咬了几句吃到心里了么?"又如"我昨夜梦着和你亲嘴,甜蜜不过的嘴呵!醒来却没有你底嘴了;望你把我梦中那花苞似的嘴寄来吧"。这样带着孩气的任性,作着对于恋爱的孩气的想象,一切与世故异途比拟,一切虚诞的设辞,作者的作品,却似乎比其他同时诸人更近于"赤子之心"的诗人的作品了。使诗回返自然,而诗人却应当在不失赤子之心的天真心情上歌唱,是在当时各个作者的作品中皆有所道及的。王统照，徐玉诺，宗白华④，冰心，全不忘却自己是一个具有"稚弱的灵魂"这样一件事实。使这幼稚的心灵，同情欲意识，联结成一片，汪静之君把他的《蕙的风》写成了。

作者在对自然的颂歌中，也交织着青年人的爱欲幻觉与错觉，这风格，在当时诗人中是并不缺少一致兴味的。俞平伯君的作品，为汪静之诗曾有着极大的暗示。在西湖杂诗中，我们又可发现那格调，为俞平伯康白情所习惯的格调。使小诗，作为说明一个恋爱的新态度，汪静之君诗也有受《尝试集》的影响处。

又如《乐园》作者从爱欲描写中，迎合到自己的性的观念，虽似乎极新，然而却并不能脱去当时风行的雅歌⑤以及由周作人介绍的牧歌⑥的形式。《被残萌芽》则以散文的风格，恣纵的写述，仍然在修辞的完美以及其他意义上，作者所表现的天才，并不超越于其余作品标准之上。作者的对旧诗缺少修养，虽在写作方面，得到了非常的自由。因为年龄，智慧，取法却并不能也摆脱同时的诗的一般作品的影响，这结果，作者的作品，所余下的意义，仅如上面所提及，因年龄关系，使作品建筑在"纯粹幼稚上"，幼稚的心灵，与青年人对于爱欲朦胧的意识，联结成为一片，《蕙的风》的诗歌，如虹彩照耀于一短时期国内文坛，又如流星的光明，即刻消灭于时代兴味旋转的轮下了。

作者在一九二七年所印行的新集，《寂寞的国》，是以异常冷落的情形问世的。生活，年龄，虽使作者的诗的方向有所不同，然而除了新的诗集是失去了《蕙的风》在当时的长处以外，作者是不以年龄的增进，在作品中获同样进步的。另一面，到一九二八年为止，以诗篇在爱情上作一切诠注，所提出的较高标准，热情的光色交错，同时不缺少音乐的和谐，如徐志摩的《翡冷翠的一夜》。想象的恣肆，如胡也频的《也频诗选》。微带女性的忧郁，如冯至的《昨日之歌》。使感觉由西洋诗取法，使情绪仍保留到东方的、静观的、寂寞的意味，如戴望舒的《我的记忆》。肉感的、颓废的，如邵洵美的《花一般罪恶》；在文字技术方面，在形式韵律方面，也大都较之《蕙的风》作者有优长处。新的趋势所及，在另一组合中，有重新使一切文学回复到一个"否认"倾向上去的要求，文学问题可争论的是"自由抒写"与"有所作为"。在前者的旗帜下，站立了古典主义绝端的理知，以及近代的表现主义浪漫的精神，另一旗帜下，却是一群

"相信"或"同意"于使文学成为告白,成为呼号,成为大雷的无产阶级文学与民族文学的提倡者,由于初期的诗的要求,而产生的汪静之君作品,自然是无从接近这纠纷,与时代分离了。

(本篇原载 1930 年 11 月 15 日《文艺月刊》1 卷 4 号。署名沈从文。)

①李大钊,中国共产党创始人之一,"五四"新文化运动的领导者之一。

②《尝试集》,胡适作,最早的白话诗集。

③《女神》诗集,郭沫若著。

④宗白华,现代诗人、美学家,"五四"时为少年中国学会成员,现代"小诗"作者之一。

⑤雅歌,中国古代士大夫饮酒娱乐时歌,"吕之雅诗或用于郊庙三朝之雅乐歌诗"。

⑥牧歌,亦称田园诗,诗歌之一种,起源于古希腊的一种表现牧人生活或农村生活的短抒情诗。

论朱湘的诗

使诗的风度,显着平湖的微波那种小小的皱纹,然而却因这微皱,更见出寂静,是朱湘的诗歌。

能以清明的无邪的眼,观察一切,无渣滓的心,领会一切。大千世界的光色,皆以悦耳的调子,为诗人所接受;各样的音籁,皆以悦耳的调子,为诗人所接受。作者的诗,代表了中国十年来诗歌一个方向,是自然诗人用农民感情从容歌咏而成的从容方向。爱,流血,皆无冲突,皆在那名词下看到和谐同美,因此作者的诗,是以同这一时代要求取分离样子,独自存在的。

徐志摩、邵洵美①两人诗中那种为官能的爱欲而眩目,作出对生存的热情赞颂,朱湘是不曾那么写他的诗的。胡适最先使诗成为口号的形式而存在,郭沫若从而更夸张的使诗在那意义上发展,朱湘也不照到那样子作诗的。处处不忘却一个诗人的人生观的独见,从不疏忽了在"描写"以外的"解释",冰心在她的小诗上,闻一多在他的作品上,全不缺少的气氛,从朱湘的《草莽集》诗中加以检察，也找寻不出。

作者第一个小集名《夏天》，在一九二二年印行时，有下面一点小小序引：

朱湘优游的生活既终，奋斗的生活开始，乃检两年半来所作的诗，选之，可存半数得二十六首，印一小册子，命名《夏天》，取青春已过，入了成人期的意思。我的诗，你们去吧！站得住自然的风雨，你们就存在；站不住，死了也罢。

所谓代表这个诗人第一期的诗歌，在时代的风雨阴晴里，是诚如作者所意识到，成为与同一时代其他若干作品一样，到近来，已渐次为人忘怀了的。俞平伯，朱自清②，与这集子同一时代同一风格的诗歌，皆代表了一个文学新倾向的努力，从作品中，可得到的，只是那为摆脱旧时代诗所有一切外形内含努力的一种形式，那结果，除了对新的散文留下一种新姿态外，对于较后的诗歌却无多大影响的。

使诗的要求，是朴实的描写，单纯的想，天真的唱，为第一期，国新诗所能开拓的土境，这时代朱湘的诗，并无气力完全超越这一个幼稚时代的因习。如《迟耕》：

蓑衣斗篷放在田坎上，

——柳花飞了！

"牛，乖乖的让我安上犁，

你好吃肥肥的稻秸。"

这一类诗歌的成就，正如一般当时的诗歌的成就，只在"天真与纤细"意义上存在的。但如《小河》，却已显出了作者那处置文字从容的手段了。

白云是我的家乡，

松盖是我的房檐，

父母，在地下，我与兄弟

并流入辽远的平原。

我流过宽白的沙滩，

过竹桥有肩锄的农人；

我流过俯岩的面下，

他听我弹幽涧的石琴。

有时我流的很慢，

那时我明镜不殊,

轻舟是桃色的游云,

舟子是披蓑的小鱼;

有时我流的很快,

那时我高兴的低歌,

人听到我走珠的吟声,

人看见我起伏的胸波。

烈日下我不怕燥热,

我头上是柳阴的青帷;

旷野里我不愁寂寞,

我耳边是黄莺的歌吹。

我掀开雾织的白被,

我披起红毂的衣裳,

有时过一息清风,

纱衣玳帘般闪光。

我有时梦里上天,

伴着月姊的寂寥;

伊有水晶般素心,

吸我沸腾的爱潮。

我流过四季,累了,

我的好友们又已凋残,

慈爱的地母怜我,

伊怀里我拥白絮安眠。

然而这诗,与在同一时代同一题材下周作人所写的《小河》,意义却完全不同的。周诗是一首朴素的诗。一条小河的存在,象征一个生活的斗争,由忧郁转到光明,使光明由力的抗议中产生。使诗包含一个反抗的意识,《小河》所以在当时很为人所称道。朱湘的《小河》却完全不同,诗由散文写来,交织着韵的美丽,但为当时习气所拘束,却不免用了若干纤细比拟,"月姊"、"草妹",使这诗无从脱去那第一期新诗的软弱。欲求"亲切",不免"细碎",作者在《草莽集》里,这缺点,是依然还存在的。

但在《夏天》里,如《寄思潜》一长诗,已显出作者的诗是当时所谓有才情的诗,与闻一多之长诗咏李白一篇③,可以代表一个诗的新型。又如《早晨》,那种单纯的素描,也可以说是好诗的。

早晨:

黄金路上的丈长人影。

又如《我的心》:

我的心是一只酒杯,

快乐的美酒稀见于杯中;

那么斟吧,悲哀的苦茗,

有你时终胜于虚空!

则为作者所有作品中表现寂寞表现生活意识的一首诗。这寂寞,这飘上心头留在纸上的人生淡淡的哀戚,在《夏天》集里尚不缺少,在《草莽集》里却不能发现了的。

《草莽集》出版于一九二七年,这集子不幸得很,在当时,使人注意处,尚不及焦菊隐④的《夜哭》同于赓虞的《晨曦之前》。《草莽集》才能代表作者在新诗一方面的成就,于外形的完整与音调的柔和上,达到一个为一般诗人所不及的高点。诗的最高努力,若果是不能完全疏忽了那形式同音节,则朱湘在《草莽集》各诗上,所有的试验,是已经得到了非常成功的。

若说郭沫若某一部分的诗歌,保留的是中国旧诗空泛的夸张与豪放,则朱湘的诗,保留的是"中国旧词韵律节奏的魂灵"。破坏了词的固定组织,却不完全放弃那组织的美,所以《草莽集》中的诗,读及时皆以柔和的调子入耳,无炫奇处,无生涩处。如《葬我》:

葬我在荷花池内,

耳边有水蚓拖声,

在绿荷叶的灯上,

萤火虫时暗时明——

葬我在马缨花下,

永作着芬芳的梦——

葬我在泰山之巅，

风声呜咽过孤松——

不然，就烧我成灰，

投入泛滥的春江，

与落花一同漂去，

无人知道的地方。

那种平静的愿望，诉之于平静的调子中，是在同时作者如徐志摩、闻一多作品中所缺少的。又如《摇篮歌》：

春天的花香真正醉人，

一阵阵温风拂上人身，

你瞧日光它移得多慢，

你听蜜蜂在窗子外哼：

睡呀，宝宝，

蜜蜂飞得真轻。

天上瞧不见一颗星星，

地上瞧不见一盏红灯；

什么声音也都听不到，

只有蚯蚓在天井里吟：

睡呀，宝宝，

蚯蚓都停了声。

一片片白云天空上行，

像是些小船飘过湖心，

一刻儿起，一刻儿又沉，

摇着船舱里安卧的人；

睡呀，宝宝，

你去跟那些云。

不怕它北风树枝上鸣，

放下窗子来关起房门；

不怕它结冰十分寒冷，

炭火烧在那白铜的盆；

睡呀，宝宝，

挨着炭火的温。

使一首诗歌，外形内含那么柔和温暖，却缺少忧郁，作者这诗的成就，是超于一切作品以上，也同时是本集中最完全的。还有《采莲曲》，在同一风格下，于分行，用韵，使节奏清缓，皆非常美丽悦耳。如——

小船呀轻飘，

杨柳呀风里颠摇；

荷叶呀翠盖，

荷花呀人样娇娆。

日落，

微波，

金丝闪动过小河。

左行，

右撑，

莲舟上扬起歌声。

……

溪涧，

采莲，

水珠滑走过荷钱。

拍紧，

拍轻，

桨声应答着歌声。

……

溪中，

采莲，

耳鬓边晕着微红。

风定，

风生，

风飔荡漾着歌声。

花芳，

衣香，

消溶入一片苍茫，

时静，

时闻，

虚空里袅着歌音。

以一个东方民族的感情，对自然所感到的音乐与图画意味，由文字结合，成为一首诗，这文字，也是采取自己一个民族文学中所遗留的文字，用东方的声音，唱东方的歌曲，使诗歌从歌曲意义中显出完美，《采莲曲》在中国新诗的发展上，也是非常有意义的。作者是主张诗可以诵读的人，正如同时代作者闻一多，徐志摩，刘梦苇，饶孟侃⑤一样，在当时，便是预备把《采莲曲》在一个集会中，由作者吟唱，做一个勇敢的试验的。在闻一多的《死水》集里，有可读的诗歌，在徐志摩的《志摩的诗》集里，也有可读的诗歌，但两人的诗是完全与朱湘作品不同的。在音乐方面的成就，在保留到中国诗与词值得保留的纯粹，而加以新的排比，使新诗与旧诗在某一意义上，成为一种"渐变"的联续，而这形式却不失其为新世纪诗歌的典型，朱湘的诗可以说是一本不会使时代遗忘的诗的。

作者所习惯的，是中国韵文所有的辞藻的处置。在诗中，支配文言文所有优美的，具弹性的，具女性的复词，由于朱湘的试验，皆见出死去了的辞藻有一种机会复活于国语文学的诗歌中。这尸骸的复活，是必然的，却仍是由于作者一种较高手段选择而来的。中国新诗作者中，沈尹默，刘复，刘大白⑥，皆对旧诗有最好学力，对新诗又尽过力作新的方向拥护的，然而从《邮吻》作者的各样作品中去看看，却只见到《邮吻》作者摆脱旧辞藻的努力，使新诗以一个无辞藻为外衣的单纯形式而存在，从刘复的《扬鞭集》去看看，这结果也完全相同。这完全弃去死文字的勇敢处，多为由于五四运动对诗要求的一种条件所拘束，朱湘的诗稍稍离开这拘束，承受了词曲的文字，也同时还承受了词曲的风格，写成他的《草莽集》。但那不受五四文学运动的拘束，却因为作者为时稍晚的原因。同样不为那要求所拘束与限制，在南方如郭沫若，便以更雄强的夸张声势而出现了。

在《草莽集》上，如《猫诰》，以一个猫为题材，却作历史的人生的嘲讽，如《月游》，以一个童话的感兴，在那诗上作一种恣纵的描画，如《王娇》；在传奇故事的题材上，用一枝清秀明朗的笔，写成美丽的故事诗，成就全都不坏。其中《王娇》那种写述的方法，那种使诗在弹词与"曲"的大众的风格上发展，采用的也全是那稍古旧的一时代所习惯的文字，这个试验是尤其需要勇敢与才情的。

不过在这本诗上，那些值得提及的成就，却使作者同时便陷到一个失败的情形里去了。作者运用词藻与典故，作者的诗，成为"工稳美丽"的诗，缺少一种由于忧郁、病弱、颓废而形成的犷悍兴奋气息，与时代所要求异途，诗所完成的高点，却只在"形式的完整"，以及"文字的典则"两件事上了。离去焦躁，离去情欲，离去微带夸张的眩目光彩，在创作方面，叶圣陶先生近年来所有的创作，皆在时代的估价下显然很寂寞的，朱湘的诗也以同一意义而寂寞下去了。

作者在生活一方面，所显出的焦躁，是中国诗人中所没有的焦躁，然而由诗歌认识这人，却平静到使人吃惊。把生活欲望、冲突的意识置于作品中，由作品显示一个人的灵魂的苦闷与纠纷，是中国十年来文学其所以为青年热烈欢迎的理由。只要作者所表现的是自己那一面，总可以得到若干青年读者最衷心的接受。创作者中如郁达夫、丁玲，诗人中如徐志摩、郭沫若，是在那自白的减实上成立各样友谊的。在另外一些作者作品中，如继续海派刊物兴味方向而写作的若干作品，即或作品以一个非常平凡非常低级的风格与趣味而问世，也仍然可以不十分冷落的。但《草莽集》中却缺少那种灵魂与官能的烦恼，没有昏瞀，没有粗暴。生活使作者性情乖僻，却并不使诗人在作品上显示纷乱。作者那种安详与细腻，因此使作者的诗，乃在一个带着古典与奢华而成就的地位上存在，去整个的文学兴味离远了。

在各个人家的窗口，各人所见到的天，多是灰色的忧郁的天，在各个年青人的耳朵边，各人所听到的声音，多是辱骂埋怨的声音。在各人的梦境里，你同我梦到的，总不外是……一些长年的内战，一个新世纪的展开，作者官能与灵魂所受的摧残，是并不完全同人异样的！友谊的崩溃，生活的威胁，人生的卑污与机巧，作者在同样灾难中领受了他那应得的一份。然而作者那灾难，却为"勤学"这件事所遮盖，作者并不完全与"人生"生疏，文学的热忱却使他天真了。一切人的梦境的建设，人生态度的决定，多由于物质的环境，诗人的梦，却在那超物质的生活各方面所有的美的组织里。他幻想到一切东方的静的美丽，倾心到那些光色声音上面，如在《草莽集》中《梦》一诗上，那么写着：

> 水样清的月光漏下苍松，
>
> 山寺内舒徐的敲着夜钟，
>
> 梦一般的泉声在远方动。

从自然中沉静中得到一种生的喜悦，要求得是那么同一般要求不同，纯粹一个农民的感情，一个农民的观念，这是非常奇异的。作者在其他诗篇上，也并不完全缺少热情，然而即以用《热情》为题的一诗看来，作者为热情所下诠解，虽夸张却并不疏忽了和谐的美的要求。这热情，也成为东方诗人的热情，缺少"直感"的抒发，而为"反省"的陶醉了。

诗歌的写作，所谓使新诗并不与旧诗分离，只较宽泛的用韵分行，只从商籁体⑦或其他诗式上得到参考，却用纯粹的中国人感情，处置本国旧诗范围中的文字，写成他自己的诗歌，朱湘的诗的特点在此。他那成就，也因此只像是个"修正"旧诗，用一个新时代所有的感情，使中国的诗在他手中成为现在的诗。以同样态度而写作，在中国的现时，并无一个人。

（本篇原载 1931 年 1 月 15 日《文艺月刊》2 卷 1 号。署名沈从文。）

①邵洵美，现代诗人，新月社成员。

②朱自清，现代诗人、散文作家，文学研究会成员。

③闻一多，现代诗人、文史学者。其诗歌开创了格律体的新诗流派。

咏李白一篇指闻一多的《李白之死》。

④焦菊隐，现代诗人、导演艺术家、戏剧理论家和文学翻译家。

⑤饶孟侃，现代诗人，新月社成员。

刘梦苇，现代诗人。

⑥刘复即刘半农，中国现代诗人，"五四"新文化运动积极倡导者。

刘大白，现代诗人，新诗倡导者之一。

⑦商籁体意大利文 Sonetto，英文、法文 Sonnet 的音译，又名十四行诗，是欧洲一种格律严格的抒情诗体，闻一多、孙大雨等较早尝试这种诗体的创作。

论郭沫若

郭沫若。这是一个熟人，仿佛差不多所有年青中学生大学生皆不缺少认识的机会。对于这个人的作品，读得很多，且对于这作者致生特别兴趣，这样在读者也一定有的。

从"五四"以来，十年左右，以那大量的生产，翻译与创作，在创作中诗与戏曲，与散文，与小说，几几乎皆玩一角，而且玩得不坏，这力量的强（从成绩上看），以及那词藻的美，是在我们较后一点的人看来觉得是伟大的。若是我们把每一个在前面走路的人，皆应加以相当的敬仰，这个人我们不能作为例外。

这里有人可以用"空虚"或"空洞"，用作批评郭著一切。把这样字句加在上面，附以解释，就是"缺少内含的力"。这个适宜于作新时代的诗，而不适于作文，因为诗可以华丽表夸张的情绪，小说则注重准确。这个话是某教授的话。这批评是中肯的，在那上面，从作品全部去看，我们将仍然是那样说的。郭沫若可以说是一个诗人，而那情绪，是诗的。这情绪是热的，是动的，是反抗的……但是，创作是失败了。因为在创作一名词上，到这时节，我们还有权利邀求一点另外东西。

诗可以从华丽找到唯美的结论，因为诗的灵魂是词藻。缺少美，不成诗。郭沫若是熟习而且能够运用中国文言的华丽，把诗写好的，他有消化旧有词藻的力量，虽然我们仍然在他诗上找得出旧的点线。但在初期，那故意反抗，那用生活压迫作为反抗基础而起的向上性与破坏性，使我们总不会忘记这是"一个天真的呼喊"。即或也有"血"，也有"泪"，也有自承的"我是××主义者"，还是天真。因为他那时，对社会所认识，是并不能使他向那伟大的一个方向迈步的。创造社的基调是稿件压迫与生活压迫，所以所谓意识这东西，在当时,几个人深切感到的,并不出本身冤屈以外。若是冤屈,那倒好办,稿件有了出路,各人有了哦饭的地方,天才熄灭了。看看创造社①另外几个人,我们可以明白这估计不为过分。

但郭沫若是有与张资平成仿吾②两样的。他虽然在他那初期创作中对生活喊冤,在最近《我的幼年》《反正前后》两书发端里,也仍然还是不缺少一种怀才不遇的牢骚,但他谨慎了。他小心的又小心,在创作里,把自己位置到一个比较强硬一点模型里,虽说这是自叙,其实这是创作。在创作中我们是有允许一种为完成艺术而说出的谎骗的。我们不应当要求那实际的种种,所以在这作品中缺少真实不是一种劣点。我们要问的是他是不是已经用他那笔,在所谓小说一个名词下,为我们描下了几张有价值的时代缩图没有?(在鲁迅先生方面,我们是都相信那中年人,凭了那一副世故而冷静的头脑,把所见到感到的,仿佛毫不为难那么最准确画了一个共通的人脸,这脸不像你也不像我,而你我,在这脸上又各可以寻出一点远宗的神气,一个鼻子,一双眉毛,或者一个动作的。)郭沫若没有这本事。他长处不是这样的。他沉默的努力,永不放弃那英雄主义者的雄强自信,他看准了时代的变,知道这变中怎样可以把自己放在时代前面,他就这样做。他在那不拒绝新的时代一点上,与在较先一时代中称为我们青年人做了许多事情的梁任公先生很有相近的地方。都是"吸收新思潮而伤食"的一个人。可佩服处也就只是这一点。若在创作方面,给了年青人以好的感想,它那同情的线是为"思想"而牵,不是为"艺术"而牵的。在艺术上的估价,郭沫若小说并不比目下许多年青人小说更完全更好。一个随手可拾的小例,是曾经在创造社羽翼下成长的叶灵凤③的创作,就很像有高那大将一筹的作品在。

他不会节制。他的笔奔放到不能节制。这个天生的性格在好的一个意义上说是很容易产生那巨伟的著作。作诗,有不羁的笔,能运用旧的词藻与能消化新的词藻,可以作一首动人的诗。但这个如今却成就了他作诗人,而累及了创作成就。不能节制的结果是废话。废话在诗中或能容许,在创作中户成了一个不可救药的损失。他那长处恰恰与短处两抵,所以看他的小说,在文字上我们得不到什么东西。

废话是热情,而废话很有机会成为琐碎。多废话与观察详细并不是一件事。郭沫若对于观察这两个字，是从不注意到的。他的笔是一直写下来的。画直线的笔，不缺少线条刚劲的美，不缺少力。但他不能把那笔用到恰当一件事上。描画与比譬，夸张失败处与老舍君并不两样。他详细的写，却不正确的写。词藻帮助了他诗的魄力，累及了文章的亲切。

在亲切一点上，我们可以找出一个对比，是在任何时翻呀著呀都只能用那朴讷无华的文体写作的周作人先生，他才是我所说的不在文学上糟蹋才气的人。我们随便看看《我的幼年》上……那描写，那糟蹋文字处，使我们对于作者真感到一种浪费的不吝惜的小小不平。凡是他形容的地方都有那种失败处。凡是对这个不发生坏感的只是一些中学生。一个对于艺术最小限度还承认它是"用有节制的文字表现一个所要表现的目的"的人，对这个挥霍是应当吃惊的。

在短篇的作品上，则并不因篇幅的短，便把那不恰当的描写减去其长。

在国内作者中，文字的挥霍使作品失去完全的，另外是茅盾④。然而茅盾的文章，较之郭沫若还要较好一点的。

这又应当说到创造社了。创造社对于文字的缺乏理解是普遍的一种事。那原因，委之于训练的缺乏，不如委之于趣味的养成。初在日本以上海作根据地而猛烈发展着的创造社组合，是感情的组合，是站在被本阶级遗弃而奋起作着一种复仇雪耻的组合。成仿吾雄纠纠的最地道的湖南人恶骂，以及同样雄纠纠的郭沫若新诗，皆在一种英雄气度下成为一时代注目东西了。按其实际，加以分析，则英雄最不平处，在当时是并不向前的。《新潮》⑤一辈人讲人道主义，翻托尔斯太，做平民阶级苦闷的描写（如汪敬熙陈大悲⑥辈小说皆是。），创造后出，每个人莫不在英雄主义的态度下，以自己生活作题材加以冤屈的喊叫。到现在，我们说创造社所有的功绩，是帮我们提出一个喊叫本身苦闷的新派，是告我们喊叫方法的一位前辈，因喊叫而成就到今日样子，话好像稍稍失了敬意，却并不为夸张过分的。他们缺少理智，不用理智，才能从一点伟大的自信中，为我们中国文学史走了一条新路，而现在，所谓普罗文学⑦，也仍然得感谢这团体的转贩，给一点年青人向前所需要的粮食。在作品上，也因缺少理智，在所损失的正面，是从一二自命普罗作家的作品看来，给了敌对或异己一方面一个绝好揶揄的机缘，从另一面看，是这些人不适于作那伟大运动，缺少比向前更需要认真的一点平凡的顽固的力。

使时代向前，各在方便中尽力，或推之，或挽之，是一时代年青人，以及同情于年青人幸福的一切人的事情。是不嫌人多而以群力推挽的一件艰难事情。在普遍认识下，还有两种切身问题，是"英雄"、"天才"气分之不适宜，与工具之不可缺。革命是需要忠实的同伴而不需要主人上司的。革命文学，使文学如何注入新情绪，攻人旧脑壳，凡是艺术上的手段是不能不讲的。在文学手段上，我们感觉到郭沫若有缺陷在。他那文章适宜于一篇檄文，一个宣言，一通电，一点不适宜于小说。因为我们总会忘记那所谓创作这样东西，又所谓诉之于大众这件事，在中国此时，还是仍然指的是大学生或中学生要的东西而言！对于旧的基础的动摇，我们是不应当忘记年青读书人是那候补的柱石的。在年青人心上，注入那爆发的疯狂的药，这药是无论如何得包在一种甜而习惯于胃口那样东西里，才能送下口去。普罗文学的转入嘲弄，郭沫若也缺少纠正的气力。与其说《反正前后》销数不坏，便可为普罗文学张目，那不如说那个有闲阶级鲁迅为人欢迎，算是投了时代的脾气。有闲的鲁迅是用他的冷静的看与正确的写把握到大众的，在过去，是那样，在未来，也将仍然是那样。一个作者在一篇作品上能不糟蹋文字，同时是为无数读者珍惜头脑的一件事。

郭沫若，把创作当抒情诗写，成就并不坏。在《现代中国小说选》所选那一篇小品上，可以证实这作家的长处。《橄榄》一集，据说应当为郭全集代表，好的，也正是那与诗的方法相近的几篇。适于抒情诗描写而不适于写实派笔调，是这号称左线作家意外事。温柔处，忧郁处，即所以与时代融化为一的地方，郁达夫从这方面得了同情，时代对于郭沫若的同情与友谊，也仍然建筑在这上面。时代一转变，多病的郁达夫，仍因为衰弱孤独倦于应对，被人遗下了，这不合作便被谥为落伍。郭沫若以他政治生活培养到自己精神向前，但是，在茅盾抓着小资产阶级在转变中与时代纠缠成一团的情形，写了他的三部曲，以及另外许多作家，皆在各自所站下的一个地方，写了许多对新希望怀着勇敢的迎接，对旧制度抱着极端厌视与嘲弄作品的今日，郭沫若是只拿出两个回忆的故事给世人的。这书就是《我的幼年》同《反正前后》，想不到郭沫若有这样书印行，多数人以为这是书店方面的聪明印了这书。

《我的幼年》仿佛是不得已而发表，在自由的阔度下，我们不能说一个身在左侧的作者，无发表那类书的权利。因为几乎凡是世界有名作者，到某一个时期在为世人仰慕而自己创作力又似乎缺少时，为那与"方便"绝不是两样理由的原故，总应当有一本这样书籍出世。自然从这书上，我们是可以相信那身在书店为一种职业而说话的批评者的意见，说这个书是可以看出一个时代的。一个职业批评家，他可以在这时说时代而在另一时再说艺术，我们读者是有权利要求那时代的描画，必须容纳到一个好风格里去的。我们还有理由加以选择，承认那用笔最少轮廓最真的是艺术。若是每个读者他知道一点文学什么是精粹的技术，什么是艺术上的赘疣，他对于郭沫若的《我的幼年》，是会感到一点不满的。书卖到那样贵，是市侩的事不与作者相关。不过作者难道不应当负一点小小责任，把文字节略一点么？

《反正前后》是同样在修辞上缺少可称赞的书，前面我曾说过。那不当的插话，那基于牢骚而加上的解释，能使一个有修养的读者中毒，发生反感。

第三十七页，四十二页，还有其他。有些地方，都是读者与一本完全著作相对时不会有的耗费。

全书告我们的，不是一时代应有的在不自觉中生存的愚暗自剖，或微醒张目，却仍然到处见出雄纠纠。这样写来使年青人肃然起敬的机会自然多了，但若把这个当成一个研究本人过去的资料时，使我们有些为难了。从沫若诗与全集中之前一部分加以检察，我们总愿意把作者位置在唯美派颓废派诗人之间，在这上面我们并不缺少敬意。可是《反正前后》暗示我们的是作者要作革命家，所以卢骚的自白那类以心相见的坦白文字，便不高兴动手了。

不平凡的人！那欲望，那奇怪的东西，在一个英雄脑中如何活动！

他是修辞家，文章造句家，每一章一句，并不忘记美与顺适，可是永远记不到把空话除去。若果这因果，诚如《沉沦》作者⑧以及沫若另一时文里所说，那机会那只许在三块钱一千字一个限度内得到报酬的往日习惯，把文章的风格变成那样子，我们就应当原谅了。习惯是不容易改正的，正如上海一方面我们成天有机会在租界上碰头的作家一样，随天气阴晴换衣，随肚中虚实贩卖文学趣味，但文章写出来时，放在××，放在×××，或者甚至于四个字的新刊物上，说的话还是一种口音，那见解趣味，那不高明的照抄，也仍然处处是拙像蠢像。

让我们把郭沫若的名字位置在英雄上，诗人上，煽动者或任何名分上，加以尊敬与同情。小说方面他应当放弃了他那地位，因为那不是他发展天才的处所。一株棕树是不会在寒带地方发育长大的。

（本文原载 1930 年《日出》1 卷 1 期。）

①创造社，"五四"新文学运动中著名文学团体。主要成员有郭沫若、郁达夫、成仿吾等。

②成仿吾，现代作家、文艺理论家。

③叶灵凤，现代作家、画家，曾是创造社成员。

④茅盾，现代作家，文学研究会发起人之一，后为"左联"领导成员。

⑤《新潮》，综合月刊，"五四"新文化运动初期重要刊物之一。

⑥汪敬熙，现代小说家。

　陈大悲，现代剧作家。

⑦普罗文学，普罗为普罗列塔利亚简称。法文 proletariat，英文 Pro-letariat 的音译，原指古罗马社会最低等阶级，后指无产阶级。普罗文学即无产阶级文学。

⑧《沉沦》作者即郁达夫。

论冯文炳

从五四以来，以清淡朴讷文字，原始的单纯，素描的美，支配了一时代一些人的文学趣味，直到现在还有不可动摇的势力，且俨然成一特殊风格的提倡者与拥护者，是周作人①先生。

无论自己的小品，散文诗，介绍评论，通通把文字发展到"单纯的完全"中，彻底的把文字从藻饰空虚上转到实质言语来，那么非常切贴人类的情感，就是翻译日本小品文，及古希腊故事，与其他弱小民族卑微文学，也仍然是用同样调子介绍与中国年青读者晤面。因为文体的美丽，最纯粹的散文，时代虽在向前，将仍然不会容易使世人忘却，而成为历史的一种原型，那是无疑的。

周先生在文体风格独自以外，还有所注意的是他那普遍趣味。在路旁小小池沼负手闲行，对萤火出神，为小孩子哭闹感到生命悦乐与纠纷，那种绅士有闲心情，完全为他人所无从企及。用平静的心，感受一切大千世界的动静，从为平常眼睛所疏忽处看出动静的美，用略见矜持的情感去接近这一切，在中国新兴文学十年来，作者所表现的僧侣模样领会世情的人格，无一个人有与周先生面目相似处。

但在文章方面，冯文炳君作品，所显现的趣味，是周先生的趣味。文体有相近处，原是极平常的事，无可多言。对周先生的嗜好，有所影响，成为冯文炳君的作品成立的原素，近于武断的估计或不至于十分错误的。用同样的眼，同样的心，周先生在一切纤细处生出惊讶的爱，冯文炳君也是在那爱悦情形下，却用自己一支笔，把这境界纤细的画出，成为创作了。

在创作积量上看，冯文炳君是正像吝惜到自己文字，仅只薄薄两本。不过在这两个小集中，所画出作者人格的轮廓，是较之于以多量生产从事于创作，多用恋爱故事的张资平②先生，有同样显明的个性独在的。第一个集子名《竹林故事》，民国十四年十月出版，第二个集子名《桃园》，十七年二月出版。两书皆附有周作人一点介绍文字，也曾说到"趣味一致"那一种话。另外为周作人所提到的那有"神光"的一篇《无题》，同最近在《骆驼草》③上发表的《莫须有先生传》，没有结束，不见印出。

作者的作品，是充满了一切农村寂静的美。差不多每篇都可以看得到一个我们所熟悉的农民，在一个我们所生长的乡村，如我们同样生活过来的活到那地上。不但那农村少女动人清朗的笑声，那聪明的姿态，小小的一条河，一株孤零零的长在菜园一角的葵树，我们可以从作品中接近，就是那略带牛粪气味与略带稻草气味的乡村空气，也是仿佛把书拿来就可以嗅出的。

作者显示的神奇，是静中的动，与平凡的人性的美。用淡淡文字，画一切风物姿态轮廓，有时这手法在早年夭去的罗黑芷④君有相近处。然而从日本文而受暗示的罗君风格，同时把日本文的琐碎也捏着不再放下了，至于冯文炳君，文字方面是又最能在节制中见出可以说是悭吝文字的习气的。

作者生长在湖北黄冈，所采取的背景也仍然是那类小乡村方面。譬如小溪河，破庙，塔，老人，小孩，这些那些，是不会在中国东部的江浙与北部的河北山东出现的。作者地方性的强，且显明的表现在作品人物的语言上。按照自己的习惯，使文字离去一切文法束缚与藻饰，使文字变成言语，作者在另一时

为另一地方人,有过这样吓人的批评:

冯文炳……风格不同处在他的文字文法不通。有时故意把它弄得不完全,好处也就在此。

说这样话的批评家,是很可笑的,因为其中有使人惊讶的简陋。其实一个生长在两湖、四川那一面的人,在冯文炳的作品中(尤其是对话言语),看得出作者对文字技巧是有特殊理解的。作者是"最能用文字记述言语"的一个人,同一时是无可与比肩并行的。

不过实在说来,作者因为作风把文字转到一个嘲弄意味中发展也很有过,如像在最近一个长篇中(《莫须有先生传》——《骆驼草》),把文字发展到不庄重的放肆情形下,是完全失败了的一个创作。在其他短篇也有过这种缺点。如在《桃园》第一篇第一页:

"张太大现在算是'带来'了,——带来云者,……"

八股式的反复,这样文体是作者的小疵,从这不庄重的文体,带来的趣味,使作者所给读者的影像是对于作品上的人物感到刻画缺少严肃的气氛。且暗示到对于作品上人物的嘲弄;这暗示,若不能从所描写的人格显出,却依赖到作者的文体,这成就是失败的成就。同样风格在鲁迅的《阿Q正传》与《孔乙己》上也有过同样情形,诙谐的难于自制,如《孔乙己》中之"多乎哉,不多也", 其成因或为由于文言文以及文言文一时代所留给我们可嘲笑的机会太多,无意识的在这方面无从节制了。但作者在《莫须有先生传》上,则更充分运用了这"长"处,这样一来,作者把文体带到一个不值得提倡的方向上去,是"有意为之"了。趣味的恶化(或者这只是我个人的见解),作者方向的转变,或者与作者在北平的长时间生活不无关系。在现时,从北平所谓"比方文坛盟主"周作人、俞平伯等等散文揉杂文言文在文章中,努力使之在此等作品中趣味化,且从而非意识的或意识的感到写作的喜悦,这"趣味的相同",使冯文炳君以废名笔名发表了他的新作,在我觉得是可惜的。这趣味将使中国散文发展到较新情形中,却离了"朴素的美"越远,而同时所谓地方性,因此一来亦已完全失去,代替这作者过去优美文体显示一新型的只是畸形的姿态一事了。

创作原是自己的事,在一切形式上要求自由,在作者方面是应当缺少拘束的。但一个好的风格,使我们倾心神往机会较多,所以对于作者那崭新倾向,有些地方使人难于同意,是否适宜于作者创作,还可考虑。

如果我们读许钦文③小说,所得的印象,是人物素描轮廓的鲜明,而欠缺却是在故事胚胎以外缺少一种补充——或者说一种近于废话而又是不可少的说明——那么冯文炳君是注意到这补充,且在这事上已尽过了力,虽因为吝惜文字,时时感到简单,也仍然见出作品的珠玉完全的。

另一作者鲁彦⑥,取材从农村卑微人物平凡生活里,有与冯文炳作品相同处,但因为感慨的气氛包围及作者甚深,生活的动摇影响及于作品的倾向,使鲁彦君的作风接近鲁迅,而另有成就,变成无慈悲的讽刺与愤怒,面目全异了。

《上元灯》的作者施蛰存⑦君,在那本值得一读的小集中,属于农村几篇作品,一支清丽温柔的笔,描写及一切其接触人物姿态声音,也与冯文炳君作品有相似处,唯使文字奢侈,致从作品中失去了亲切气味,而多幻想成分,具抒情诗美的交织,无牧歌动人的原始的单纯,是施蛰存君长处,而与冯文炳君各有所成就的一点。

把作者与现代中国作者风格并列,如一般所承认,最相称的一位,是本论作者自己。一则因为对农村观察相同,一则因背景地方风俗习惯也相同,然从同一方向中,用同一单纯的文体,素描风景画一样把文章写成,除去文体在另一时如人所说及"同是不讲文法的作者"外,结果是仍然在作品上显出分歧的。如把作品的一部并列,略举如下的篇章作例:

《桃园》(单行本)《竹林故事》《火神庙和尚》《河上柳》(单篇)

《雨后》(单行本)《夫妇》《会明》《龙朱》《我的教育》(单篇)

则冯文炳君所显示的是最小一片的完全,部分的细微雕刻,给农村写照,其基础,其作品显出的人格,是在各样题目下皆建筑到"平静"上面的。有一点忧郁,一点向知与未知的欲望,有对宇宙光色的眩目,有爱,有憎,——但日光下或黑夜,这些灵魂,仍然不会骚动,一切与自然谐和,非常宁静,缺少冲突。作者是诗人(诚如周作人所说),在作者笔下,一切皆由最纯粹农村散文诗形式下出现,作者文章所表现的性格,与作者所表现的人物性格,皆柔和具母性,作者特点在此。《雨后》作者倾向不同。同样去努力为仿佛我们世界以外那一个被人疏忽遗忘的世界,加以详细的注解,使人有对于那另一世界憧憬以外的认识,冯文炳君只按照自己的兴味做了一部分所欢喜的事。使社会的每一面,每一棱,皆有一机会在作者笔下写出,是《雨后》作者的兴味与成就。用矜慎的笔,作深人的解剖,具强烈的爱憎,有悲悯的情感,表现出农村及其他去我们都市生活较远的人物姿态与言语,粗糙的灵魂,单纯的情欲,以及在一切由生产关系下形成的苦乐,《雨后》作者在表现一方面言,似较冯文炳君为宽而且优。创作基础成于生活各面的认识,冯文炳君在这一点上,似乎永远与《雨后》作者异途了。在北平地方消磨了长年的教书的安定生活,有限制作者拘束于自己所习惯爱好的形式,故为周作人所称道的《无题》中所记琴子故事,风度的美,较之时间略早的一些创作,实在已就显出了不康健的病的纤细的美。至《莫须有先生传》,则情趣朦胧,呈露灰色,一种对作品人格烘托渲染的方法,讽刺与诙谐的文字奢侈僻异化,缺少凝目正视严肃的选择,有作者衰老厌世意识。此种作品,除却供个人写作的怪悦,以及二三同好者病的嗜好,在这工作意义上,不过是一种糟蹋了作者精力的工作罢了。

时代的演变,国内混战的继续,维持在旧有生产关系下而存在的使人憧憬的世界,皆在为新的日子所消灭。农村所保持的和平静穆,在天灾人祸贫穷变乱中,慢慢的也全毁去了。使文学,在一个新的希望上努力,向健康发展,在不可知的完全中,各人创作,皆应成为未来光明的颂歌之一页,这是新兴文学所提出的一点主张。在这主张上,因为作者有成为某一种说明者的独占趋势,而且在独占情形中,初期的幼稚作品,得到了不相称的批评者最大的估价,这样一来,文学的趣味自由主义,取反跃姿势,从另一特别方向而极端走去,在散文中有周作人、俞平伯⑧等的写作,在诗歌中有戴望舒与于赓虞⑨,在批评上,则有梁实秋⑩对于曾孟朴⑪之《鲁男子》曾有所称誉。又长虹⑫君的作品,据闻也有查土元君在日文刊物上赞美的意见了。……一切一切,从初期文学革命的主张上,脱去了束缚,从写实主义幼稚的摒弃,到浪漫主义夸张的复活,又不仅是趣味的自由主义者所有的行为。在文学大众化的鼓吹者一方面,如《拓荒者》殷夫⑬君的诗歌,是也采取了象征派的手法写他对于新的世界憧憬的。蒋光慈⑭的创作,就极富于浪漫小说一切夸张的素质,与文字词藻的修饰。这回运动,恰与欧洲讲新形式主义相应和,始终是浪漫主义文学同意者的郭沫若⑮,及其他诸人,若果不为过去主张所限制,这新形式的提倡者,还恐怕是在他们手上要热闹起来,如过去其他趣味的提倡一样兴奋的。在这地方,冯文炳君过去的一些作品,以及作品中所写及的一切,算起来,一定将比鲁迅先生所有一部分作品,更要成为不应当忘去而已经忘去的中国典型生活的作品,这种事实在是当然的。

在冯文炳君作风上,具同意趋向,曾有所写作,年青作者中,有王坟,李同愈,李明桢,李连萃四君。唯王坟有一集子,在真美善书店印行,其他三人,虽未甚知名,将来成就,似较前者为优。

七月二十一日

（本文原载刊物不详。）

①周作人,中国现代作家,"五四"新文化运动代表人物之一。

②张资平,现代小说家,早期创造社成员。

③《骆驼草》,周刊,1930 年 5 月在北京创刊,主要撰稿人有周作人、冯文炳等。

④罗黑芷,现代小说家,文学研究会成员。

⑤许钦文,中国现代作家,早期"乡土文学"作者。

⑥鲁彦,王鲁彦的笔名之一。中国现代作家、翻译家。

⑦施蛰存,中国现代作家,三十年代曾主编《现代》杂志。

⑧俞平伯,中国现代作家、古典文学研究家,早期为文学研究会、语丝社成员。

⑨戴望舒,中国现代诗人,三十年代曾为《现代》杂志主要撰稿人。

　于赓虞,中国现代诗人。

⑩梁实秋,中国现代作家,新月社重要成员。

⑪曾孟朴即曾朴,近代小说家,《孽海花》的作者。

⑫长虹即高长虹。狂飙社主要成员,当时是一个思想上带有虚无主义、无政府主义色彩的青年作家。

⑬《拓荒者》,文学月刊,蒋光赤主编,第三期起成为"左联"刊物之一。
殷夫现代诗人,"太阳社"成员,后加入"左联"。

⑭蒋光慈,现代诗人,太阳社发起人,"革命文学"最早的倡导者之一。

⑮郭沫若,现代诗人、剧作家、历史学家、社会活动家。

论落华生

《缀网劳蛛》,《空山灵雨》,《无法投递之邮件》，上述各作品作者落华生，是现在所想说到的一个。这里说及作品风格，是近于抽象而缺少具体引证的，是印象的复述。

在中国，以异教特殊民族生活作为创作基本，以佛经中邃智明辨笔墨，显示散文的美与光，色香中不缺少诗，落华生为最本质的使散文发展到一个和谐的境界的作者之一（另外的周作人，徐志摩，冯文炳诸人当另论）。这调和，所指的是把基督教的爱欲，佛教的明慧，近代文明与古旧情绪揉合在一处，毫不牵强的融成一片。作者的风格是由此显示特异而存在的。

最散文底诗质底是这人文章。

佛的聪明，基督的普遍的爱，透达人情，而于世情不作顽固之拥护与排斥，以佛经阐明爱欲所引起人类心上的一切纠纷，然而在文字中，处处不缺少女人的爱娇姿势，在中国，不能不说这是唯一的散文作家了！

作者用南方国度，如缅甸等处作为背景，所写成的各样文章，把僧侣家庭，异方风物，介绍得那么亲切，作品中，咖啡与孔雀，佛法同爱情，仿佛无关系的一切联系在一处，使我们感到一利：异国情调。读《命命鸟》，读《空山灵雨》，那一类文章，总觉得这是另外一个国度的人，学着另外一个国度里的故事（虽然在文字上那种异国情调的夸张性却完全没有），他用的是中国的乐器，是我们最相熟的乐器，奏出了异国的调子，就是那调子，那声音，那永远是东方的，静的，微带厌世倾向的，柔软忧郁的调子，使我们读到它时，不知不觉发生悲哀了。

对人生所下诠解，那东方的，静的，柔软忧郁的特质，反映在作者一切作品上，在作者作品以外是可以得到最相当的说明的。作者似乎为台湾人，长于福建，后受基督教之高等教育，肄业北京之燕京大学。再后过牛津，学宗教考古学,识梵文及其他文字。作者环境与教育更雄辩的也更朗然的解释了作者作品的自然倾向了。生于僧侣的国度,育于神学宗教学熏染中,始终用东方的头脑,接受一切用诗本质为基础的各种思想学问,这人散文在另一意义上,则将永远成为奢侈的,贵族的,情绪的滋补药品,不会像另一散文长才冯文炳君那么把文字融解到农村生活的骨里髓里去,也是很自然的事情了。

在"奢侈的,贵族的,情绪滋补"的一句话上,有必须那样加以补充的,是作者在作品里那种静观的反照的明澈。关于这点,并非在同一机会下的有教养的头脑,是不会感到那种古典的美的存在的。在这意义上,冯文炳君因为所理解的关于文字效率和运用,与作者不同,是接近"大众"或者接近"时代"许多了。

《缀网劳蛛》一文上,述一基督教徒的女人,用佛家的慈悲救拯了一个逾墙跌伤的贼。第二天,其夫回来时,无理性的将女人刺伤,女人转到另一热带地方去作小事情,看采珠,从那事上找出东方式的反省。有一天,朋友吕姓夫妇寻来,告及一切,到后女人被丈夫欢迎回去。女人回去以后,丈夫因心中有所不安,仍然是那种东方民族性的反省不安,故走去就不回来了。全篇意思在人类纠纷,有情的人在这类纠纷上发现缺陷,各处的弥补,后来作者忍受不来,加以追究的疑问了。缺处的发现,以及对于缺处的处置,作者是更东方的把事情加以自己意见了的。

《命命鸟》上敏明的梦,《空山灵雨》上的梦,作者还是在继续追究意识下,对人生的万象感到扰乱的认识兴味。那认识是兴味也是苦恼,所以《命命鸟》取喜剧形式作悲剧收场。

用最工整细致的笔,按着纸,在纸上画出小小的螺纹,在螺纹上我们可以看出有聪明人对人生的注意那种意义,可以比拟作者"情绪古典的"工作的成就。语言的伶俐,形式上,或以为这规范,是有一小部分出之于《红楼梦》中贾哥哥同林妹妹的体裁的。

《空山灵雨》的《鬼赞》中,有这样的鬼话:

人哪,你在当生、来生的时候,有泪就尽量的流,有声就尽量的唱,有苦就尝,有情就施,有欲就取,有事就……等到你疲劳,等到你歇息的时候,你就有福了。

那么积极的对于"生的任性"；加以赞美，而同时把福气归到灭亡，作者心情与时代是显然起了分解，现在再不能在文学上有所表现，渐被世人忘却，也是当然的事了。

作者的容易被世人忘却，虽为当然的事，然而有不能被人忘却的理由，为上所述及那特质的优长，我们可以这样结束了讨论这个人的一切，仍然采取了作者的句子：

"你底暮气满面，当然会把这歌忘掉。"

"暮"字似乎应当酌改，因为时代的旋转，是那朝气，使作者的作品陷到遗忘的陷阱里去的。

（本篇原载 1930 年 11 月《读书》月刊 1 卷 1 期。署名沈从文。）

鲁迅的战斗

在批评上，把鲁迅称为"战士"，这样名称虽仿佛来源出自一二"自家人"，从年青人同情方面得到了附和，而又从敌对方面得到了近于揶揄的承认；然而这个人，有些地方是不愧把这称呼双手接受的。对统治者的不妥协态度，对绅士的泼辣态度，以及对社会的冷而无情的讥嘲态度，处处莫不显示这个人的大胆无畏精神。虽然这大无畏精神，若能详细加以解剖，那发动正似乎也仍然只是中国人的"任性"；而属于"名士"一流的任性，病的颓废的任性，可尊敬处并不比可嘲弄处为多。并且从另一方面去检察，也足证明那软弱不结实；因为那战斗是辱骂，是毫无危险的袭击，是很方便的法术。这里在战斗一个名词上，我们是只看得鲁迅比其他作家诚实率真一点的。另外是看得他的聪明，善于用笔作战，把自己位置在有阴影处。不过他的战斗还告了我们一件事情，就是他那不大从小利害打算的可爱处。从老辣文章上，我们又可以寻得到这个人的天真心情。懂世故而不学世故，不否认自己世故，却事事同世故异途，是这个人比其他作家名流不同的地方。这脾气的形成，有两面，一是年龄，一是生长的地方；我以为第一个理由较可解释得正确。

鲁迅是战斗过来的，在那五年来的过去。眼前仿佛沉默了，也并不完全消沉。在将来，某一个日子，某一时，我们当相信还能见到这个战士，重新的披坚持锐（在行为上他总仍然不能不把自己发风动气的样子给人取笑），向一切挑衅，挥斧扬戈吧。这样事，是什么时候呢？是谁也不明白的。这里所需要的自然是他对于人生的新的决定一件事了。

可是，在过去，在这个人任性行为的过去，本人所得的意义是些什么呢？是成功的欢喜，还是败北的消沉呢？

用脚踹下了他的敌人到泥里去以后，这有了点年纪的人，是不是真如故事所说"掀髯喝喝大笑"？从各方面看，是这个因寂寞而说话的人，正如因寂寞而唱歌一样，到台上去，把一阕一阕所要唱的歌唱过，听到拍手，同时也听到一点反对声音，但歌声一息，年青人皆离了座位，这个人，新的寂寞或原有的寂寞，仍然粘上心来了。为寂寞，或者在方便中说，为不平，为脾气的固有，要战斗，不惜牺牲一切，作恶詈指摘工作，从一些小罅小隙方便处，施小而有效的针蜇，这人是可以说奏了凯而回营的。原有的趣味不投的一切敌人，是好像完全在自己一枝笔下扫尽了，许多年青人皆成为俘虏感觉到战士的可钦佩了。这战士，在疲倦苏息中，用一双战胜敌人的眼与出奇制胜的心，睨视天的一方作一种忖度，忽然感到另外一个威严向他压迫，一团黑色的东西，一种不可抗的势力，向他挑衅；这敌人，就是衰老同死亡，像一只荒漠中，以麋鹿作食料的巨鹰，盘旋到这略有了点年纪的人心头上，鲁迅吓怕了，软弱了。

从《坟》《热风》《华盖》各集到《野草》，可以搜索得出这个战士先是怎样与世作战，而到后又如何在衰老的自觉情形中战栗与沉默。他如一般有思想的人一样，从那一个黑暗而感到黑暗的严肃；也如一般有思想的人一样，把希望付之于年青人，而以感慨度着剩余的每一个日子了。那里有无可奈何的，可悯恻的，柔软如女孩子的心情，这心情是忧郁的女性的。青春的绝望，现世的梦的破灭，时代的动摇，以及其他纠纷，他无有不看到感到；他写了《野草》。《野草》有人说是诗，是散文，那是并无多大关系的。《野草》比其他杂感稍稍不同，可不是完全任性的东西。在《野草》上，我们的读者，是应当因为明白那些思想的蛇缭绕到作者的脑中，怎样的苦了这《战士》，把他的械缴去，被幽囚起来，而锢蔽中聊以自娱的光明的希望，是如何可怜的付之于年青时代那一面的。懂到《野草》上所缠缚的一个图与生存作战而终于用手遮掩了双眼的中年人心情，我们在另外一些过去一时代的人物，在生存中多悲愤，任性自弃，或故图违反人类生活里所有道德的秩序，容易得到一种理解的机会。从生存的对方，衰老与死亡，看到敌人所持的兵刃，以及所掘的深阱，因而更坚持着这生，顽固而谋作一种争斗，或在否定里谋解决，如释迦牟尼①，这自然是一个伟大而可敬佩的苦战。同样看到了一切，或一片，因为民族性与过去我们哲人一类留下的不健康的生活观念所影响，在找寻结论的困难中，跌到了酒色声歌各样享乐世道里，消磨这生的残余，如中国各样古往今来的诗人文人，这也仍然是一种持着生存向前而不能，始反回毁灭那一条路的勇壮的企图。两种人皆是感着为时代所带走，由旧时代所培养而来的情绪不适宜于新的天地，在积极消极行为中向黑暗反抗，而那动机与其说是可敬可笑，倒不如一例给这些人以同样怜悯为恰当的。因为这些哲人或名士，那争斗的情形，仍然全是先屈服到那一个深阱的黑暗里，到后是恰如其所料，跌到里面去了。

同死亡衰老作直接斗争的，在过去是道教的神仙，在近世是自然科学家。因为把基础立在一个与诗歌同样美幻的唯心的抽象上面努力，作神仙的是完全失败了。科学的发明，虽据说有了可惊的成绩，但用科学代替那不意的神迹，反自然的实现，为时仍似乎尚早。在中国的知识阶级的一型中，所谓知识阶级不缺少绅士教养的中年人，对过去的神仙的梦既不能作，新的信赖复极缺少，在生存的肯定上起了疑惑，而又缺少堕入放荡行为的方便，终于彷徨无措，仍然如年纪方在二十数目上的年青人的烦恼，任性使气，睚眦之怨必报，多疑而无力向前，鲁迅是我们所知道见到的一个。

终于彷徨了自己的脚步，在数年来作着那个林语堂②教授所说的装死时代的鲁迅先生，在那沉默里（说是"装死"原是侮辱了，这个人的一句最不得体的话），我们是可以希望到有一天见到他那新的肯定后，跃马上场的百倍精神情形的。可是这事是鲁迅先生能够做到的，还是高兴去做的没有？虽然在左翼作家联盟添上了一个名字。这里是缺少智慧作像林教授那种答案的言语的。

在这个人过去的战斗意义上，有些人，是为了他那手段感到尊敬，为那方向却不少小小失望的。但他在这上面有了一种解释，作过一种辩护过。那辩护好像他说过所说的事全是非说不可。"是意气,把'意气'这样东西除去,把'趣味'这样东西除去,把因偏见而孕育的憎恶除去,鲁迅就不能写一篇文章了。"上面的话是我曾听到过一个有思想而对于鲁迅先生认识的年青人某君说过。那年青人说的话,是承认批评这字样,就完全建筑在意气与趣味两种理由上而成立的东西。但因为趣味同意气,即兴的与任性的两样原因,他以为鲁迅杂感与创作对世界所下的那批评,自己过后或许也有感到无聊的一时了。我对于这个估计十分同意。他那两年来的沉默,据说是有所感慨而沉默的。前后全是感慨!不作另外杂感文章,原来是时代使他哑了口。他对一些不可知的年青人,付给一切光明的希望,但对现在所谓左翼作者,他是在放下笔以后用口还仍然在作一种不饶人的极其缺少尊敬的批评的,这些事就说明了那意气粘膏一般还贴在心上。个人主义的一点强项处,是这人使我们有机会触着他那最人性的一面,而感觉到那孩子气的爱娇的地方。在这里,我们似乎不适宜于用一个批评家口吻,说"那样好这样坏"拣选精肥的言语了,在研究这人的作品一事上,我们不得不把效率同价值暂时抛开的。

现在的鲁迅,在翻译与介绍上,给我们年青人尽的力,是他那排除意气而与时代的虚伪作战所取的一个最新的而最漂亮的手段。这里自然有比过去更大的贡献的意义存在。不过为了那在任何时皆可从那中年人言行上找到的"任性"的气氛,那气氛,将使他仍然会在某样方便中,否认他自己的工作,用俨然不足与共存亡的最中国型的态度,不惜自污那样说是"自己仍然只是趣味的原故作这些事",用作对付那类掮着文学招牌到处招摇兜揽的人物,这是一定事实吧。这态度,我曾说过这是"最中国型"的态度的。

鲁迅先生不要正义与名分,是为什么原因?

现在所谓好的名分,似乎全为那些伶精方便汉子攫到手中了,许多人是完全依赖这名分而活下的,鲁迅先生放弃这正义了。作家们在自己刊物上自己作伪的事情,那样聪明的求名,敏捷的自炫,真是令人非常的佩服,鲁迅明白这个所以他对于那纸上恭敬,也看到背面的阴谋。"战士"的绰号,在那中年人的耳朵里,所振动的恐怕不过只是那不端方的嘲谑。这些他那杂感里,那对于名分的逃遁,很容易给人发笑的神气,是一再可以发现到的。那不好意思在某种名分下生活的情形,恰恰与另一种人太好意思自觉神圣的,据说是最前进的文学思想掮客的大作家们作一巧妙的对照。在这对照上，我们看得出鲁迅的"诚实"，而另外一种的适宜生存于新的时代。

世界上，蠢东西仿佛总是多数的多数，在好名分里，在多数解释的一个态度下，在叫卖情形中，我们是从掮着圣雅各③名义活得很舒泰的基督徒那一方面，可以憬然觉悟作着那种异途同归的事业的人是应用了怎样狡猾诡诈的方法而又如何得到了"多数"的。鲁迅并不得到多数，也不大注意去怎样获得，这一点是他可爱的地方，是中国型的作人的美处。这典型的姿态，到鲁迅，或者是最后的一位了。因为在新的生产关系下长成的年青人，如郭沫若如……在生存态度下，是种下了深的顽固的，争斗的力之种子，贪得，进取，不量力的争夺，空的虚声的"呐喊"，不知遮掩的战斗，造谣，说谎，种种在昔时为"无赖"而在今日为"长德"的各样行为，使"世故"与年青人无缘，鲁迅先生的战略，或者是不会再见于中国了！

（本篇原发刊物不详。）

①释迦牟尼，佛教创始人，释迦牟尼意为释迦族的圣人。

②林语堂，现代作家、学者。《语丝》长期撰稿人，三十年代"闲适幽默"小品文的倡导者。

③圣雅各，一译雅各伯，《圣经》中人物。

论穆时英

一切作品皆应植根在"人事"上面。一切伟大作品皆必然贴近血肉人生。作品安排重在"与人相近"，运用文字重在"尽其德性"。一个能处置故事于人性谐调上且能尽文字德性的作者，作品容易具普遍性与永久性，那是很明显的。略举一例：鲁迅、冰心、叶绍钧、废名，一部分作品即可作证。能尽文字德性的作者，必懂文字，理会文字；因之不过分吝啬文字，也不过分挥霍文字。"用得其当"，实为作者所共守的金言。吾人对于这种知识，别名"技巧"。技巧必有所附丽，方成艺术；偏重技巧，难免空洞。技巧逾量，自然转入邪僻：骈体与八股文，近于空洞文字。废名后期作品，穆时英大部分作品，近于邪僻文字。虽一则属隐士风，极端吝啬文字，邻于玄虚；一则属都市趣味，无节制的浪费文字。两相比较，大有差别，若言邪僻，则二而一。前一作者得失当另论。后者所长在创新句，新腔，新境，短处在做作，时时见出装模作样的做作。作品于人生隔一层。在凑巧中间或能发现一个短篇速写，味道很新，很美，多数作品却如博览会的临时牌楼，照相馆的布幕，冥器店的纸扎人马车船。一眼望去，也许觉得这些东西比真的还热闹，还华美，但过细检察一下，便知道原来全是假的，东西完全不结实，不牢靠。铺叙越广字数越多的作品，也更容易见出它的空洞，它的浮薄。

读过穆时英先生的近作，"假艺术"是什么？从那作品上便发生"仿佛如此"的感觉。作者是聪明人，虽组织故事综合故事的能力，不甚高明，唯平面描绘有本领，文字排比从《圣经》取法，轻柔而富于弹性，在一枝一节上，是懂得艺术中所谓技巧的。作者不只努力制造文字，还想制造人事，因此作品近于传奇（作品以都市男女为主题，可说是海上传奇）；作者适宜于写画报上作品，写装饰杂志作品，写妇女电影游戏刊物作品。"都市"成就了作者，同时也就限制了作者。企图作者那枝笔去接触这个大千世界，掠取光与色，刻画骨与肉，已无希望可言。

作者最近在良友公司出版一本短篇小说，名《圣处女的感情》，这些作品若登载上述各刊物里，前有明星照片，后有"恋爱秘密"译文，中有插图，可说是目前那些刊物中标准优秀作品。可惜一印成书，缺少那个环境，读者便无福分享受作者所创造的空气了。

《圣处女的感情》包含九个创作小说，或写教堂贞女（如《圣处女的感情》），或写国际间谍（如《某夫人》），或写舞女，或写超人，或写书生经营商业（如《烟》），或写文士命运，或写少女多角恋爱，这个不成，那个不妥，或写女匪如何与警卒大战，机关枪乱打一气，到后方一同被捉。《圣处女的感情》写得还好（似有人讨论过这文章来源发生问题）。《某夫人》如侦探小说，变动快，文字分量分配剪裁皆极得法。《贫士日记》则杂凑而成，要不得。《五月》特具穆时英风，铺排不俗。还有一篇《红色女猎神》，前半与其本人其他作品相差不多，男女凑巧相遇，各自说出一点漂亮话，到后却乱打一场，直从电影故事取材，场面好像惊人,情形却十分可笑。

作者所涉笔的人事虽极广,作者对"人生"所具有的知识极窄。对于所谓都市男女的爱憎,了解得也并不怎么深。对于恋爱,在各种形式下的恋爱,无理解力,无描写力。作者所长,是能使用那么一套轻飘飘的浮而不实文字任性涂抹。在《五月》一文某节里,作者那么写着:

"他是鸟里的鸽子,兽里的兔子,家具里的矮坐凳,食物里的嫩烩鸡,……"

这是作者所描写的另一个男子,同时也就正可移来转赞作者。作者是先把自己作品当作玩物,当作小吃,然后给人那么一种不端庄、不严肃的印象的。

统观作者前后作品,便可知作者的笔实停滞在原有地位上,几年来并不稍稍进步。因年来电影杂志同画报成为作者作品的尾闾①,作者的作品,自然还有向主顾定货出货的趋势。照这样下去,作者的将来发展,宜于善用所长,从事电影工作,若机缘不坏,可希望成一极有成就的导演。至于文学方面,若文学永远同电影相差一间,作者即或再努力下去,也似乎不会产生何种惊人好成绩了。

(本篇原载 1935 年 9 月 9 日天津《大公报·文艺》第 6 期。署名沈从文。)

①尾闾,古传说中海水所归之处。

从徐志摩作品学习"抒情"

在写作上想到下笔的便利,是以"我"为主,就官能感觉和印象温习来写随笔。或向内写心,或向外写物,或内外兼写,由心及物,由物及心混成一片。方法上富于变化,包含多,体裁上更不拘文格文式,可以取例作参考的,现代作家中,徐志摩作品似乎最相宜。

譬如写风景,在《我所知道的康桥》,说到康桥①天然的景色,说到康河,实在妩媚美丽得很。他要你凝神的看,要你听,要你感觉到这特殊风光:

康桥的灵性全在一条河上;康河,我敢说,是全世界最秀丽的一条河水。……河身多的是曲折,上游是有名的拜伦潭②……当年拜伦②常在那里玩的。有一个老村子叫格兰骞斯德,有一个果子园,你可以躺在累累的桃李树荫下吃茶,花果会掉入你的茶杯,小雀子会到你桌上来啄食,那真是别有一番天地。这是上游。下游是从骞斯德顿下去,河面展开,那是春夏间竞舟的场所。上下河分界处有一个坝筑,水流急得很,在星光下听水声,听近村晚钟声,听河畔倦牛刍草声,是我康桥经验中最神秘的一种:大自然的优美、宁静,调谐在这星光与波光的默契中,不期然的淹入了你的性灵。

……

这河身的两岸都是四季常青最葱翠的草坪。从校友居的楼上望去,对岸草场上,不论早晚,永远有十数匹黄牛与白马,胫蹄没在恣蔓的草丛中,从容的在咬嚼,星星的黄花在风中动荡,应和着它们尾鬃的扫拂。桥的两端有斜倚的垂柳与掬荫护住。水是澈底的清澄,深不足四尺,匀匀的长着长条的水草。这岸边的草坪又是我的爱宠,在清朝,在傍晚,我常去这天然的织锦上坐地,有时读书,有时看水,有时仰卧着看天空的行云,有时反仆着搂抱大地的温软。

但河上的风流还不止两岸的秀丽,你得买船去玩。

你站在桥上去看人家撑,那多不费劲,多美!尤其在礼拜天有几个专家的女郎,穿一身缟素衣服,裙裾在风前悠悠的飘着,戴一顶宽边的薄纱帽,帽影在水草间颤动。你看她们出桥洞时的姿态,捻起一根竟像没分量的长竿,只轻轻的,不经心的往波心里一点,身子微微的一蹲,这船身便波的转出了桥影,翠条鱼似的向前滑了去。她们那敏捷,那闲暇,那轻盈,真是值得歌咏的。

在初夏阳光渐暖时,你去买一只小船,划去桥边荫下,躺着念你的书或是做你的梦,槐花香在水面上飘浮,鱼群的唼喋声在你的耳边挑逗。或是在初秋的黄昏,迎着新月的寒光,望上流僻静处远去。爱热闹的少年们携着他们的女友,在船沿上支着双双的东洋彩纸灯,带着话匣子,船心里用软垫铺着,也开向无人迹处去享受他们的野福——谁不爱听那水底翻的音乐在静定的河上描写梦意与春光!

静极了,这朝来水溶溶的大道,只远处牛奶车的铃声,点缀这周遭的沉默。顺着这大道走去，去到尽头，再转入林子里的小径，往烟雾浓密处走去，头顶是交枝的榆荫，透露着漠楞楞的曙色。再往前走去，走尽这林子，当前是平坦的原野，望见了村舍，初青的麦田；更远三两个馒形的小山掩住了一条通道，天边是雾茫茫的，尖尖的黑影是近村的教寺。听，那晓钟和缓的清音。这一带是此邦中部的平原，地形像是海里的轻波，默沉沉的起伏，山岭是望不见的，有的是常青的草原与沃腴的田壤。登那土阜上望去，康桥只是一带茂林，拥戴着几处娉婷的尖阁。妩媚的康河也望不见踪迹，你只能循着那锦带似的林木想象那一流清浅。村舍与树林是这地盘上的棋子，有村舍处有佳荫，有佳荫处有村舍。这早起是看炊烟的时辰：朝雾渐渐的升起，揭开了这灰苍苍的天幕（最好是微霰后的光景），远近的炊烟，成丝的，成缕的，成卷的，轻快的，迟重的，浓灰的，淡青的，惨白的，在静定的朝气里渐渐的上腾，渐渐的不见，仿佛是朝来人们的祈祷，参差的翳入了天听。朝阳是难得见的，这初春的天气，但它来时是起早人莫大的愉快。顷刻间这田野添深了颜色，一层轻纱似的金粉糁上了这草，这树，这通道，这庄舍。顷刻间这周遭弥漫了清晨富丽的温柔。顷刻间你的心怀也分润了白天诞生的光荣。

（摘引自《我所知道的康桥》）

对自然的感印下笔还容易，文字清而新，能凝眸动静光色，写下来即令人得到一种柔美印象。难的是对都市光景的捕捉，用极经济篇章，写一个繁华动荡、建筑物高耸、人群交流的都市。文字也俨然具建筑性，具流动性。如写巴黎：

咳，巴黎！到过巴黎的一定不会再希罕天堂；尝过巴黎的，老实说，连地狱都不想去了。整个的巴黎就像是一床野鸭绒的垫褥，衬得你通体舒泰，硬骨头都给熏酥了的——有时许太热一些，那也不碍事，只要你受得住。赞美是多余的，正如赞美天堂是多余的；咒诅也是多余的，正如咒诅地狱是多余的。巴黎，软绵绵的巴黎，只在你临别的时候轻轻地嘱咐一声："别忘了，再来！"其实连这都是多余的，谁不想再去？谁忘得了？

香草在你的脚下，春风在你的脸上，微笑在你的周遭。不拘束你，不责备你，不督饬你，不窘你，不恼你，不揉你。它搂着你，可不缚住你：是一条温存的臂膀，不是根绳子。它不是不让你跑，但它那招逗的指尖却永远在你的记忆里晃着。多轻盈的步履,罗袜的丝光随时可以沾上你记忆的颜色。

但巴黎却不是单调的喜剧。赛因河的柔波里掩映着罗浮宫的倩影,它也收藏着不少失意人最后的呼吸。流着,温驯的水波;流着,缠绵的恩怨。咖啡馆:和着交颈的软语,开怀的笑响,有踞坐在屋隅里蓬头少年计较自毁的哀思。跳舞场:和着翻飞的乐调,迷醇的酒香,有独自支颐的少妇思量着往迹的怆心。浮动在上一层的许是光明,是欢畅,是快乐,是甜蜜,是和谐;但沉淀在底里阳光照不到的才是人事经验的本质:说重一点是悲哀,说轻一点是惆怅。谁不愿意永远在轻快的流波里漾着,可得留神了你往深处去时的发见!

放宽一点说,人生只是个机缘巧合;别瞧日常生活河水似的流得平顺,它那里面多的是潜流,多的是漩涡——轮着的时候,谁躲得了给卷了进去?那就是你发愁的时候,是你登仙的时候,是你辨着酸的时候,是你尝着甜的时候。

巴黎也不定比别的地方怎样不同,不同就在那边生活流波里的潜流更猛,漩涡更急,因此你叫给卷进去的机会也就更多。

（摘自《巴黎的鳞爪·引言》）

同样是写"物",前面从实处写所见,后面从虚处写所感。在他的诗中也可以找出相近的例。从实处写,如《石虎胡同七号》;从虚处写,如《云游》。

我们的小园庭,有时荡漾着无限温柔:

善笑的藤娘,袒酥怀任团团的柿掌绸缪;

百尺的槐翁,在微风中俯身将棠姑抱搂;

黄狗在篱边,守候睡熟的狗儿,他的小友;

小雀儿新制求婚的艳曲,在媚唱无休——

我们的小园庭,有时荡漾着无限温柔。

我们的小庭园,有时淡描着依稀的梦景:

雨过的苍茫与满庭荫绿,织成无声幽冥;

小蛙独坐在残兰的胸前,听隔院蚓鸣;

一片化不尽的雨云,倦展在老槐树顶;

掠檐前作圆形的舞旋,是蝙蝠,还是蜻蜓?——

我们的小园庭,有时淡描着依稀的梦景。

我们的小园庭,有时轻喟着一声奈何:

奈何在暴雨时，雨槌下捣烂鲜红无数；

奈何在新秋时，末凋的青叶惆怅地辞树；

奈何在深夜里，月儿乘云艇归去，西墙已度；

远巷薤露的乐音，一阵阵被冷风吹过——

我们的小园庭，有时轻喟着一声奈何。

我们的小园庭，有时沉浸在快乐之中：

雨后的黄昏，满院只美荫清香与凉风；

大量的塞翁，巨樽在手，塞足直指天空；

一斤，两斤，杯底喝尽，满怀酒欢，满面酒红，

连珠的笑响中，浮沉着神仙似的酒翁——

我们的小园庭，有时沉浸在快乐之中。

（《石虎胡同七号》）

那天你翩翩的在空际云游，

自在，轻盈，你本不想停留

在天的那方或地的那角，

你的愉快是无拦阻的逍遥。

你更不经意在卑微的地面

有一流涧水，虽则你的明艳

在过路时点染了他的空灵，

使他惊醒，将你的倩影抱紧。

他抱紧的只是绵密的忧愁，

因为美不能在风光中静止。

他要，你已飞渡万重的山头，

去更阔大的湖海投射影子！

他在为你消瘦，那一流涧水，

在无能的盼望，盼望你飞回！

（《云游》）

一切优秀作品的制作，离不了手与心？更重要的，也许还是培养手与心那个"境"，一个比较清虚寥廓，具有反照反省能够消化现象与意象的境。单独把

213

自己从课堂或寝室、朋友或同学拉开,静静的与自然对面,即可慢慢得到。关于这问题,下面的自白便很有意思。作者的散文,以富于热情见长,风格独具。可是这热情的培养与表现,却从一个单独的境中得来的:

"单独"是一个耐人寻味的现象。我有时想它是任何发见的第一个条件。你要发见你的朋友的"真",你得有与他单独的机会。你要发见你自己的真,你得给你自己一个单独的机会。你要发见一个地方(地方一样有灵性),你也得有单独玩的机会。我们这一辈子,认真说,能认识几个人?能认识几个地方?我们都是太匆忙,太没有单独的机会。

……但一个人要写他最心爱的对象,不论是人是地,是多么使他为难的一个工作?你怕,你怕描坏了它,你怕说过分了恼了它,你怕说太谨慎了辜负了它。……

(《我所知道的康桥》)

徐志摩作品给我们感觉是"动",文字的动,情感的动,活泼而轻盈,如一盘圆台珠子,在阳光下转个不停,色彩交错,变幻眩目。他的散文集《巴黎的鳞爪》代表他作品最高的成就。写景,写人,写事,写心,无一不见出作者对于现世光色的敏感,与对于文字性能的敏感。

(本篇原载 1940 年 8 月 16 日《国文月刊》创刊号,为总题"习作举例"第一篇。署名沈从文。)

"习作举例"系列文章,是作者担任西南联合大学师范学院"各体文习作"课程时,在语体组班上所用的讲义。同样性质的讲稿计 10 篇,在《国文月刊》上共发表了 3 篇。

①康桥,通译剑桥,在英国东南部,这里是指剑桥大学。

②拜伦,英国浪漫主义诗人,剑桥大学毕业。

昆明见林语堂先生

　　林语堂先生到了昆明,正如某先生说的,"在中国当他为外国人,在国外又当他为中国人",因此近几天本市大小报纸,都有些文章介绍批评林先生,西南联大且特别欢迎林先生作一次公开讲演。综合各方面印象来说,似乎可归纳成为三点:一为"林先生是幽默提倡者",二为"林先生是个写中国问题中国生活中国故事给美国人民看,用中国事哄美国人的作家",三为"林先生在国内所标榜的趣味;影响既不大好,在国外所使用的方法,影响也不大好"。这个说明实近于一般人对林先生十年来工作态度和工作效果所具有的真实反应。到联大讲演情形稍稍不同。学校中多少尚有点北方的传统超功利学术空气,对林先生文章实表示相当尊敬,对林先生工作又还保留极大希望,大家都乐意瞻仰瞻仰林先生,并听之谈谈国外观感。所以当天站在空地上听的数千余人中,就可发现不少联大同事。正因为原来对于先生期望相当大,到结果或不免失望。林先生平日以善谑见称于世,从林先生所涉及的问题看来,实容易给人一种印象,即所说的不必当作十分认真讨论。社会上一般人对林先生认识固不免模糊,林先生对两个国家人民情感理性,通过长短不同的历史,所形成的文化与文明竟好像更加模糊。

　　林先生作品过去虽受欢迎,(如《论语》,在中国行销,别的作品在国外行销。)这个意义林先生实明白?近于一种风气所作成,与一个文学家思想家应得的尊敬稍稍不同。林先生机会相当好,但是机会可遇不可求,可一而不可再。若来昆明真如一般传说,是为找文章材料,到处看看,看过后便仍照过去的态度和方式,加以处理,所能得到的效果恐怕只是个人的成功,与国家这时节所需要于一个公民能尽的责任便不大相合。至于近六年来国家在忧患中,社会的巨大变动,与多数有良心的公民,对于接受这个历史教训时所抱的态度,如何从严酷试验中忍受与适应,具体负责方面如一般官吏公务员,抽象负

215

责方面如教育界分子,一面陷溺于事实泥淖中辗转,一面如何对于国家重造问题抱有多大热忱和信心;五百万朴质壮丁与千万优秀青年学生,一面如何为制度积习与本来的弱点困惑,感到痛苦,然而在痛苦中又如何依然忍受下去,慢慢的从牺牲里将民族品德提高……如此或如彼,希望由林先生从文学作品来介绍解释给英美友邦多数人明白,增加两国战时友谊,以及战后进一步的了解与合作基础,这个愿望恐不容易实现了。有人说,林先生的态度与兴趣分不开。林先生的年龄虽已到"知天命"界线上,精神可像年青得多。或因为在美国太久,生命中还充满"游戏"感情,因之所能作的也就是用"中国"作为题材,供给美国普通社会以"杂碎",这个关系中即贯穿以游戏情感,且从这个关系中树立自己。在这点上就有个小故事可供参考。林先生既准备来看看盟友美空军,这个故事似乎还有意义。在昆池附近一个小县分,有个某国教堂,还住下几个虽受政府限制不许离开却仍可在当地走动的传教士,另外有个盟邦小小机关,机关中却有两个行动虽极自由,行为实不能和这些传教士发生关系的盟友。由于寂寞或其他原因,他们依然相熟了。有一天,这个盟友正看林先生的《吾国与吾民》,那传教士就说,"看这个能认识中国?你得先看看中国再读它,方知道这是一种精巧的玩笑!中国的进步,中国的腐败,可都不是玩笑!"于是林先生这本书,被这个身分可疑的传教士一说,搁到玩具中去了。这个故事可不是玩笑,完全有根据的。英美新闻处为国际礼貌,空军招待所又为另一原因,都依然会把林先生的著作,继续陈列出来,供给国际友人阅览。可是想起这个关系恰在并非玩笑的时节,美国"大嘴笑匠"也老老实实到国外来为国家服务,林先生的作品却只能产生玩笑印象,是不是十分可惜?友邦事重效果,我们这个国家也在学习明白效果好坏的时候,所以我们欢迎林先生,实希望林先生尚能作一点更有好效果的工作。

凡活在中国当前社会中,稍有做人良心的知识分子,都会觉得活下来实在太痛苦了。这与林先生所说的"穷"关系就并不多。人固然是个动物,需要活得比较"幸福",可是它比别的动物又稍微不同,还需要活得尊贵而有意义。他们眼看到这个民族在发展过程中,一面是积习所形成的堕落因循,如何保留在若干人的观念行为上,或组织制度上,一面又尚有若干理想与热忱,如何培养在一切具有健康身心的人民生命中。两者到处有冲突,一时既难于调整,所发生消耗现象便万无可避免。社会动力既受习惯束缚，挫折复挫折，因之一个民族在战争中最需要的自尊心与自信心，便只会听它逐渐消耗于许多不相干问题上，终于使负责方面上常常陷溺到一个无可奈何情况中。某些事竟俨若任何具体法规或抽象原则，均无助于转机的获得。就说弄理工的，对国家重造所抱幻想，或为"衣食足而礼义兴"，努力在争取将来生产技术。弄文学哲学的，自必认识到经典之重造的重要性。然就近二十年教育发展说，习哲学偏重于书本诵读，文学更偏重章句知识，人虽若不离"书本"思索却离了活生生的那个"人"。因之乡愿学究者流，一面生活中尚充满算命圆光鬼神迷信，一面却以思想家身分领导群众，到耐不住生活寂寞，却因缘时会自到自见时，进九锡铸九鼎等等打算，亦无不可从这类新读书人圈子中产生。所谓经典之重造，这些人当然五分。这个时代已非用格言警句建立单纯抽象原则，即可济事，还要些别的条件。从近二十年社会发展上认识，新文学作家与读者所保尽的关系，却可以从文学作品中来作有关人生一切抽象原则重造的工作，工作固相当困难，因与之对面非事物的柔韧性和适应性，都并不容易克服。另外一种习气，即战前十年来文学受商业与政治两种势力的牵制分割，想突破一切障碍，更必需作者对民族忧患所有各方面具有深刻理解，且抱定宏愿与坚信，如战争一样，临以庄敬，面对问题。岁月积累却坚固不拔，方可望有所成就。国内作家近十年来，见解或有分歧，成就更有浅深，可是目的却大都在同事一点上。林先生年近半百了用中国抒情所得于己者似已不少，金钱收入虽万无限，生命付出实可屈指计数。子在川上有"逝者如斯"之言，林先生宜有同感。

林先生的旅行昆明，为认识中国而来，林先生值得用一个比较庄敬的态度好好认识认识现代中国，如写作又为介绍美国人认识中国，林先生更值得好好认识认识当前的自己一支笔若能比较庄敬来从事于明日工作有助于两大民族的理解有多大。"圣贤"，"英雄"的期许，通达如林先生，或以为近乎争名于朝，名分实不足争，我们盼望于林先生的，只是"庄敬"。当前中国做一个真正公民的应有素朴态度而已。

（本篇发表于 1944 年 1 月 1 日《昆明周报》第 68 期。署名上官碧。）

心与物游

田汉到昆明

谈起近二十五年中国话剧运动时,有三点可以引起人特别注意:一、介绍外来的,二、创造新东西,三、工具的重造与工具的应用。

第一是几个书呆子充满新的理想,来向旧戏攻击,以为戏剧必需走新路,从外国取法,让戏剧和社会人生接触,方能够成为社会重造思想解放工具。在介绍外来作品工作上,因潘家洵先生的努力,中国读者知道了易卜生。因杨丙辰先生的努力,中国读者知道了德国许多作家和作品。至于在世界文学史上占更重要位置的莎士比亚的作品,都是田汉先生努力翻译成为中文的。论思想作用,当时易卜生的作品影响大,为的是许多人家中有学娜拉或同情娜拉的女孩子,论分量沉重,以及从一个戏剧所处理的问题上,可发现与当时正流行的"人生""恋爱""矛盾""殉情"等等名词相会通,使读者取得一种传奇抒情诗气氛的浸润,田汉先生的译述工作实在特有时代的意义。

第二是当时文学运动理论既然是"工具重造"与"工具重用",如何重造?试从初期戏剧创造成就上看看,会觉得一般成就是每个作者都不免受问题所控制、所束缚,因之写不出什么好东西。若与当时小说成就比,独幕剧在任何一方面不免相形见绌。转机之来是两个作者,从一新的观点下笔,将问题重新处理,不约而同用写短篇小说方式,来写独幕剧。在北方,丁西林先生于作品中注入一点幽默感(北方沉闷专制局面下无可奈何的幽默),因之得到十分成功,剧本同样在南方各级学校游艺节目中,成为重要节目之一。我说的"游艺节目",实相当重要。因为除艺专的戏剧系外,这是培养近十五年话剧人才一个主要供应来源。当前的知名剧作者和导演,如曹禺、李健吾等等,就是在中学时代那么玩票得到成功,因而从事戏剧的。在这个工作上,田汉先生且更有其重要贡献,即他领带的南国社戏剧活动,不仅培养了许多年青学生对于戏剧的热忱,并因之由玩票而下海,用一个职业剧团方式与多数观众对面。尤其是剧团在一个共有共管制度下，苏州杭州各地的旅行表演，定下了理想职业剧团的基础。（话剧的侵入电影，使国产影片由荒唐武侠变而为人间爱怨，田汉、洪深、欧阳予倩三先生，应分有国产电影领导者的光荣信。）

　　第三是工具重造与工具重用，不仅只是写作，还有个具体运用问题，旧戏价值由受攻击到受注意，有一段历史值得提及。先是无保留的谩骂，得宋春盼先生出而辩护折中，以为戏有新旧亦不妨。新尽可以新到未来派，牵只狗从台前走过而完结。旧也应当容许一切照旧，为的是可以当成歌剧看。这是民十左右事情，待到民十四五，几个从国外回来教戏剧的年青教授于是不再骂旧戏，张彭春、张喜铸、余上沅……一面教新戏，一面也间或听听旧戏，或和梅兰芳吃吃茶了。此后梅兰芳两次出国，得到完全成功，就亏的是得到这几个人帮忙合作。然而这成功只能说是旧戏在国外一度试验，即成功与新戏改良无关系。唱改良旧戏的是王伯生先生，然而他只着重在唱，在主角特别能唱，并无旧戏真正重造与新戏混合试验。（广东人在这方面最大胆，白盔白甲的吕布在台上旋转方天画戟时，身旁即有个穿洋服的朋友拉小提琴伴合，然而闭目试想想，这是一种什么感觉？）写历史剧从郭沫若先生到最近，作家相当多，也不能说是真正不改良。近闻田汉先生却注重在战时改造旧戏，改造的结果不得而知，改造的企图实需要勇气和耐心。更令人钦佩的是田汉先生的戏剧活动的对象不是在后方有钱多闲观众，使戏剧成为后方都市点缀品，却永远站在第一线上工作。南国社时代，带着一群青年朋友吉卜赛人一般各处去跑去表演，还不太困难。中日战争发生后，田汉先生带领剧团在前线部队中，而且长沙的争夺，衡阳的保卫，部队前进时，间或还比若干部队先到一步；后退时，又照例常常比殿后部队还落后。八年来中国战局的种种变化，田汉先生在每一次变化中，随着部队的转移，自己经历了多少痛苦，又见过了多少使人痛苦的兵士、农民、资源、财富的糊涂牺牲！写文章的人喜用"战士"二字，这才是一个真正充满时代经历的战士！无怪乎有人说田汉先生白了头发。

　　只要心不灰，头上白了一把头发似乎并未衰老，不过一定也相当累了。最近他来到昆明，昆明的阳光和空气那么好，是能恢复身心疲劳的。虽今年寒冷稍稍失时，每雨必挟雹子，变化不易揣测，然而天空究竟明明朗朗的时候多。一般欢迎田汉先生不是讲演就是吃饭，讲演时可给多数人瞻仰一下风采，吃饭时大家可无忌讳的谈谈闲天,可是一定也相当累人。个人觉得最好的欢迎,或者还是让田汉先生在明朗阳光和清新空气中,得到一个短时期的休养。为的是敌人在海上失败了,在大陆的挣扎战争正在发展中。且即如一般希望,二年内战争可望胜利结束,我们为国家重造,为与世界各处其他有组织的优秀民族竞争生存,理想站得住脚,不至于倒下,还得好好努力十年二十年! 在当前、在未来,各方面都还需要真正战士! 田汉先生将重新站在第一线上为民族国家而工作,是无问题的。

(本篇发表于 1945 年 5 月 9 日《贵州日报·新垒》第 23 期。署名上官碧。)

俛之先生传

俛之先生是那么一个人,当他向一个远远的陌生的人介绍他自己时,总不知道如何来描画他自己。他用着他那一分怕人的诚实,常常这样写着:"你要我自己来形容自己,我照你意思作去,只请你相信我。你们要认识我,只须你们把所见到的人中一个顶不可爱的人,想成是我,再把一个乡下人那种又怕人又怕事的神气,肺结核病人那种神经敏锐性情焦躁的气质,加上一个兵士对于绅士永远不能妥协一致那种嫌恶感情,混合在一处,就是整个的我了。"

照他自己想来,他是这样一个人的。他身体上倒一点儿小病没有,表面上你看到他时,性情沉沉的,虽不活泼也不至于那么古怪,必不大愿意相信他说的话。可是他总愿意别人照到别人的想象,尽可能把他想得极坏,也想得极不可爱,以为决不会错。他要人家那么想象他,想象到这人真那么无法同他亲热,他倒舒服起来了。

他会写一点儿小说,写得也并不很坏,但第一个对于他的成绩瞧不上眼的,就是他自己。他时时刻刻在想:这件事并不是我做的事情,轮到我来作这件事情,全只因为别的人不高兴来作这种事。他自己不忘记他应作的事,是诚诚实实做一个乡下人，可是命运却成天得要他守着现在的地位上等候一个奇迹，还是得写下去，因此成天在写什么时，就嘲笑自己，以为自己是很错误活到现在地位上的。单写点什么还不妨事，很希奇的他还在一个大学教了点书。在一群知识阶级人中间，没有一个像他那么出身的人，因此他只是一个人很孤立的在那里打发日子。就由于这孤立，他觉得他是弄错了的。活在世界上，谁能永远孤立下去？

一个人在一间小小房中坐下，把自己让四堵墙包围着，或一个人走到那些很荒僻很空旷的山上去散步，这两件事他已有了将近二十年的经验。他来到××大学时，同一群扁脸圆头名为知识阶级的教授们在一处住下，××地方又那么宽旷清静，他那点经验使他很孤单的住了一年。白天无事可作时，常常一个人在山中小路上走来走去，晚上就尽坐在小房中灯光下，让想象生了翅膀各处飞去。到近来，为了些事情，把饮食睡眠一点点秩序也完全弄乱了，养成了半夜游行的习惯，常常夜深时还在山中各处乱跑，一作事就深夜不睡，或天未发白就爬起，总是十个钟头以上枯坐在那个小小桌子边，睡眠饮食皆十分疏忽。这在他实在说来也并不是一件新鲜事情，一切都似乎是随了一个不可抵抗的不幸命运而来，他就沉默的支持到这种局面。一些飘然而来倏然而逝的风雨，使他神气显得更呆板了点，颜色也苍老了点，他有时在镜中见到时，就赶快离开镜子，把头摇摇，走到窗边去，望望天空。就因为这些变化，使他表面也走了样子，本来对一切生活十分悲观的心情，也就更沉郁了一点。生活上的秩序，在这个人身上，本来就似乎永远在有意逃避他，一切按部就班皆不可能，一切皆无法得到稳定，生活同感情皆时时刻刻在不可比拟不能想象的飓风下旋转。过去的日子既那么乱糟糟的不成事体，横亘在他前面的，也仿佛还是那么一大堆日子。他知道这个，他也知道另外一些事情，但他沉默着。

有人看到他不常发笑，曾问过他："俛之先生，你一生笑过几次？"

他想想：我一生一定还不笑过一百次。可是为了这个询问，使他在各样回忆里找寻他发笑的次数，且因为这问话，他却笑了。只那么笑笑，如同一个犯人，被杀就刑以前，走过街头，望到一个小孩对他微笑，他也那么去回答个微笑。

那问的人不管是什么人，既然问得出这种古怪话语，对于面前的俛之先生感到轻而易举也十分明白的。他什么都懂，自然也懂得这个，可不生气。这人于是又说："笑是有益卫生的，身、心、神经、消化器，因为笑就活泼一点，邓医生早就说过了。"

邓医生说过这句话，或是不曾说过这句话，原无关系的。

俍之先生可不知道怎么样来答复这个人了。因为这个人一把话说完，自己就张了那个平常时节似乎专为吃肉喝酒见得很大的嘴巴，哈哈的大笑了起来。俍之先生便十分悲悯的望到这个人，且从而试来研究这人的姿态，且注意这人的喉管。他因为很小时节就看到被杀的人喉管缩动时样子，不明白为什么这东西又不割他一下。心里又总好像很担心发愁，诚诚实实为这件事发愁，以为米现在已经就那么贵了，那么快乐下去，吃得一块铁也消化得去，可是仍然成天吃米，不是更需要很多谷米吗？许多人消化器已经够强了，这一来不是……一面那么打算着，一面他就希望这朋友早走一点。因为在这情形下，他很愿意一人呆下来，作点别的事情，觉得这谈话应当结束了。

过了一会，这人把所要得到的快乐得到，走去了，俍之先生就似乎十分幸运，完全忘记了别人给他的虐待。但他总感觉到自己无论如何在这个社会里，位置是有了一点错误，不然就不会到这种样子了。他想起朋友的大笑微笑，以为在这种人生活上也还能每天笑笑，渐渐的作到脸儿团团如大官，"为什么我不笑笑呢？"又对自己的沉郁看得十分希奇似的。他想，"我去同什么人也说点笑话，一定是很好的。"但他不知道找谁去说话。

大家都似乎比他聪明一些，活泼一些。大家消化器官也都似乎好些。

因为好像也想笑笑，却不知道什么样事情落到头上时，也就可以笑笑，故遇到同事在别一处发笑时，总想知道一下。可是听到别人在大笑，走过去看看，问他们："怎么，发生了什么可笑的事了吗？"另一个不好意思拒绝回答了，就说："老杜把小宋当作干妈……"或者就那么说，或者又另外说说，也总差不多全是那么一类平常的笑话。听过这同事一面弯下腰去一面说着这故事，俍之先生总觉得奇怪，为什么我一点儿不以为好笑？等他一走，那些人似乎正记起他那种神气，又随即大笑了。他羡慕他们，却沉默的在这些人中生活下去，那么孤独的生活下去。

他成天过的日子，都好像只在糟蹋他自己，作践他自己。

想象别人的生活，理解别人的爱嗔，体会别人的忧乐，分析每一个人由于他们身分的特异处，生活上显出各种不同的姿势。下等人身上每种的臭味，上等人灵魂上各样的肮脏，他即或隔离得他们那么远，他一切也仍然都似乎清清楚楚。一些人事上最细微处，一些小到不值得注意处，他也常常去用全个生命接近它。到头来，这人也就俨然明白了世界上许多事情，可是自己生活的事情，也就只有上帝知道了。

什么人来到他住处时，为了照例那一套，因为俛之先生是一个作者，而且总似乎已写了那一大堆东西，又说不定正在什么刊物上看到了新的文章，就一定得说："俛之先生，你作了多少故事！"

照例不得不答的，就说，"是的，作了我自己也记不清数的……"那一边尚以为这话正是主人最高兴提到的，就又说他欢喜看某篇某章故事，话即或不很诚实，也照例得保持一个诚实的外表。

俛之先生心里就十分发愁，觉得"为什么我自己要忘记了的，你偏要记下来？记下这些，对于你有什么用？"于是就望到客人，替这人十分无聊，自己也很觉得无聊，却仍然听客人说下去。

客人自然还有说的，把这件事说到那件，俛之先生心里那么发愁，却仍然有问必答，决不使一个朋友扫兴。到后这客人自然就要问起了更蠢的话来了，总那么问着："俛之先生，你欢喜你自己哪一篇文章？"

那一个便想："够了，够了，我欢喜你走路！"

这一个也许恰恰自己也觉得问的不甚得体了，就又变了一变语气，那么问着："你那些故事是不是事实？"

简直是一种灾难！他被人用这类蠢话逼着，受窘到不可想象，到后就只好说："今天天气真好，你欢喜一人上山玩玩吗？"

"是的，山上这些日子很好。"

是的，他因此也就得了救，于是他们就谈到山上一切去了。

最不容易对付的，便是那种同俛之先生不客气的人，问他为什么不结婚。可是到那时节他倒忽然聪明起来了，他赶忙走到楼梯边去叫听差，要那个人提开水上来，为客人倒水喝。

不拘如何凡是来客谈到他的故事，他总觉得这谈话是一种灾难，客人在时感到拘拘束束，客人走后还十分不愉快。由于他讨厌他那份工作，同在一个长久沉默下写出的一切故事，凡是一个来客提到的，本来客人是一个可以谈谈的人，即刻也变成极其可厌的人了。

我所见到的司徒乔先生

　　我初次见司徒乔先生，是在半个世纪以前。记得约在一九二三年，我刚到北京的第二年，带着我的那份乡下人模样和一份求知的欲望，和燕京大学的一些学生开始了交往。最熟的是董景天，可说是最早欣赏我的好友之一人。常见的还有张采真、焦菊隐、顾千里、刘潜初、韦丛芜、刘廷蔚等等。

　　当时的燕京大学校址在盔甲厂。一次，在董景天的宿舍里我见到了司徒乔。他穿件蓝卡机布旧风衣，随随便便的，衣襟上留着些油画色彩染上的斑斑点点，样子和塞拉西皇帝有些相通处。这种素朴与当时燕京的环境可不大协调，因为洋大学生是多半穿着洋服的。若习文学，有的还经常把一只手插在大衣襟缝中作成拜伦诗人神气。还有更可笑处，就是只预备写诗，已印好了加有边款"××诗稿"信笺的这种诗人。我被邀请到他的宿舍去看画。房中墙上，桌上，这里，那里，到处是画，是他的素描速写。我没受过西洋画训练，不敢妄加评论。静物写生，我没有兴趣，却十分注意他的人物速写。那些实实在在、平凡、普通、底层百姓的形象，与我记忆中活跃着的家乡人民有些相像又有些不同，但我感到亲切，感到特别大的兴趣，因为他"所画"的正是我"想写"的旧社会中所谓极平常的"下等人"。第一次见面，司徒乔给我的印象就极好。我喜欢他为人素朴，我还喜欢他墙上桌上的那些画。

　　不久，一九二四年大革命爆发，燕京中熟人不少参加革命去了武汉、广州。我却仍在北京过那种不易生活的"职业作家"的生活。他们来信邀我去武汉，我当时工作刚刚打下基础，以为去上海或许更合适一些。到一九二八、二九年间，因国共破裂，武汉局势动荡极大，不少熟人没有在这种白色大恐怖中牺牲的，多陆续来到上海聚合了。在重聚的人中，除董景天、张采真等，还有司徒乔。这位年青的画家，仍然是那个素朴的样子，他为我们带回了不少作品。对他的人和画，一九二八年我在《司徒乔君吃的亏》一文中曾写道："此时的中国，各样的艺术，莫不是充满了权势，虚伪，投机取巧的种种成分，哪里容得下所谓诚实？……在一种无望无助中，他把每一个日子都耗费到为长于应世的'高明人'所不为的实际努力下了。没有颜料则用油去剥洗锡管中剩余红绿，没有画布则想法子用所有可当的衣物去换取，仍然作成了许多很好的作品，这傻处是我想介绍给大家知道的。我们若相信一个好的时代会快来，要这时代迈开脚步走近我们，在艺术上就似乎还需要许多这样傻子，才配合得上时代需要！一种了解，一种认识，从了解与认识中产生出一点儿真实同情，从了解与认识中得到一点儿愉快，这在他，是已算很满意了！"

因为那时的上海"艺术家"，多流行长头发、黑西服、大红领结，以效仿法国派头为时髦乐事。艺术家还必须得善交际，会活动，才吃得开。司徒乔的素朴与这种流行风尚不免格格不入。我却推崇他的实践态度，以为难得可贵。在我看来，文学与绘画是同样需要这种素朴诚实，不装模作样，不自外于普通人的生活，才能取得应有进展的。我对司徒乔已不仅是喜欢，而是十分钦佩了。

一九三三年我从青岛大学到北京工作，又有机会见到了司徒乔先生。当时他住在什刹海冰窖胡同，已经结婚。经过社会的大动荡，重又相见，彼此感觉格外亲热。谈话间自然要欣赏他的新作。生活虽从无安定，他的画却已愈见成熟。不久他就主动提出要为我画张像，留个纪念，约好在北海"仿膳"一个角落作画。到时他果然带了画具赴约，一连三个半天，他极认真地为我画了张二尺来高半身肖像。是粉彩画。朋友们都说画得好，不仅画得极像，且十分传神。他自己也相当满意，且说，此生为泰戈尔画过像，为周氏兄弟画过像，都感到满意，此像为第四回满意之作。他的热情令我感动，这幅肖像成为一件纪念品，好好保存在我的身边。

卢沟桥事变后，清华、北大、南开组成西南联大，在昆明集中。司徒乔先生为我画的肖像随同我到了昆明，整整八年，抗战胜利后，我随北大迁回北京，仍旧带着这幅十分珍贵的画像。听说司徒乔先生也回到了北京，在西郊卧佛寺附近买了所小小的画室。我和家中人去拜访他，见到了相隔十多年的老友和他这段时期的许多作品。给我印象最深处,是他还始终保持着原来的素朴、勤恳的工作态度。他不声不响的,十分严肃的把自己当成人民中的一员去接近群众,去描绘现实生活中被压迫的底层人物,代他们向那个旧社会提出无言的控诉。他依旧保留着他的诚实和素朴。这诚实,这素朴,却是多年来一直为我所钦佩和赞赏的。而在同时"艺术家"中,却近于希有少见的品质。

司徒乔先生经历了无数挫折,到了可以好好为他热爱的祖国人民作画的新社会,却过早地被病魔夺去了生命。他为我画的肖像,在文化大革命中也失去了!永远不会失去的,将是许多崇敬喜爱他的人对他的记忆!他的工作态度既曾经影响到我的工作,也还必将为更多的人所学习。他在世时从没有过什么得意处,也没有赫赫显要的名声,但他虽死犹生。他给我的最初印象至今还不曾淡漠,永远不会淡漠的!

一九八〇年

忆翔鹤

一九二三年秋天,我到北京已约一年,住在前门外杨梅竹斜街"酉西会馆"侧屋一间既湿且霉的小小房间中,看我能看的一些小书,和另外那本包罗万有用人事写成的"大书",日子过得十分艰苦,却对未来充满希望。可是经常来到会馆看望我的一个表弟,先我两年到北京的农业大学学生,却担心我独住在会馆里,时间久了不是个办法。特意在沙滩附近银闸胡同一个公寓里,为我找到一个小小房间,并介绍些朋友,用意是让我在新环境里多接近些文化和文化人,减少一点寂寞,心情会开朗些。住处原是个贮煤间。因为受"五四"影响,来京穷学生日多,掌柜的把这个贮煤间加以改造,临时开个窗口,纵横钉上四根细木条,用高丽纸糊好,搁上一个小小写字桌,装上一扇旧门,让我这么一个体重不到一百磅的乡下佬住下。我为这个仅可容膝安身处,取了一个既符合实际又略带穷秀才酸味的名称,"窄而霉小斋",就泰然坦然住下来了。生活虽还近于无望无助的悬在空中，气概倒很好，从不感到消沉气馁。给朋友印象，且可说生气虎虎，憨劲十足。主要原因，除了我在军队中照严格等级制度，由班长到军长约四十级的什么长，具体压在我头上心上的沉重分量已完全摆脱，且明确意识到是在真正十分自由的处理我的当前，并创造我的未来。此外还有三根坚固结实支柱共同支撑住了我，即"朋友""环境"和"社会风气"。

原来一年中，我先后在农业大学、燕京大学和北京大学，就相熟了约三十个人。农大的多属湖南同乡。两间宿舍共有十二个床位，只住下八个学生，共同自办伙食，生活中充满了家庭空气。当时应考学农业的并不多，每月既有二十五元公费，学校对学生还特别优待。农场的蔬菜瓜果，秋收时，每一学生都有一份。实验农场大白菜品种特别好，每年每人可分一二百斤，一齐埋在宿舍前砂地里。千八百斤大卷心菜，足够三四个月消费。新引进的台湾种矮脚白鸡，用特配饲料喂养。下蛋特别勤，园艺系学生，也可用比市场减半价钱，每月分配一定分量。我因表弟在农大读书，早经常成为不速之客，留下住宿三五天是常有事。还记得有一次雪后天晴，和郁达夫先生、陈翔鹤、赵其文共同踏雪出平则门，一直走到罗道庄，在学校吃了一顿饭，大家都十分满意开心。因为上桌的菜有来自苗乡山城的鹌鹑和胡葱酸菜，新化的菌子油，汉寿石门的风鸡风鱼，在北京任何饭馆里都吃不到的全上了桌子。

这八个同乡不久毕业回转家乡后，正值北伐成功，因此其中六个人，都成了县农会主席，过了一阵不易设想充满希望的兴奋热闹日子，"马日事变"倏然而来，便在军阀屠刀下一同牺牲了。

第二部分朋友是老燕京大学的学生。当时校址还在盔甲厂，由认识董景天（即董秋斯）开始。董原来正当选学生会主席，照习惯，即兼任校长室的秘书。初到他学校拜访时，就睡在他独住小楼地板上，天上地下谈了一整夜。第二天他已有点招架不住，我还若无其事。到晚上又继续谈下去，一直三夜，把他几乎拖垮，但他对我却已感到极大兴趣，十分满意。于是由董景天介绍先后认识了张采真、司徒乔、刘廷蔚、顾千里、韦丛芜、于成泽、焦菊隐、刘潜初、樊海珊等人。燕大虽是个教会大学，可是学生活动也得到较大便利。当北伐军到达武汉时，这些朋友多已在武汉工作。不久国共分裂，部分还参加了广州暴动，牺牲了一半人。活着的陆续逃回上海租界潜伏待时。一九二八、一九二九年左右，在景天家中，我还有机会见到张采真、刘潜初等五六人多次，谈了不少武汉前后情况，和广州暴动失败种种。（和斯沫特莱相识，也是在董家。）随后不久，这些朋友就又离开了上海，各以不同灾难成了"古人"。解放后，唯一还过从的，只剩下董景天一人。

我们友谊始终极好。我在工作中的点滴成就，都使他特别高兴。他译的托尔斯泰名著，每一种印出时，必把错字一一改正后，给我一册作为纪念。不幸在我一九七一年从湖北干校回京时，董已因病故去二三月了。真是良友云亡，令人心痛。

第三部分朋友，即迁居沙滩附近小公寓后不多久就相熟了许多搞文学的朋友。湖南人有刘梦苇、黎锦明、王三辛……四川人有陈炜谟、赵其文、陈翔鹤，相处既近，接触机会也更多。几个人且经常同在沙滩附近小饭店同座共食。就中一部分是北大正式学生，一部分和我情形相近，受了点"五四"影响，来到北京，为继续接受文学革命熏陶，引起了一点幻想童心，有所探索有所期待而来的。当时这种年轻人在红楼附近地区住下，比住东西二斋的正规学生大致还多数倍。

有短短时期就失望离开的，也有一住三年五载的，有的对于文学社团发生兴趣，有的始终是单干户。共同影响到三十年代中国新文学，各有不同成就。

近人谈当时北大校长蔡元培先生的伟大处时，多只赞美他提倡的"学术自由"，选择教师不拘一格，能兼容并包，具有远见与博识。可极少注意过学术思想开放以外，同时对学校大门也全面敞开，学校听课十分自由，影响实格外深刻而广泛。这种学习方面的方便，以红楼为中心，几十个大小公寓，所形成的活泼文化学术空气，不仅国内少有，即在北京别的学校也希见。谈二十世纪二十年代北大学术上的自由空气，必需肯定学校大门敞开的办法，不仅促进了北方文学的成就，更酝酿储蓄了一种社会动力，影响到后来社会的发展。

因为当时"五四"虽成了尾声，几个报纸副刊，几个此兴彼起的文学新社团，和大小文学刊物，都由于学生来自全国，刊物因之分布面广，也具有全国性。

我就是在这时节和翔鹤及另外几个朋友相识，而且比较往来亲密的。记得炜谟当时是北大英文系高材生，特别受学校几位名教师推重，性格比较内向，兴趣偏于研究翻译，对我却十分殷勤体贴。其文则长于办事，后来我在《现代评论》当发报员时，其文已担任经理会计一类职务。翔鹤住中老胡同，经济条件似较一般朋友好些，房中好几个书架，中外文书籍都比较多，新旧书分别搁放，清理得十分整齐。兴趣偏于新旧文学的欣赏，对创作兴趣却不大。三人在人生经验和学识上，都比我成熟得多，但对于社会这本"大书"的阅读，可都不如我接触面广阔，也不如我那么注意认真仔细。

正因为我们性情经历上不同处，在相互补充情形下，大家不只谈得来，且相处极好。我和翔鹤同另外一些朋友就活在二十年代前期，这么一个范围窄狭生活中，各凭自己不同机会、不同客观条件和主观愿望，接受所能得到的一份教育，也影响到后来各自不同的发展，有些近于离奇不经的偶然性，有些又若有个规律，可以于事后贯串起来成一条线索，明白一部分却近于必然性。

因为特别机会，一九二五、一九二六年间，我在香山慈幼院图书馆作了个小职员，住在香山饭店前山门新宿舍里。住处原本是清初泥塑四大天王所占据，香山寺既改成香山饭店，学生用破除迷信为理由，把彩塑天王捣毁后，由学校改成几间单身职员临时宿舍。别的职员因为上下极不方便，多不乐意搬到那个宿舍去。我算是第一个搬进的活人。翔鹤从我信中知道这新住处奇特环境后，不久就充满兴趣，骑了毛驴到颐和园，换了一匹小毛驴，上香山来寻幽访胜，成了我住处的客人，在那简陋宿舍中，和我同过了三天不易忘却的日子。

双清那个悬空行宫虽还有活人住下，平时照例只两个花匠看守。香山饭店已油漆一新，挂了营业牌子，当时除了四个白衣伙计管理灯水，还并无一个客人。半山亭近旁一系列院落，泥菩萨去掉后，到处一片空虚荒凉，白日里也时有狐兔出没，正和《聊斋志异》故事情景相通。我住处门外下一段陡石阶，就到了那两株著名的大松树旁边。我们在那两株"听法松"边畅谈了三天。每谈到半晚，四下一片特有的静寂，清冷月光从松枝间筛下细碎影子到两人身上，使人完全忘了尘世的纷扰，但也不免鬼气阴森，给我们留下个清幽绝伦的印象。所以经过半个世纪，还明明朗朗留在记忆中，不易忘却。解放后不久，翔鹤由四川来北京工作，我们第一次相见，提及香山旧事，他还记得我曾在大松树前,抱了一面琵琶,为他弹过"梵王宫"曲子。大约因为初学,他说,弹得可真蹩脚,听来不成个腔调,远不如陶潜挥"无弦琴"有意思。我只依稀记得有这么一件乐器,至于曲调,大致还是从刘天华先生处间接学来的。这件乐器,它的来处和去踪,可通通忘了。

翔鹤在香山那几天,我还记得,早晚吃喝,全由我下山从慈幼院大厨房取来,只是几个粗面冷馒头,一碟水疙瘩咸菜。饮水是从香山饭店借用个洋铁壶打来的。早上洗脸,也照我平时马虎应差习惯,若不是从"双清"旁山溪沟里,就那一线细流,用搪瓷茶缸慢慢舀到盆里,就得下山约走五十级陡峻石台阶,到山半腰那个小池塘旁石龙头口流水处,把取活泉水对付过去。一切都简陋草率得可笑惊人。一面是穷,我还不曾学会在饮食生活上有所安排,使生活过得像样些。另一面是环境的清幽离奇处,早晚空气都充满了松树的香味,和间或由双清那个荷塘飘来的荷花淡香。主客间所以都并不感觉到什么歉仄或生活上的不便,反而觉得充满了难得的野趣,真是十分欢快。使我深一层认识到,生长于大都市的翔鹤,出于性情上的熏染,受陶渊明、嵇康作品中反映的洒脱离俗影响实已较深;和我来自乡下,虽不欢喜城市却并不厌恶城市,入城虽再久又永远还像乡巴佬的情形,心情上似同实异的差别。因此正当他羡慕我的新居环境像个"洞天福地",我新的工作从任何方面说来也是难得的幸运时,我却过不多久,又不声不响,抛下了这个燕京二十八景之一的两株八百年老松树,且并不曾正式向顶头上司告别,就挟了一小网篮破书,一口气跑到静宜园宫门口,雇了个秀眼小毛驴,下了山,和当年鲁智深一样,返回了"人间"。依旧在那个公寓小窝里,过我那种前路茫茫穷学生生活了。生活上虽依旧毫无把握,情绪上却自以为又得到完全自由独立,继续进行我第一阶段的自我教育。一面阅读我所能到手用不同文体写成的新旧文学作品,另一面更充满热情和耐心,来阅读用人事组成的那本内容无比丰富充实的"大书"了。在风雨中颠簸生长的草木,必然比在温室荫蔽中培育的更结实强剑对我而言,也更切合实际。个人在生活处理上,或许一生将是个永远彻底败北者,但在工作上的坚持和韧性,半个世纪来,还像对得起这个生命。这种坚毅持久,不以一时成败得失而改型走样,自然包括有每一阶段一些年岁较长的友好,由于对我有较深认识、理解而产生无限同情和支持密切相关。回溯半世纪前第一阶段的生活和学习，炜谟、其文和翔鹤的影响，明显在我生长过程中，都占据一定位置。我此后工作积累点滴成就，都和这份友谊分不开。换句话说，我的工作成就里，都浸透有几个朋友澹而持久古典友谊素朴性情人格一部分。后来生活随同社会发展中，经常陷于无可奈何情形下，始终能具一种希望信心和力量，倒下了又复站起，当十年浩劫及身时，在湖北双溪，某一时血压高达二百五十，心目还不眩瞀失去节度，总还觉得人生百年长勤，死者完事，生者却宜有以自励。一息尚存，即有责任待尽！这些故人在我的印象温习中，总使我感觉到生命里便回复了一种力量和信心。所以翔鹤虽在十年浩劫中被折磨死去了，在我印象中，却还依旧完全是个富有生气的活人。

一九八〇年八月十日作于北京

论"海派"

最近一期的《现代》杂志上，有杜衡先生一篇文章，提到"海派"这个名词。由于北方作者提及这个名词时，所加于上海作家的压力，有失公道处，故那篇文章为"海派"一名词，有所阐发，同时也就有所辩解。看了那篇文章后，使我发生许多感慨。我同意那篇文章。

"海派"这个名词，因为它承袭着一个带点儿历史性的恶意，一般人对于这个名词缺少尊敬是很显然的。过去的"海派"与"礼拜六派"不能分开。那是一样东西的两种称呼。

"名士才情"与"商业竞卖"相结合，便成立了我们今天对于海派这个名词的概念。但这个概念在一般人却模模糊糊的。且试为引申之："投机取巧""见风转舵"，如旧礼拜六派一位某先生，到近来也谈哲学史，也说要左倾，这就是所谓海派。

如邀集若干新斯文人，冒充风雅，名士相聚一堂，吟诗论文，或远谈希腊罗马，或近谈文士女人，行为与扶乩猜诗谜者相差一间。从官方拿到了点钱，则吃吃喝喝，办什么文艺会，招纳子弟，哄骗读者，思想浅薄可笑，伎俩下流难言，也就是所谓海派。感情主义的左倾，勇如狮子，一看情形不对时，即刻自首投降，且指认栽害友人，邀功牟利，也就是所谓海派。

因渴慕出名，在作品之外去利用种种方法招摇；或与小刊物互通声气，自作有利于己的消息；或每书一出，各处请人批评；或偷掠他人作品，作为自己文章；或借用小报，去制造旁人谣言，传述撮取不实不信的消息，凡此种种，也就是所谓海派。

像这样子，北方作家倘若对于海派缺少尊敬，不过是一种漠视与轻视的态度，实在还算过于恕道了！一个社会虽照例必有这种无聊人与这种下流风气存在，但这种人所造成的风气，是应当为多数人所深恶痛恨，不能容忍它的存在，方是正当道理的。一个民族是不是还有点希望，也就看多数人对于这种使民族失去健康的人物与习气的态度而定。根据北方一般从事于文学者的态度说来，我还觉得有点遗憾。过分的容忍，固可见出容忍的美德，然而严酷检讨与批评的缺少，实在就证明到北方从事文学者的懒惰处。我觉得这种办法不是个办法，用好风气纠正坏风气，应当是可能的一件事。我主张恶风气的扫除，希望这成为不拘南方北方真正对于文学有所信仰的友人一种责任。正因为莠草必需刈除，良苗方有苗茂机会。然而在南方，却有并不宜于从海派文人中讨取生活的《现代》编者杜衡君，来替上海某种人说话了。

这是杜衡君的错处。一面是他觉得北方从事文学者的观念，对于海派的轻视的委屈，一面是当他提到"海派"时，自己却俨然心有所慑，以为自己也被别人指为海派了的。这是杜衡君的错误。

海派如果与我所诠释的意义相近，北方文学者，用轻视忽视的态度，听任海派习气存在发展，就实在是北方文学者一宗罪过。这种轻视与忽视态度，便是他们应得的报应，时间一久，他们便会明白，独善其身的风度，不但难于纠正恶习，且行将为恶势力所毁灭，凡诚实努力于文学一般的研究与文学创作者，且皆曾为海派风气从种种不正派方法上，将每个人皆扮成为小丑。且照我所谓海派恶劣品质说来，杜衡君虽住在上海，并不缺少成为海派作家的机会，但事实明明白白，他就不会成为海派的。不只杜衡君如此。茅盾、叶绍钧、鲁迅，以及大多数正在从事于文学创作杂志编纂人（除吃官饭的作家在外），他们既或在上海生长，且毫无一个机会能够有一天日子同上海离开，他们也仍然不会被人误认为海派的。关于海派风气的纠正与消除，因为距离较近，接触较多，上海方面的作家，较之北方作家认识必更清楚，且更容易与之利害冲突，上海方面作家，应尽力与可尽力处，也必较之北方作家责任更多。杜衡君仿佛尚不明白这种事实，我却希望他已明白这种事实。他不宜于担心别人误认他是海派，却应当同许多在上海方面可尊敬的作家一样，来将刊物注意消灭海派恶习的工作。

杜衡君，宜于明白的，就是海派作家及海派风气，并不独存在于上海一隅，便是在北方，也已经有了些人在一些刊物上培养这种"人才"与"风气"。虽还不至于如上海那么希奇古怪，然而情形也就够受了。在南方，所谓海派呱呱叫的人物，凡在作品以外的卖弄行为，是早已不能再引起羞耻感觉，早已把它看成平平常常事情了。在北方，则正流行着旁人对于作家糅合了好意与恶意的造谣，技巧古朴的自赞，以及上海文坛消息的抄袭。作者本人虽多以为在作品本题下，见着自己名字，便已觉得不幸，此外若在什么消息上，还来着自己名字，真十分无聊。然而由于读者已受了得派风气的陶冶，对于这人作品有所认识的，便欢喜注意这作者本人的一切。结果在作者方面，则平空增加了若干受窘的机会，且对于陌生的会晤总怀了恐惧。在读者方面，则每日多读到了些文人的"起居注"，在另外某一种人，却又开了一条财源。居住上海方面的作家，由于友仇的誉毁，这类文章原是不求自来的。但在北方，愿意在本人作品以外露面的作家，实在太少了，因此出于拜访者大学生手中的似是而非的消息，也便多起来了。这种消息恶意的使人感觉方法如此下流的可怜，善意的也常常使人觉得方法拙笨到可笑。一个文学刊物在中国应当如一个学校，给读者的应是社会所必需的东西，所谓必需东西虽很多方面，为什么却偏让读者来对于几个人的起居言谈发生特殊兴味？一个编辑，不将稿费支配到一些对于这个民族毁灭有所感觉而寻出路的新作家的作品上去，却只花钱来征求属于一个人的记载，这种糟蹋读者的责任，实在是应当由报纸编辑人来担负的。若干刊物的编者，现在是正认为从这种篇幅上，得到若干读者，且希望从这方面增加读者的。这种风气的扩大，我认为实在是读者与作者两方面的不幸。

北方读者近来喜欢读点不三不四的文人消息，从本人作品以外的半真半伪记录上,决定对于这作者的爱憎,可以说是这种恶习发展当然的结果。

从南方说,几个稍稍露面的对于未来有所憧憬在沉默中努力的作家,正面的被某种迫害以外,不也是成天在各种谣言中受迫害吗?

妨害新文学健康发展,使文学本身软弱无力,使社会上一般人对于文学失去它必需的认识,且常歪曲文学的意义,又使若干正拟从事于文学的青年,不知务实努力,以为名士可慕,不努力写作却先去做作家,便都是这种海派风气的作祟。

扫荡这种海派的坏影响,一面固需作者的诚实和朴质,从自己作品上立下一个较高标准,同时一面也就应当在各种严厉批评中,指出错误的、不适宜继续存在的现象。这工作在北方需要人,在南方还更需要人。纠正一部分读者的意识,并不是一件十分艰苦的工作。但我们对于一切恶习的容忍,则实在可以使我们一切努力,某一时全部将在习气下毁去!

我们不宜于用私生活提倡读者去对一个作者过分的重视,却应用作品要求读者对于这个社会现状的认识。一个无所谓的编者,也许想借用海派方法,对于一般诚实努力的作家,给他个冷不防的糟蹋,我们对他没有什么话说。至于一个本意在报告些文坛消息,对于中国新的文学运动怀了好意的编者,我们希望这种编者,注意一下他自己的刊物,莫因为太关心到读者一时节的嗜好,失去他们作为文学编辑的责任。

一九三四年一月七日作

关于海派

一月十号第三十二期本刊上,我写过一篇《论"海派"》的文章,一面说及适宜概括在这种名词下各种作家的活动情形,如何可怜可笑,一面且提示到由于这类人物的活动情形,所产生的某种风气,又如何有害于中国新文学的健康。从"道德上与文化上的卫生"观点看来,这恶风气都不能容许它的蔓延与存在。这是我那篇文章的本来意思。当提及这样一群作家时，是包含了南方与北方两地而言的。因环境不同，两方面所造就的人才及所提倡的风气，自然稍稍不同，但毫无可疑，这些人物与习气，实全部皆适宜归纳在"海派"一名词下而存在。文章发表以前，我便因事离开了北京，直到一个月后回北京时，方知道这文章使"海派"一名词，重新引起了若干人的注意。在各种刊物上，一个月以来已陆续登载了许多讨论文字。

正值某种古怪势力日益膨胀，多数作家皆不能自由说话的此时，什么人从我所提出的一个问题来加以讨论，想得出几个办法；或是从积极方面来消灭这种与恶势力相呼应的海派风气，或是从消极方面能制止这种海派风气与恶势力相结合，也未必无小小益处。我很想明白的这问题从另一观点上所看到的结论，因此从朋友方面，从图书馆阅报室方面，翻阅了许多陈旧报纸。我希望看到一点别人有理性很诚实的意见。

使我极失望的，就是许多文章的写成，都差不多仿佛正当这些作家苦于无题目可写，因此从我所拈取的题目上有兴有感。其中或有装成看不明白本文的，故意说些趣话打诨，目的却只是捞点稿费的。或有虽然已看清楚了本文意思所在，却只挑眼儿摘一句两句话而有兴有感，文章既不过是有兴有感，说点趣话打诨，或且照流行习气作着所谓"只在那么幽默一下"的表示，对于这类文章，我无什么其他意见可说。对这类文章发表意见的，好像只应当是登载那些作品的刊物编者兴会，别人已不用提了。

朋友×君来到我住处，同我说到"海派"这个名词下的一切情形时，就告给我："许多人对于'名士才情'与'商业竞卖'相结合成立了我们对于海派这个名词的概念一句话，感到怀疑。"

许多人是谁？自然是那些为这个名词有所辩解的人，朋友是欢喜注意这些作品的。

我明白这朋友是因为看了那些对于"海派"有兴有感的文字而弄糊涂了的。我告给那个朋友说："我所说的'名士才情'，是《儒林外史》上那一类斗方名士的才情，我所说的'商业竞卖'，是上海地方推销×××一类不正当商业的竞卖。正为的是'装模作样的名士才情'与'不正当的商业竞卖'两种势力相结合，这些人才俨然能够活下去，且势力日益扩张。这种人的一部分若从官方拿点钱吃吃喝喝，造点谣言，与为自己宣传宣传，或掠取旁人文章，作为自己作品，生活还感觉过于寂寞，便去同有势力者相勾结，作出如现在上海一隅的情形。或假借维持社会秩序的名义，检察到一切杂志与副刊，迫害到一切正当独立创作作者的生活，或想方设法压迫正当商人，作成把书店刊物封闭接收的趋势。

假若照某君所说，这种人由于力图生存，应有可同情处。我以为应当明白，这种人对于妨碍这个民族文化的进展上，已作过了多少讨厌的事情，且还有些人，又正作些什么样讨厌事情（还有些人，又正在作些什么样），方不至于误用我们的同情。"

朋友走后，我想起同朋友×君有相同感想的读者必很多，故记下我这点意见。

一九三四年二月十七日